Wollsockenwinterknistern

(K)ein Weihnachtsroman

Karin Lindberg

Lektorat: Katrin Engstfeld
Korrektorat: Sandra Nyklasz
Umschlaggestaltung: Casandra Krammer

ISBN: 978-3-7396-7273-1

BookRix
www.bookrix.de

Wollsocken-

winterknistern

(K)ein Weihnachtsroman

Kapitel 1

„Hast du jetzt genug in Selbstmitleid gebadet?", höre ich meine beste Freundin Nicole neben mir.

„Ich bade überhaupt nicht in Selbstmitleid", schnappe ich und starre sie mit zusammengekniffenen Augen an. Ich umklammere die Teetasse mit beiden Händen, um mich daran zu wärmen.

„O doch, meine Liebe, und ich werde mir das nicht mehr länger mitansehen!" Sie hat ihre Arme vor ihrer stattlichen Oberweite verschränkt. Das bedeutet, sie macht keine Witze, und mir wird leicht mulmig.

„Dann sieh halt nicht hin!" Dass ich wie ein bockiges Kind klinge, ist mir mal so richtig egal.

„Das ist aber verdammt schwer, denn du bist mir sehr wichtig und ich finde es schlimm, dich leiden zu sehen. Und deswegen gehen wir heute aus. Komm mal mit", lockt Nicole, zupft am Ärmel meines Wollpullovers und verschwindet einen Moment später aus dem Wohnzimmer. Ich runzele die Stirn. Ich habe keine Ahnung, was dieses eindrucksvolle Luder schon wieder ausgeheckt hat, aber es kann nichts Gutes sein. Dann begreife ich und ein Stöhnen schleicht sich über meine Lippen.

„Komm schon! Oder muss ich dich nach oben tragen?", ruft sie mir aus der Diele zu.

Seufzend richte ich mich auf, stelle die leere Tasse auf dem Wohnzimmertisch ab und schlurfe kraftlos auf sie zu.

Ich habe null Bock auf das Abitreffen. Bei den meisten meiner ehemaligen Mitschüler bin ich sogar froh, dass ich sie seit knapp zehn Jahren nicht mehr gesehen habe. Nicht aber meine beste Freundin. Sie steht bereits – mit einer Sporttasche bepackt – auf der Mitte der Treppe und denkt gar nicht daran lockerzulassen. Ich hätte vorhin schon misstrauisch werden sollen, als sie mit dem Ding reingekommen ist. Nicole geht nämlich selten freiwillig zum Sport. Mir hätte also gleich klar sein müssen, dass sie irgendwas vorhat, das keinen Ausflug auf die Yogamatte beinhaltet. Jetzt ist es zu spät. Mist.

„Zack, zack!“, sagt sie jetzt, und ihr Ton duldet keinen Widerspruch. Ich kann mir gut vorstellen, wie sie täglich ihre Kinder herumkommandiert – mit ziemlicher Wahrscheinlichkeit sehr erfolgreich. Mühsam ziehe ich meine müden Knochen am Treppengeländer nach oben, so langsam wie möglich, auch um Zeit zu schinden, hauptsächlich aber, weil mir absolut die Kraft fehlt, mich auf eine Party vorzubereiten. Widerworte wären jetzt allerdings mein endgültiges Todesurteil. Jedenfalls, wenn sie so entschlossen ist wie in diesem Moment.

Oben angekommen, schiebt mich Nicole sichtlich ungeduldig ins Badezimmer. Ihr Gesichtsausdruck macht mir mittlerweile ein bisschen Angst, wenn ich ehrlich bin.

„Was hast du vor?“, frage ich vorsichtig, ihren Bewegungen misstrauisch mit den Augen folgend.

„Du ziehst jetzt deine Klamotten aus und machst das, was ich dir sage!“, kommandiert sie mich weiter herum.

Für einen kleinen Moment bin ich sprachlos, dass sie wirklich in diesem Ton mit mir spricht – als ob ich ihre Leibeigene wäre! Alles muss ich mir auch nicht bieten lassen. Ich schnaube laut auf und zeige ihr einen Vogel. „Du hast sie doch nicht mehr alle. Ich werde nirgendwohin gehen! Du bist nicht meine Mutter, also hör auf, mich so zu behandeln.“

„Pff, als ob du auf deine Mutter hören würdest. Wo ist sie eigentlich? Marie, ich habe seit acht Wochen keine Kohlenhydrate mehr gegessen und fünf Kilo für dieses verdammte Abitreffen abgenommen. Du machst jetzt also gefälligst, was ich dir sage! Ich muss dich nicht darauf hinweisen, dass du in Lebensgefahr schwebst, wenn du dich hier weiter so aufführst?“

Muss sie nicht. Ich bin vielleicht blond, aber nicht total blöd. Während ich mich mit verschränkten Armen vor dem Waschbecken platziere, öffnet sie den Reißverschluss der knallroten Sporttasche, die auf dem hellen Fliesenboden steht. Die offizielle Eroberung des Badezimmers ist damit abgeschlossen.

„Na, wird's bald? Hosen runter!" Nicoles Wangen sind gerötet, und ich weiß, dass ich endgültig und unwiederbringlich verloren habe. Widerstand absolut zwecklos. Außerdem habe ich in einem Anfall geistiger Umnachtung letzte Woche zugesagt, dass ich auf ein Stündchen mitkommen würde. Ich bin also selbst schuld, dass sie sich hier aufführt wie Schwester Hildegard. Irgendwie habe ich gehofft, dass vielleicht eines ihrer Kinder krank wird und sie nicht kommen kann, aber Magen-Darm gibt's auch bei Kindergartenkindern nicht auf Bestellung. Leider.

„Kacke", flüstere ich leise vor mich hin, während ich die ausgeleierte Jogginghose nach unten ziehe und umständlich aus den Hosenbeinen steige.

„Ach, du Schande! Aber echt. Wann hast du dir das letzte Mal die Beine enthaart? Rasiert?" Meine Freundin lässt sich mit weit aufgerissenen Augen auf den Rand der Badewanne sinken. „Hiermit werde ich eine Weile beschäftigt sein. Mein lieber Mann! Nur gut, das ich schon so früh gekommen bin."

„Ganz toll, ja. Was hab' ich doch für ein Glück", gebe ich sarkastisch zurück und schäme mich wirklich ein bisschen für meinen verwahrlosten Zustand.

Nicole geht zum Glück nicht weiter darauf ein, sondern kramt in der Tasche und fördert allerhand Utensilien zutage, mit denen sie meiner Körperbehaarung zu Leibe rücken will. Kaltwachsstreifen, Babyöl, Pinzette und allerhand kleine Fläschchen, bei denen ich nicht genau weiß, was drinnen ist. Sogar fürs Gesicht und die Intimzone hat sie Extrapackungen Enthaarungswachs gekauft. Als ich das sehe, komme ich mir fast vor, als wäre ich ein Gorilla. Dabei ist es wirklich nicht sooo schlimm, versuche ich mir wenigstens einzureden. Immerhin bin ich naturblond, meine Körperbehaarung fällt also quasi kaum auf. Völlig unnötig, diese Prozedur ... Mir schwant Schlimmes, denn Schmerzen habe ich noch nie gut ausgehalten. Ich will das nicht und beäuge meine Beine mit Widerwillen. Leider hat Nicole in einem Punkt doch recht: Mein Zustand ist, um es mit einem Wort auszudrücken, schlimm.

Seit mich mein Freund vor zwei Wochen rausgeworfen hat, habe ich zu nichts mehr Energie aufgebracht, außer um mich selbst zu bemitleiden. Zähneputzen und Duschen waren das Höchstmaß an Körperpflege, das ich in diesem Stadium gerade eben so noch habe bewältigen können. Meine Haare sind in diesem Moment zu einem schlampigen Dutt zusammengedreht und das letzte Mal habe ich sie, glaube ich, vor drei Tagen gewaschen. Vielleicht waren es auch vier? Ach herrje! Aber für wen soll ich mich hübsch machen? Mein Freund, ähm, *Ex*freund vögelt just in diesem Moment wahrscheinlich gerade seine Neue. Seinen Facebook-Status musste er nicht mal ändern. Nur die Freundin wurde ausgetauscht.

Holger Ludwigs – in einer Beziehung mit ... Na ja, jedenfalls nicht mehr mit mir. Arschloch.

Der Gedanke an ihn treibt meinen Puls in die Höhe.

Dieser miese Verräter. Ich wünsche ihm die Pest an den Hals oder wenigstens eine fiese Geschlechtskrankheit.

Aber mir bleibt nicht mehr Zeit, mich in meiner Wut zu verlieren, denn in genau diesem Moment wird meine volle Aufmerksamkeit auf meinen Unterschenkel gelenkt. Nicole hat mir bereits zwei Kaltwachsstreifen auf selbigen geklebt und zieht sie jetzt mit einem herzhaften Ruck ab.

Ich schreie auf.

„Aua, scheiße, tut das weh!“

„Reiß dich jetzt zusammen, Mädel! Du wirst es mir später noch danken“, herrscht sie mich mit konzentrierter Miene an.

Ich kann mir kaum vorstellen, dass ich mich für diese Prozedur zu irgendeinem Zeitpunkt bei meiner bald ehemals besten Freundin bedanken werde.

Das Brennen klingt langsam ab, aber Nicole kennt keine Gnade. Die nächsten beiden Streifen werden auf meiner Wade platziert. Ich kralle mich am Duschvorleger fest. Das Ratschen des Kaltwachses lässt mich erneut wimmern. Ich werde definitiv nicht zum Abitreffen gehen können, denn bis dahin bin ich vor Schmerzen krepiert. Wenigstens ein Lichtblick ...

Zwei Stunden nach Beginn der Tortur stehen wir immer noch im Badezimmer, mein körperlicher Zustand hat sich allerdings ein wenig verändert. Babyglatte Haut, seidig schimmernde blonde Wellen, lackierte Nägel und Smokey Eyes ... und ein kleiner Schwips. Glücklicherweise hat Nicole nämlich außer dem Drogeriemarkt auch noch einen Supermarkt angesteuert und für Flüssignahrung gesorgt. Die Flasche Sekt ist bis auf einen letzten Rest leer und ich fühle mich so beschwingt wie schon eine ganze Weile nicht mehr.

„Ich weiß gar nicht, warum ich das alles mitmache ...“, grummele ich, den Kopf abgewandt, damit sie mein halbes Grinsen nicht sieht, als wir nylonbestrumpft die Holztreppe nach unten stolzieren.

„O Mann. Kannst du irgendwann mal damit aufhören? Jetzt sind wir schon so weit gekommen ...“

„Ha, *so weit gekommen*! Wir sind gerade einmal ein Stockwerk tiefer.“

„Ach, du wieder, Marie. Ich habe mich hier in die teuerste Unterwäsche meines Lebens gezwängt.“

„Ich hab’ dir nicht gesagt, du sollst dir *Shapewear* besorgen! Die sieht nicht mal hübsch aus.“

Nicole hält einen Moment inne, lässt ihre Schultern sinken und fixiert mich mit ihren hübschen dunklen Augen.

Mist. Den Blick kenne ich allzu gut. Gleich macht sie mich einen Kopf kürzer.

„Marie, kannst du *nur für einen Moment* aufhören, an dich und dein Elend zu denken? Ja? Kannst du das? Es ist mir scheißegal, ob diese Unterwäsche gut aussieht, solange sie meinen Bauch flach und meinen Arsch eine Nummer kleiner macht. Ich habe es in den letzten zehn Jahren zu was gebracht, ich ... Wir sind nicht mehr die grauen Mäuse von früher! Ich will diesen Abend genießen und sehen, was aus den anderen geworden ist."

Gut, ich lebe noch, aber ich bin garantiert zwei Zentimeter kleiner. Trotzdem hebe ich eine Augenbraue und wage eine vorsichtige Antwort, wenig diplomatisch, aber wahr: „Die meisten unserer ehemaligen Mitschüler leben immer noch im gleichen Ort, zumindest im gleichen Landkreis, soweit ich weiß. Also ... na gut, von mir aus. Ich sag' nichts mehr."

Abwehrend hebe ich beide Hände in die Luft und Nicole atmet hörbar aus.

„Gott sei Dank, besser isses. Gönn mir den Abend und hör auf, mir auf die Nerven zu gehen, wenn du es schon nicht genießen kannst. Noch einen Drink, bevor es losgeht?" Letzteres klingt schon wieder ganz versöhnlich, immerhin.

„Cosmo?", fragte ich wohlwissend, dass meine Mutter nicht alle Zutaten dafür im Haus hat. Ich würde in ihrem Vorratsschrank höchstens vielleicht Cranberrysaft finden, mit dem sie ihre häufigen Blasenentzündungen auskuriert. Von Limettensaft, Wodka und Orangenlikör hat sie vielleicht schon mal was gehört, aber gekauft hat sie davon sicher nie etwas.

„Hat man dir das mit den feinen Cocktails in Hamburg beigebracht, oder wie?", fragt Nicole und sieht mich schräg an.

„Nein, das hat mir ‚Sex and the City' *beigebracht*. Müssen wir nicht los?", lache ich.

„Ach, jetzt hast du es auf einmal eilig?", kontert sie, und in diesem Moment wird mir klar, dass ich eine supermiese Freundin bin. Nicole ist nervös. Für sie ist es ein besonderer Abend, für mich hingegen ... eine Qual.

„Je eher wir hingehen, desto früher können wir wieder nach Hause“, gebe ich daher achselzuckend zurück und bleibe noch einmal vor dem Spiegel in der Diele stehen.

Mein blondes Haar fällt mir in sanften Wellen über die Schultern. Der Ausschnitt des schwarzen Kleides ist zwar sündhaft tief, aber es ist das einzige, das für diesen Abend halbwegs geeignet ist. Außer diesem habe ich nämlich nichts Taugliches. Als Verwaltungsfachangestellte besucht man äußerst selten Veranstaltungen, auf denen festliche Kleidung Pflicht ist. Dieses Exemplar jedoch habe ich mir für einen Theaterbesuch im letzten Jahr besorgt, der dann buchstäblich ins Wasser gefallen ist: Das Stück wurde wegen eines Wasserschadens abgesagt und mein Kleid ist damit unbenutzt im Schrank hängen geblieben. Tja, und einen Job habe ich seit zwei Wochen auch nicht mehr. Aber das ist ein anderes, sehr unerfreuliches Thema, mit dem ich mich heute Abend sicher nicht befassen möchte. Momentan befinde ich mich auf dem absoluten Tiefpunkt meines neunundzwanzigjährigen Lebens. Ich bin eine Versagerin. Und auch noch Single. Wo ist der nächste Fluss, in dem ich mich ertränken kann?

Nicole stupst mich in die Seite und ihr Spiegelbild erscheint neben meinem.

„Guck nicht so ernst. Du siehst toll aus, Marie!“, höre ich meine beste Freundin neben mir sagen, während sie mich anlächelt und den Arm um meine Taille legt.

Ich fühle mich gleich ein bisschen besser. Komplimente helfen doch immer.

„Danke. Du siehst aber auch superklasse aus. Wahnsinn, das Rot steht dir so gut!“, revanchiere ich mich und meine es auch so. Sie ist wirklich sehr hübsch mit ihren dunkelbraunen glänzenden Haaren und den symmetrischen Gesichtszügen.

„Hi, hi, ja, und die langen Ärmel kaschieren meine schwabbeligen Oberarme“, lacht sie verlegen.

„Hör doch auf!“

„Erinnerst du dich nicht? ‚Pfannkuchengesicht' haben sie mich immer genannt."

„Jesus, Nicole, das war in der Grundschule!"

„Ja, aber das habe ich nie vergessen. Kinder können grausam sein." Ihre melodische Stimme klingt ein wenig melancholisch und sie schaut bedrückt auf den Boden. Oje, nicht, dass es gleich Tränen gibt! Ich habe in den letzten zwei Wochen genug für ein ganzes Leben geheult. Schnell lenke ich ein: „Stimmt, das ist wahr. Na, komm, lass uns gehen. Ich verspreche hoch und heilig, ich werde mir Mühe geben, dass du einen schönen Abend hast." Zur Sicherheit hebe ich meine Hand zum Schwur und Nicole kichert. Sie bleibt nie lange schlecht gelaunt und kann einem selten ernsthaft böse sein – genau das Gegenteil von mir. Ich bin leider nachtragender als ein Elefant. Das würde ich aber nie vor jemandem zugeben. Wahrscheinlich bin ich genau deswegen so lange und so gut mit Nicole befreundet, weil wir uns eben perfekt ergänzen. Wir ziehen unsere Winterjacken über – es ist ganz schön kalt und windig heute – und schlüpfen in unsere Schuhe. Dann sind wir auch schon unterwegs in die dunkle Herbstnacht.

Wenig später klopft mein Herz bis zum Hals. Warum noch mal will ich mir das antun?

Richtig. Weil ich eine gute Freundin bin.

Verdammt. Vielleicht muss ich mal einen Kurs besuchen: *So lernen Sie, in den richtigen Momenten Nein zu sagen*. Nun ja. Jetzt jedenfalls ist es zu spät dafür. Nicole schiebt mich mehr oder weniger durch die rote Doppeltür in das historische Gebäude, in dem unser altes Gymnasium untergebracht ist. Äußerlich hat sich hier in den letzten zehn Jahren wenig bis gar nichts verändert. Musik und warme Luft schlagen uns entgegen und vor uns gehen ein paar unserer ehemaligen Mitschüler und Mitschülerinnen, deren Namen mir auf Anhieb nicht einfallen. Sie könnten aber auch zu einem anderen Jahrgang gehören, da nicht nur unser Abitreffen sich heute hier jährt. Aber da wir das zehnjährige feiern, hielt unser Jahrgang bei der Planung das Zepter in der Hand. Nicole war im Organisationsteam; wahrscheinlich wollte sie deswegen unbedingt herkommen. Irgendwie habe ich meine Schulzeit ziemlich weit hinten in meinen Erinnerungen vergraben. Es ist nicht so, dass ich überhaupt keine Freunde gehabt hätte, aber zu den Coolen und Hippen habe ich nie gehört. Ich war eher so der unsichtbare Typ, der nie besonders auffällig war. Mehr so wie ein Fisch im Schwarm, angepasst und Mainstream. Außer beim Beachvolleyball, da habe ich immer eine ganz gute Figur gemacht. Eine sehr gute sogar.

Nicole hakt sich bei mir unter. Sie trägt ihr Kinn hoch und ihren üppigen Busen voran. Im Gegensatz zu mir hat sie noch nie Berührungsängste gehabt.

Ich trete zusammen mit ihr in die dekorierte Aula meines ehemaligen Gymnasiums. Mein Atem kommt flach, mein Puls rast. Das Gefühl, eine Versagerin zu sein, lässt mein Selbstvertrauen auf Ameisengröße schrumpfen. Dann sehe ich *ihn.* Mein Herz bleibt einen Moment stehen, bevor es in ungleichmäßigem Takt weiterschlägt.

„Wieso hast du nicht gesagt, dass *er* hier ist?“, flüstere ich Nicole hektisch zu. Mir ist heiß und kalt zugleich. Ich wünschte, ich hätte mich auf diesen Moment vorbereiten können.

„Wer, Lennart?“, gibt sie grinsend zurück.

„Du blöde Kuh bist doch im Organisationskomitee, du hast doch sicher einen Blick auf die Liste mit Zusagen geworfen“, zische ich nun deutlich lauter.

„Ich dachte, es wäre nicht so wichtig“, säuselt sie unschuldig. In mir reift das Verlangen, ihr eine reinzuhauen.

„Ich hasse dich“, presse ich zwischen zusammengebissenen Zähnen hervor.

Am liebsten würde ich meine Beine in die Hand nehmen und davonlaufen. Trotzdem bleibe ich stehen und starre Lennart einfach nur an. Er sieht gut aus. Viel zu gut. Er ist komplett in Schwarz gekleidet, seine dunkelblonden Haare sind leicht mit Gel frisiert und er lächelt in die Gesprächsrunde. Natürlich ist er umringt von einigen Frauen und Kerlen. Er war immer schon beliebt bei den Jungs und begehrt von den Mädels. Von allen Mädels. Jetzt, wo er reich und erfolgreich ist, werden sie ihn noch mehr umschwärmen als früher. Als ob er ahnen würde, dass ich ihn beobachte, dreht er seinen Kopf in meine Richtung. Unsere Blicke treffen sich ...

Aber halt. Erst mal zurück an den Anfang. Wie ist es überhaupt dazu gekommen, dass ich bei meiner Mutter eingezogen bin – was im Übrigen nur vorübergehend ist – und wieder im wohl langweiligsten Kaff Norddeutschlands wohne?

Es ist jetzt etwas mehr als zwei Wochen her, dass ich wie üblich in meinem Hamburger Büro saß und meinem Job bei einer Wohnungsbaugesellschaft als Verwaltungsfachangestellte nachgegangen bin. Gekriselt hat es schon länger zwischen mir und meinem Chef, aber dass ich der alten Dame aus der Westermannstraße 43 nicht – wie von ihm aufgetragen – die Wohnung zum Monatsende gekündigt habe, war wohl der Tropfen, der das Fass zum Überlaufen gebracht hat. Es hat schon öfter kleinere Probleme gegeben, weil ich immer wieder die Interessen der Mieter vertrat, anstatt meinem Arbeitgeber mehr Profit einzubringen. Ich tat das nicht aus einem Anfall von Samaritertum, sondern vielmehr, weil mir die Machenschaften der Wohnungsbaugesellschaft etliche Male unfair vorgekommen sind. Und dann habe ich mir mit Frau Sablotzky wohl zu viel herausgenommen, aber die nette alte Dame hat mir einfach leidgetan – sehr leid sogar. Sie wohnte seit mehr als dreißig Jahren in dieser Wohnung, war weit über achtzig, und für sie gab es nichts Schlimmeres, als ihre Bleibe und damit ihr langjähriges Zuhause zu verlieren. „Ich werde mich eher umbringen, als hier ausziehen. Dann können sie mich im bleiernen Sarg hier raustragen. Aber auf meinen eigenen Füßen verlasse ich meine Wohnung nicht", hat sie immer wieder gesagt – und ich habe ihr geglaubt. Tja, und dann hat mein Chef wohl kontrolliert, ob die Wohnung endlich frei ist, da sie den gesamten Komplex modernisieren wollten, um die Mieteinnahmen erheblich zu steigern. Dieser fiese Sklaventreiber Matzek hat sich nicht mal die Mühe gemacht, meine Kündigung irgendwie nett zu verpacken. Er ist einfach in mein Büro gekommen und hat mir einen Umschlag auf den Tisch gelegt. „Hier ist Ihre fristlose Kündigung, das war jetzt eine Nummer zu viel. Packen Sie Ihren Kram, Sie sind den Rest des Monats freigestellt. Ihre Papiere schicken wir Ihnen zu." Kein „Tschüss", kein „Vielen Dank für die Arbeit in den letzten vier Jahren", kein „Alles Gute auf dem weiteren Lebensweg". Einfach emotionslos neutralisiert.

Aber das war noch nicht alles an diesem Tag. Ein wenig bedröppelt war ich nach dem Rauswurf schon, anders kann ich es nicht sagen, aber ich bin eigentlich kein Mensch, der lange mit dem Schicksal hadert. Deswegen wollte ich das Beste aus dem Tag machen, fuhr also auf dem Rückweg zum Supermarkt, kaufte für ein nettes Dinner ein und stellte mich ganze zwei Stunden in die Küche, um ein leckeres Abendessen für mich und meinen Freund Holger zuzubereiten, obwohl ich absolut keine Meisterköchin bin. Gegen acht saß ich da, mit meinem Glas Wein. Die Kerze brannte auf dem Tisch und das Essen köchelte auf kleiner Flamme. Aber Holger kam nicht. Sein Handy war ausgeschaltet. Gegen dreiundzwanzig Uhr hörte ich den Schlüssel im Schloss – natürlich war das Abendessen längst kalt. Um neun habe ich den Herd abgedreht, weil ich ihn nicht erreichen konnte. Um meinen Tag perfekt zu machen, teilte mir Holger nach einem unverbindlichen „Hallo" mit, dass unsere Beziehung beendet sei.

„Marie", sagte er, „es geht nicht mehr länger. Ich möchte, dass du ausziehst. Ich liebe dich nicht mehr."

Bumm. Der Schlag hat gesessen.

Dass er mich dermaßen kalt und ohne Zögern nach vier Jahren abservierte, hat mir den letzten Rest Boden unter den Füßen weggezogen.

Erst dachte ich noch, er macht vielleicht Witze, aber sein ernster Gesichtsausdruck ließ keinen Zweifel. Und es war nicht mal Freitag, der 13., und leider auch nicht der 1. April.

„Ich möchte, dass du bis zum Wochenende ausziehst."

„Was?! Wo soll ich denn hin?", gab ich völlig aufgelöst zurück. Von meiner Kündigung hatte ich ihm noch nichts gesagt.

„Ich weiß es nicht, schau halt mal bei *Airbnb* oder so. Es gibt doch überall freie Zimmer in WGs. Wir sind ja in Hamburg und nicht in Wanne-Eickel", warf er mir weiter völlig nüchtern Informationsbrocken hin. Genau, in Hamburg, wo viele für eine anständige Wohnung ihre Seele verkaufen würden. Ein zynisches Lachen hat die Stille durchbrochen. Es hat einen Moment gedauert, bis ich realisiert habe, dass es meines war.

Aber wenn ich ehrlich zu mir selbst bin, hat es ja so kommen müssen. Das Ende unserer Beziehung hat sich leise und schleichend über Monate hinweg abgezeichnet. Ich mache mir da nichts vor, aber gerade an diesem Abend hätte ich eine starke Schulter gebraucht, um mich auszuheulen. Hätte er nicht einen Tag länger warten können, bevor er mich rauswarf? Irgendwann im Verlauf des Abends ging mir dann auf, dass Holger längst eine Neue hatte. Weil ich mich nicht völlig lächerlich machen wollte, räumte ich zügig das Feld. Wie ein geprügelter Hund.

Am nächsten Morgen habe ich meine spärlichen Habseligkeiten in meinen Twingo gepackt und bin damit zu meiner Mutter gezogen. Alles, was ich besitze, passte in zwei Koffer und vier Umzugskartons. Kein Job. Kein Freund. Kein Leben. Seitdem habe ich mich im Selbstmitleid mehr oder weniger ertränkt. Bis zum heutigen Abend jedenfalls.

Im Moment bin ich mir nicht sicher, was schlimmer ist: alleine bei Mutti abzuhängen oder von hunderten ehemaliger Schüler umringt zu sein, die alle irgendwie glücklich und vergnügt wirken. In der Mitte der Aula haben fleißige Helfer eine Discokugel aufgehängt, die helle Kreise auf Boden und Wände projiziert. Gegenüber vom Eingang gibt es ein üppiges Buffet, daneben die Getränke. Auf der Bühne spielt eine lokale Band, die ‚Goodies'. Sie schmettern alte Hits aus unserem Abschlussjahr 2006, und ich komme mir vor, als wäre ich im falschen Film gelandet.

Lennart und ich starren uns immer noch an. Es ist, als ob die Zeit stillstehen würde. Trotzdem fällt mir auf, dass er sich verändert hat. Aus dem neunzehnjährigen Teenager ist ein Mann geworden. Ein reicher Mann, wie man hört. Genau deswegen habe ich auch absolut nicht damit gerechnet, ihn hier zu treffen. Meines Wissens lebt er nämlich im Silicon Valley, wo er Spiele-Apps programmiert. Damit hat er auch ein Vermögen gemacht, führt jetzt ein Jetset-Leben und feiert eine Party nach der anderen – so ist jedenfalls mein Informationsstand. Das habe ich alles von Nicole. Sie weiß über alles und jeden Bescheid, daher denke ich – dachte ich – dass die Quelle zuverlässig sei. Aber die Hexe hat mich anscheinend nicht über die jüngsten Entwicklungen informiert. Ihrem dämlichen Grinsen nach zu urteilen, wusste sie nämlich auf jeden Fall, dass er hier sein würde.

Die Flasche Sekt, die wir zuhause bereits geleert haben, um das Nervenflattern zu beruhigen, hat sich mit Lennarts Anblick aus meinem Blutkreislauf verabschiedet.

Was zur Hölle macht er hier?

Natürlich ist er immer noch von einer Traube Frauen und Männern umringt, die ihm sicher gerade jetzt die Fragen stellen, die mir auf der Zunge brennen. Nicole stupst mich sanft in die Seite. „Geh hin und sag hallo."

Auf gar keinen Fall!

Meine Beine zittern, mir ist schlecht. Vielleicht habe ich Glück und mein farbloses Dasein endet just in diesem Moment mit einem Herzinfarkt. Aber natürlich werde ich nicht erlöst. Stattdessen lässt Lennart den Haufen ehemaliger Mitschüler stehen und kommt auf mich zu. Dabei hat er seinen Blick die ganze Zeit auf mich gerichtet. Nicole höre ich wie im Nebel rufen: „Ich hole uns ein Glas Bowle!“, bevor sie davoneilt.

Ich bin alleine, schätze die Fluchtmöglichkeiten ab, aber es ist zu spät. Das Strahlen in Lennarts Gesicht wird breiter, als er schließlich vor mir steht.

„Marie, du bist hier! Wie schön!“ Er drückt mich an sich und umarmt mich, ganz wie eine alte Freundin. Das bin ich ja auch. Ich muss mich kurz selbst daran erinnern; auch daran, dass er mich enttäuscht hat, als er damals einfach verschwunden ist, ohne sich wirklich von mir zu verabschieden. Das würde man doch von einem Freund erwarten ...

Ich stehe stocksteif da, meine Wange wird an seine muskulöse Brust gedrückt und ich atme seinen frischen Duft ein. Er riecht noch wie früher – fehlen nur noch die Sonnencreme und der Sand unter unseren Füßen. Viel zu schnell lässt er mich los und sieht mich eindringlich an. Ich verliere mich einen Moment zu lange in seinen samtbraunen Augen.

Zack.

Jetzt ist es soweit. Ich bin mir sicher, ich brauche einen Notarzt. Mein Puls rast lebensbedrohlich schnell, mein Sprachzentrum arbeitet nicht mehr und möglicherweise steht mein Mund weit offen. Ja, ganz sicher sogar.

„Du siehst toll aus!“, höre ich ihn sagen und ich bemerke, wie er auf mein Dekolleté starrt.

Wenigstens etwas. Da hat sich der Einsatz des unbequemen Push-up-BHs doch noch ausgezahlt.

„Danke, du, äh, auch“, stammele ich. „Was machst du hier?“

Lennart lacht und ich sehe seine weißen, geraden Zähne aufblitzen.

„Das klingt ja so, als wolltest du mich nicht sehen, Summer“, tadelt er mich amüsiert.

Ich zucke zusammen. Summer. Mein Gott. So hat mich seit neun Jahren niemand mehr genannt. Eigentlich hat sowieso immer nur *er* mich so genannt. Und unter dem Namen haben wir mich meistens auch bei der Tour registriert. Wir fanden das damals lustig. Und passend.

Summer & Naughty.

Bildfetzen erscheinen vor meinem inneren Auge. Lennart und ich auf dem Beachfeld, jener Sommer 2006, als wir noch das ganze Leben vor uns hatten und ich an seiner Seite beinahe jedes Wochenende von Turnier zu Turnier gefahren bin. Wir waren ein unschlagbares Team. Beinahe jedenfalls. Bis zum plötzlichen Tod seiner Mutter. Danach ist er in ein tiefes Loch gefallen, bis er Deutschland schließlich den Rücken gekehrt hat. Er hat danach jeglichen Kontakt zu mir und – soweit ich weiß – auch zu allen anderen von damals abgebrochen. Ich war zutiefst getroffen, weil er, neben Nicole, mein allerbester Freund gewesen ist. Für ihn wäre ich durchs Feuer gegangen. Anscheinend habe nur ich das so gesehen, denn er ist ohne ein Wort auf einen anderen Kontinent abgehauen.

„Tja, ich bin einfach überrascht, *Naughty*. Ich hätte nicht damit gerechnet, dich heute hier zu treffen.“

Lennart ist selbst in den USA eine Nummer. Sein Ruf als Herzensbrecher eilt ihm voraus, wo auch immer er hingeht. YouTube, Twitter, Instagram ... Man kann genug Infos über ihn finden, wenn man danach sucht. Ja, ich gebe es zu: Ich habe ein paarmal nachgeforscht, wie es ihm geht, was er macht und so. Aber das habe ich schnell wieder sein lassen; das war nicht der Lennart, den ich kannte. So, wie es aussieht – und auch, was man sich im Dorf erzählt –, hat er mit seinen Spielen Millionen verdient. Etwas allerdings hat sich auch in den USA nicht verändert: nämlich, dass man ihn auf keinem Bild zweimal mit derselben Frau im Arm sieht. Die wenigen Bilder, die ich gefunden habe, bestätigen das. Ich kann wahrscheinlich von Glück sagen, dass ich niemals was mit ihm hatte. An ihm hätte ich mir nur die Finger verbrannt. So hatte ich Glück. Ich war eigentlich immer an seiner Seite, *best buddies*, aber nach Sonnenuntergang war es dann meist vorbei mit dem Teamplay und Lennart ist mit einer anderen Beachkönigin davongezogen, bis wir uns am nächsten Tag wieder zum Frühstück vor dem anstehenden Match getroffen haben.

„Beachst du noch?“, fragt er, als könnte er Gedanken lesen.

„Selten“, gebe ich ausweichend zurück.

„Wieso?“, fragt er mich, und seine warmen braunen Augen suchen meine.

Ich zucke mit den Schultern. Nein, ich werde ihm jetzt nicht erzählen, dass ihm meiner Meinung nach keiner das Wasser reichen kann. Jahrelang habe ich versucht, seinen Verlust zu ersetzen, aber nie wieder hatte ich so viel Spaß auf dem Feld wie mit ihm. Schließlich habe ich es ganz aufgegeben, als ich Holger kennengelernt habe, um mehr Zeit mit ihm zu verbringen.

„Keine Ahnung, man wird halt irgendwann erwachsen, schätze ich.“

Gott, das klingt so lahm!

Er sieht mich seltsam an. Gerade will er etwas sagen, als Nicole mit zwei Gläsern Bowle neben uns auftaucht. Na, hoffentlich ist viel Alkohol drin, den brauche ich jetzt nämlich.

„Hey, Lennart! Wie schön, dass du kommen konntest“, strahlt sie ihn an.

Er deutet eine Verbeugung an und grinst spitzbübisch: „Na klar, das zehnjährige Abitreffen wollte ich mir nicht entgehen lassen. Außerdem wohne ich jetzt wieder hier. Du siehst gut aus, Nicole.“ Dann umarmt er sie mit Küsschen hier und Küsschen da.

Ich verschlucke mich an meiner Bowle, und beide sehen mich an, als wäre ich ein Alien. Er wohnt wieder hier? Warum zur Hölle erfahre ich eigentlich immer alles als Letzte?

Hat er sein Vermögen verspielt, oder warum kehrt er in dieses Kaff zurück? Obwohl mir diese Fragen auf der Zunge brennen, behalte ich sie für mich.

„Sorry, mir ist wohl ein Stück Erdbeere in den Hals gerutscht", presse ich zwischen zwei Hustenanfällen hervor.

„Danke, du hast dich auch gut gehalten", schäkert meine beste Freundin mit ihm. Keine Frage, er schafft es nach wie vor, jede Frau innerhalb von Sekunden um den Finger zu wickeln. Er sieht aber auch verdammt sexy aus. Schwarz steht ihm. Definitiv. Ich schaue ihn mir noch einmal genauer an. Seine Wangen sind unrasiert und die hellbraunen Haare nach oben gegelt. Er hat einen Stil, den man nicht mit Geld kaufen kann, und ist wirklich erwachsen geworden. Früher hat man ihn eigentlich nur mit Sweatshirt und Jeans gesehen, aber das ist lange her. Ich hingegen habe mich nicht so viel verändert. Dass ich heute ein sexy Kleid trage, ist, wie gesagt, eine absolute Ausnahme.

„Auf uns!", höre ich seine tiefe Stimme, während er seine Bierflasche hebt. „Prost!"

Er schlägt seine Flasche zuerst leicht an Nicoles Glas, sieht ihr kurz in die Augen und wendet sich dann mir zu. Kleine Schauer rieseln über meinen Rücken, während er mich mit seinem Blick fixiert. Ich habe kurz das Gefühl, seine Augen würden mir mehr sagen wollen als einfach nur Prost.

Aber was zur Hölle ist mit mir eigentlich los, dass ich so heftig auf ihn reagiere?

Ich bin verwirrt und starre zu Boden. Als ich meinen Kopf wieder anhebe, sehe ich Elke Joost auf uns zukommen – frisch geschieden und mit einer neuen Haarfarbe.

Ich hasse sie. Sie war der Alptraum meiner Schulzeit. Wo immer sie konnte, hat sie mich gemobbt. Keine Ahnung, wieso, aber es war wechselseitiger Hass auf den ersten Blick. Im Gegensatz zu mir ist Elke mit einem überdimensionalen Selbstvertrauen zur Welt gekommen. Meines hingegen ... Lassen wir das. Auf einer Skala von Null bis Zehn liege ich aktuell bei minus Fünf.

„Lennart“, flötet sie und wirft sich ihm an den Hals. Nicole und ich tauschen Blicke, und ich weiß, sie denkt das Gleiche wie ich: einmal Schlampe, immer Schlampe.

Lennart hingegen scheint erfreut zu sein und erwidert ihre Umarmung kameradschaftlich. In mir löst das herzliche Wiedersehen allerdings Brechreiz aus. Im letzten Schuljahr waren die beiden ein Paar. Natürlich *das* Paar. Aber das Glück hat nicht lange gehalten. Wie mir scheint, ist Elke nicht nachtragend. Aber eines ist nach wenigen Sekunden klar: Sie hat jetzt vor, sich meinen Kumpel zu krallen.

„Ähm, ja“, sagt Nicole und nimmt einen Schluck. Elke dreht sich so, dass Nicole und ich quasi von der Unterhaltung ausgeschlossen werden. Ich habe keinen Bedarf, weiter wie eine Idiotin neben den beiden zu stehen, und ziehe Nicole an ihrem Kleid sanft mit mir fort. Lennart runzelt die Stirn, aber Elke legt ihre Hand so bestimmt auf seinen Oberarm, dass er nicht protestiert oder uns gar etwas hinterherruft. Ich übernehme den Job für ihn: „Wir sehen uns sicher noch.“ Dazu setze ich ein hoffentlich freundliches Lächeln auf. Es fühlt sich mehr wie eine verzerrte Grimasse an, aber das kann ich nun auch nicht mehr ändern. Ich rette mich zusammen mit Nicole hinter eine Gruppe von Leuten, die ich nicht kenne, und kippe meine Bowle auf ex hinunter. Es hat also auch etwas Gutes, dass sich hier mehrere Jahrgänge versammeln: Man kann sich aus dem Weg gehen.

„Puh. Können wir los?“, frage ich wenig hoffnungsvoll.

„Du hast sie doch nicht alle! Die Feier hat eben erst angefangen.“ Meine Freundin tippt sich an die Stirn, um mir klarzumachen, dass sie mich für bescheuert hält.

„Also, ich habe jetzt schon genug“, erwidere ich erschöpft.

„Jetzt entspannt dich. Sieh mal, da vorne sind Ole und Johanna. Gott, den hätte ich ja beinahe nicht erkannt. Was ist mit seinen Haaren passiert?“

„Ausgefallen“, kommentiere ich ein bisschen gelangweilt, mit meinen Gedanken noch ganz woanders. „Die beiden wohnen doch mittlerweile in der Schweiz, oder?“

„Ja, er ist Banker. Die sind anscheinend nur für das Abitreffen gekommen.“

Ich schüttele ungläubig den Kopf, während ich mich langsam mit Nicole in Bewegung setze. Wir unterhalten uns ganz gut. Ole holt noch eine Runde Getränke für uns und mein Schwips meldet sich zurück. Angeheitert lässt sich das alles hier besser ertragen und ich habe sogar etwas Spaß an der Sache. Es sieht so aus, als ob sich doch mehr Leute, als gedacht an mich erinnern können, und wir unterhalten uns prima.

Da wäre Petra, die jetzt halbtags in einer Buchhandlung arbeitet. Wir saßen früher in Chemie nebeneinander, und sie hat mich mehr als einmal vor einer Fünf gerettet, weil sie mich immer abschreiben ließ. Sie ist schon ziemlich betrunken, daher macht es doppelt so viel Spaß, mit ihr über unsere ehemaligen Lehrer zu lästern, von denen auch ein paar hier sind. Ich habe gar nicht bemerkt, wohin Nicole verschwunden ist, bis die Musik leiser wird und ich sie auf der Bühne sehe.

Da steht sie wie eine Walküre, mit wehendem kastanienbraunem Haar, rotem Kleid und mörderischen Absätzen. Ich bin stolz auf sie, aber was, verdammt, macht sie da oben?

„Hallo, äh, hallo? Kann mich jemand hören?“

Sie klopft gegen das Mikro. Ein paar Männer aus der linken Ecke grölen ihr zu, dass sie sich ausziehen soll.

„Ja, wir hören dich!“, kommt es aus der zweiten Reihe.

Gelächter. Jubeln.

„Gut, dann also …“ Nicole räuspert sich. „Ich freue mich, dass heute Abend so viele von meinem Abijahrgang hier sind.

2006, wir sind die Besten!“ Sie reckt ihre Faust in die Luft, und viele schreien: „2006!“

Wow, so viel Animationstalent habe ich gar nicht in ihr vermutet.

Jubeln. Pfiffe.

„Und jetzt habe ich einen ganz besonderen Programmpunkt für euch. Wie schon in der Einladung angekündigt, wird es eine Versteigerung geben ...“

Was will sie denn jetzt versteigern? Alte Schulranzen; und der Erlös kommt dem Tierheim zugute? Ich nippe derweil an meinem dritten Glas Bowle.

„... Es gab mehr Anmeldungen, als ich mir ausgemalt habe, also musste das Los entscheiden, wer auf die Bühne darf ...“

Ich verstehe nur Bahnhof. Wie sollte ich auch? Ich habe die Einladung doch direkt vom E-Mail-Posteingang in den Papierkorb befördert, ohne sie zu lesen natürlich. Dass Nicole mich trotzdem hergeschleppt hat, reicht ja schon.

Meine Freundin faltet einen Zettel auseinander und hebt das Mikro wieder an ihre rotgeschminkten Lippen.

„Der Erlös geht zu gleichen Teilen an das Kinderkrankenhaus und das Tierheim. Ich bitte also zu mir auf die Bühne: Simone Peters, Ariane Berger, Steffi Herbst, Marion Weber und, last but not least, Marie Janssen.“

Natürlich, das Tierheim!

Moment mal. Hat sie eben nicht meinen Namen gesagt?

Verfluchter Mist.

Ich verdrehe die Augen und forme lautlos mit meinem Mund in ihre Richtung: „Ich hasse dich!“ Trotz – oder wegen – des Alkohols kann ich eins und eins zusammenzählen. Versteigerung und fünf Frauen – das kann nichts Gutes bedeuten. Ich checke, wie viele Schritte mich vom Ausgang trennen, aber die Masse beginnt rhythmisch zu klatschen. Schließlich schubst mich Petra, so dass ich mich stolpernd in Bewegung setze. Warum haben sich denn alle gegen mich verschworen?

Das ist nicht fair!

Wenig später stehe ich also mit vier anderen Frauen aus meiner ehemaligen Schule auf der Bühne und lausche den Erläuterungen zu dem Programm, in dem ich die unfreiwillige Hauptrolle spiele. Nicole sieht mich nicht an. Aha, sie weiß also, dass sie damit einen Schritt zu weit gegangen ist. Aber das nützt mir jetzt auch nichts mehr. Die Scheinwerfer sind auf uns gerichtet. Ich muss blinzeln, kann aber nicht viel erkennen, als ich mich in der Aula umsehe. Nur eines ist klar: Es sind verdammt viele Leute hier, und das wird wohl der peinlichste Moment in meinem bisherigen Leben werden. Um diese Farce zu unterstreichen, tönt leise Musik aus den Lautsprechern, die mich irrsinnigerweise an „Jeopardy", die Quizshow, erinnert. Es ist skurril und peinlich. Zum wiederholten Mal an diesem Tag wünsche ich mir, einfach tot umzufallen. Ein Blitzschlag würde es sicher auch tun.

„So, ich würde sagen, wir fangen auch gleich mit Marie an. Du bist ja schließlich die Älteste auf der Bühne ..."

Na, danke schön. Muss das jetzt sein? Als ob ich mit neunundzwanzig das Verfallsdatum längst überschritten hätte! Nicole ist definitiv tot, wenn ich die Sache hier überlebe.

Ich presse meine Lippen aufeinander und versuche möglichst lässig dazustehen. Aber was macht man in einem solchen Moment mit seinen Händen? Mein Bowleglas hat mir jemand aus der Hand genommen, als ich nach oben gegangen bin. Jetzt habe ich nichts mehr, woran ich mich festhalten kann, also lasse ich sie einfach runterhängen. Es fühlt sich falsch und verkrampft an. Ich wünschte, ich wäre am anderen Ende der Welt. Oder tot. Aber das hatten wir ja schon.

„... Und jetzt meine Herren! Wie immer ist klar: Wer verheiratet oder in einer Partnerschaft ist, darf nicht mitbieten. Schließlich geht es hier um ein ernsthaftes Date mit unseren hübschen Damen. Wir wollen ja nicht, dass sie am nächsten Geburtstag auf dem Rathausmarkt kehren müssen ..."

Na, und wenn schon, ich würde lieber alle Klinken dieser Erde putzen, als mich so bloßstellen lassen. Ich hebe eine Augenbraue und atme einmal tief durch.

In wenigen Minuten wird dieser Spuk hier vorbei sein, und dann werde ich die Party auf jeden Fall verlassen. Nicole ist die längste Zeit meine Freundin gewesen. So.

„... Der Gewinner der Auktion hat das Recht auf ein Date. Was danach passiert, ist eure Privatsache und nicht im Preis inbegriffen ..." Ich verdrehe die Augen. Übertreibt sie jetzt nicht ein wenig? Also echt. „... Wir fangen mit einem Startpreis von fünfzehn Euro an ..."

Fünfzehn Euro?

Ich reiße meinen Mund auf und will etwas sagen, klappe ihn aber schnell wieder zu. Das ist das Lächerlichste, was ich jemals gehört habe. Fünfzehn Euro ist eine Beleidigung, wie sie mir nicht mal mein ärgster Feind hätte antun können. Elke Poobst, äh, Joost, hätte ich das zugetraut, aber nicht Nicole!

Zwei Herren, die ich beim besten Willen nicht als Bekannte einstufen kann, heben die Hand. Der eine ist klein, hat einen Bierbauch und eine Halbglatze, und der andere sieht aus wie eine Figur aus der *Rocky Horror Picture Show*. Das darf doch alles gar nicht wahr sein!

Sonst niemand?

„Gut, dann hätten wir jetzt also fünfzehn Euro. Fünfzehn Euro sind geboten für die schöne Goldmarie! Wer bietet mehr? Das nächste Gebot liegt bei fünfundzwanzig Euro ..."

Goldmarie? Ich werde ihr später sowas von Goldmarie geben! Das wird ja immer schlimmer.

Plötzlich höre ich ganz hinten aus dem Saal ein „Hier". Ich kneife die Augen zusammen, um zu erkennen, von wem es kommt, und erblicke ...

Mein Herz stockt schon wieder.

Jesus, ich brauche vielleicht doch einen Herzschrittmacher, so geht das nicht weiter mit mir!

Es ist Lennart, der seinen Arm gehoben hat. Er lehnt lässig an der roten Backsteinwand; ein Bein ist angewinkelt und mit der Fußsohle stützt er sich an selbiger ab. So komplett in Schwarz sieht er verwegen und gefährlich aus, wie er aus dem Hintergrund so lässig die Hand hebt.

„Ja, Lennart“, höre ich Nicole ins Mikrofon säuseln. „Sonst noch jemand?“, fragt meine ehemals beste Freundin überflüssigerweise noch.

„Ich biete zweitausendfünfhundert Euro“, ruft er über alle im Saal hinweg.

Ein Murmeln und ungläubiges Raunen gehen durch die Aula und mein Kiefer klappt nach unten. Ich warte darauf, dass ich den Knall höre, wenn er auf dem Boden landet.

Moment mal. Ich muss mich einfach verhört haben.

Er hat doch nicht wirklich gerade *zweitausendfünfhundert* gesagt? Vielleicht meint er ja Cent. Ganz sicher sogar.

„Wie bitte?“, höre ich nun auch Nicoles Stimme durch die Lautsprecher.

Die blöde Kuh. Sie glaubt es also auch nicht.

Ich überlege mir, auf welche Art und Weise ich meine ehemals beste Freundin foltern werde, wenn wir das nächste Mal unter uns sind.

„Zweitausendfünfhundert“, sagt Lennart noch einmal. Ich taumele ein paar Schritte, während das Murmeln sich zu ungläubigem Geraune entwickelt.

Ich glaube, mein Kreislauf macht schlapp. Endgültig. Das ist alles zu viel für mich. Ich klammere mich ans Schlagzeug.

„Wunderbar!“, ruft Nicole. „Dann wäre Marie also verkauft. Für *schlappe* zweitausendfünfhundert Euro an Lennart Wolf. Zum Ersten, zum Zweiten, zum Dritten! ... Marie, du darfst jetzt zu deinem, äh, Date gehen.“

Meine Beine fühlen sich an, als hätte jemand Pudding daraus gemacht. Trotzdem schaffe ich es irgendwie, die Stufen nach unten zu gehen, ohne zu stürzen. Die Menge teilt sich.

Alle Augen sind auf mich und auf Lennart gerichtet, der nun breitbeinig am Bühnenaufgang steht und mich mit einem siegessicheren Lächeln erwartet. Es fühlt sich verrückt an, beinahe wie in einer dämlichen Ami-Teenie-Schmonzette – bis auf einen kleinen Fehler: Lennart und ich sind kein Liebespaar, wir sind nicht einmal ineinander verliebt. Für ihn ist es der perfekte Moment, um seine Rückkehr mit Pauken und Trompeten zu zelebrieren. Für mich ist es – auch wenn ich es ungern zugebe – eine Erlösung, dass ich nicht mit Fettbacke oder Horror-Heini zu einem Abendessen oder ins Kino gehen muss.

Aber dieser Moment gehört uns. *Summer & Naughty*. Er streckt mir seine Hand entgegen, die ich, ohne zu zögern, ergreife. Mir ist egal, wie viele Leute uns zusehen, denn es fühlt sich an wie nach Hause zu kommen. Ein schönes Gefühl. Ein Summen ergreift meinen Körper und die Welt steht einen Moment still. Lennarts Haut ist warm und trocken, und ich spüre die männliche Kraft, die durch mich strömt, auch wenn es nur eine sanfte Berührung ist, die uns verbindet.

Wie aus weiter Ferne nehme ich Nicoles Stimme durch die Lautsprecher wahr: „… Und da wären wir nun bei unserer zweiten Dame, die noch auf der Suche nach einem Date ist ...“

„Komm, wir gehen ein Stück“, sagt Lennart und unterbricht damit das Schweigen zwischen uns. Er nickt mir aufmunternd zu. Meine Hand hält er noch in seiner, und ich entziehe sie ihm nicht. Ich bin nach dieser Gefühlsachterbahn und dem ganzen Alkohol heute ein bisschen willenlos, und es ist leider auch verdammt angenehm, ihn so nah bei mir zu haben. Ich will gar nicht, dass er mich loslässt, wenn ich ehrlich bin.

Verdammt. Das ist gar nicht gut.

Schnell entziehe ich ihm meine Fingerchen, als mir klar wird, dass ich mir sonst nur noch mehr Probleme einhandele, und ernte dadurch einen skeptischen Blick von ihm. Wir haben die Bar angesteuert; er will die Party ganz offensichtlich noch nicht verlassen.

„Willst du mir nicht danken, Summer?“, fragt er mich, nachdem er zwei Bier bestellt hat.

„Äh, danken?“, frage ich leicht dümmlich und sehe ihn mit gerunzelter Stirn an. „Warum hast du das gemacht?“

Ich war noch nie ein Mensch, der lange um den heißen Brei herumredet. Besser, er klärt mich gleich darüber auf, warum er sein Geld so aus dem Fenster wirft, bevor ich mir irgendwas einbilde und mir eine hirnverbrannte Story zusammenreime.

Er legt einen Fünfer auf die Theke und drückt mir ein Bier in die Hand. Das Geschehen auf der Bühne wird von allen aufmerksam verfolgt – außer von uns beiden, denn er hat nur Augen für mich.

„Ich habe dich gerettet. Das war zumindest ein Grund.“

Er sieht mich eindringlich an und seine braunen Augen wirken in der spärlichen Beleuchtung beinahe, als wären sie schwarz. Er hatte immer schon dieses Raubtierhafte an sich, und ich weiß, warum ihm die Frauen reihenweise zu Füßen liegen. Natürlich bekommt er immer, was er will.

Die Frage ist nur: Was will er von mir?

Mir scheint, er hat sich äußerlich zwar ein wenig verändert, aber ansonsten ist er immer noch der alte Frauenheld. Da hat sich nichts gewandelt in den letzten Jahren. Der Gedanke gefällt mir nicht; ich will definitiv keine weitere Trophäe in seinen Memoiren abgeben. Oder wie auch immer er es bezeichnet, wenn er mit einer seiner Liebschaften fertig ist.

„Danke. Fürs Retten. Die Aktion kostet dich aber einiges. Das war vielleicht doch etwas übertrieben...“, kommentiere ich weiter.

„Du hast schon immer viel zu viel nachgedacht. Das hat sich anscheinend nicht verloren in den letzten Jahren. Aber ich muss sagen, du bist noch viel hübscher geworden.“ Er streicht mir sanft eine blonde Locke aus dem Gesicht, in der anderen Hand hält er sein Bier.

Verfluchter Mist.

Ich bin absolut nicht immun gegen seinen Charme, im Gegenteil. In meinem Bauch flattern kleine Schmetterlinge, die ich nicht bestellt habe. Ganz und gar nicht. Ich bin doch noch in Trauer! Dabei scheint mir die Beziehung mit Holger in so weiter Ferne, dass ich mich im Moment nicht mal mehr an sein Gesicht erinnern kann. Schon gar nicht, wenn Lennart mir so nahe ist.

„Was gibt's Neues aus der Gegend?", fragt er mich in diesem Moment.

„Keine Ahnung", gebe ich achselzuckend zurück. „Ich bin erst seit zwei Wochen da. Wann bist du wiedergekommen?"

Es wundert mich sowieso, dass wir uns noch nicht über den Weg gelaufen sind. Andererseits habe ich die meiste Zeit, seit ich bei Mutti eingezogen bin, strickend auf ihrem Sofa in Selbstmitleid versunken verbracht. Andere essen bei Liebeskummer Schokolade, ich stricke. Aber jetzt kann ich nicht an Wolle und Norwegermuster denken, denn Lennart steht vor mir und ich muss immerzu den Impuls unterdrücken, auf seine verführerischen Lippen zu starren.

„Vorgestern. Hat etwas länger gedauert, meine Geschäfte in den Staaten abzuwickeln und meine Bude zu verkaufen."

‚Bude' ist wahrscheinlich ein Witz. Nicole hat mir nämlich letztes Jahr erzählt, dass er ein riesiges Anwesen dort besitzt – jetzt wohl besaß – in dem er regelmäßig Orgien und so gefeiert hat. Partys für Superreiche. Angeblich gehören Stars wie 50 Cent und Rihanna zu seinen Freunden.

„Aha", gebe ich recht einsilbig zurück. Das ist definitiv nicht meine Welt, und wieder frage ich mich, warum er mich ersteigert hat. Aber ich habe keine Ahnung, und das macht mich fast wahnsinnig. Andererseits sind zweitausendfünfhundert Euro für ihn wohl eher ein Trinkgeld.

„Komm schon, Summer", er zwickt mich in die Seite und sucht meinen Blick, „ein bisschen Klatsch und Tratsch für einen alten Kumpel?"

„Na gut. Also, dass Elke Joost frisch geschieden ist, ist ja kein Geheimnis. Ihr Mann ist mit dem zwanzigjährigen Au-pair-Mädchen durchgebrannt und lebt mit ihr in ihrer Heimat in Brasilien. Als Arzt findet er wohl überall eine Anstellung."

Die Schlampe Elke hat es verdient, sitzengelassen zu werden. Karma. Sie hat oft genug andere hintergangen oder fertiggemacht, mich inklusive. Das behalte ich aber für mich.

„Nicht dein Ernst?" Er sieht mich mit großen Augen an.

„Wie, hat sie dir das etwa nicht erzählt?" Meine Stimme klingt bissig. Ihm muss klar sein, dass ich sie nach wie vor nicht leiden kann, aber das ist mir herzlich egal.

Lennart lacht und wirft den Kopf in den Nacken.

„Äh, nein, das hat sie nicht erwähnt. Die Arme."

Vermutlich war *die Arme* damit beschäftigt, sich ihm an den Hals zu werfen, schießt es mir durch den Kopf, und hatte deshalb wenig Interesse daran, ihm zu erklären, warum sie wieder Single ist.

„Ansonsten habe ich leider keine brandheißen News für dich, da können dir andere besser Auskunft erteilen."

Die Versteigerung ist auf ihrem Höhepunkt, als die vollbusige Ariana Berger wie reifes Obst angepriesen wird. Ich verziehe den Mund und schüttele den Kopf.

„Wieso hast du da überhaupt mitgemacht?", höre ich Lennart sagen. Ich schnappe nach Luft. Er meint, ich hätte mich da *freiwillig* angemeldet?

„Das ist doch jetzt nicht dein Ernst!", gebe ich empört zurück und knalle meine Flasche auf den Tresen. Sie ist noch recht voll und fängt leider an zu schäumen. Ich sehe mit Schrecken, wie sich der weiße Bierschaum seinen Weg durch den Flaschenhals nach draußen sucht. Wie überkochende Milch schäumt er über und landet schließlich auf der Theke.

„Alles klar?", fragt er auch noch und lacht mich aus.

„O Mann, du bist so ein Idiot. Also ich gehe jetzt nach Hause. Mir reicht es."

Damit lasse ich ihn stehen und versuche so grazil wie möglich, mit ungefähr einem Promille im Blut aus der vollen Aula zu gelangen. Ich bin echt genervt, und mein alkoholisierter Zustand verstärkt meine explosive Stimmung nur noch. Als ich die provisorische Garderobe erreicht habe und nach meiner Jacke suche, spüre ich eine warme Hand auf meiner Schulter. Ich muss mich nicht umdrehen, um zu wissen, dass es mein ehemaliger Beachvolleyballpartner ist, der seine Wärme auf mich überträgt.

„Was ist?“, schnappe ich und suche weiter nach meiner Jacke. Der blöde Ständer ist aber auch wirklich zum Brechen vollgehängt. Außer uns ist niemand hier; anscheinend will sich keiner die Versteigerung entgehen lassen. Ein Blick nach oben auf die alte Schuluhr sagt mir, dass es schon Viertel nach zwölf ist. Wow, die Zeit ist viel schneller vergangen, als ich gedacht habe.

„Kann ich dich nach Hause bringen?“, fragt er und sieht mich mit einem herzerweichenden Hundeblick an, als ob es ihm wirklich etwas bedeuten würde, mich zu begleiten.

„Kann ich dich davon abhalten?“, gebe ich schlagfertig zurück. Ich bin ein bisschen stolz auf mich, dass ich das noch zustande gebracht habe.

Sein heiseres Lachen dringt an mein Ohr und ich muss jetzt auch schmunzeln.

„Komm schon, Summer, sei nicht böse auf mich. Hat Nicole dich angemeldet?“

„Wer denn sonst?“, schnaube ich und schüttele den Kopf.

„Aber Fragen ist noch erlaubt?“, scherzt er.

Ich werfe ihm einen giftigen Blick zu und ziehe endlich meine Winterjacke zwischen den anderen hervor.

„Okay, Fragen ist also nicht erlaubt. Hab’s verstanden.“ Er lacht, nimmt mir die Jacke aus der Hand und hält sie mir gentlemanlike hin. Ich bin überrascht; Holger wäre nie auf so eine Idee gekommen. Schließlich stecke ich zuerst meinen rechten

Arm hinein und dann den linken, bis ich seine Hände wieder auf meinen Schultern spüre. Als Nächstes höre ich seine samtige Stimme dicht an meinem Ohr: „Aber nicht, dass du denkst, das wäre jetzt das Date. Dafür überlege ich mir nämlich etwas ganz Besonderes."

Wo ist der nächste Stuhl? Ich muss mich setzen. Seine Nähe irritiert mich, weil sie mich innerlich aufwühlt wie schon lange nichts mehr. Ich hätte einfach nicht so viel trinken dürfen. Sicher reagiere ich nur so stark auf ihn, weil ich emotional in einem sehr labilen Zustand bin. Wer wäre das nicht, wenn er innerhalb von zwei Wochen nicht nur seinen Job, sondern auch noch sein Zuhause und seinen Partner verloren hätte?

Ich winde mich aus seiner Beinahe-Umarmung und laufe in die Kälte der Herbstnacht hinaus. Eisige Luft schlägt mir entgegen, als ich das historische Schulgebäude verlasse. Ich schließe für einen Moment die Augen und lasse den Sauerstoff in meine Lungen strömen, bis ich Lennart hinter mir höre: „Was wird das, Cinderella? Wann hörst du endlich auf, vor mir davonzulaufen?"

Ich muss lachen, er ist einfach witzig. Und süß.

„Das kennst du wohl nicht, du Prinz?", kontere ich.

Anscheinend habe ich damit einen Nerv bei ihm getroffen, denn sein Lächeln erstirbt.

Huch! Was hab ich denn jetzt falsch gemacht?

„Na, dann komm mal mit. Ich besorge uns ein Taxi."

Ich hebe eine Augenbraue, sage aber nichts. Der Mann denkt doch nicht wirklich, dass es um die Uhrzeit hier ein Taxi gibt, wenn es nicht vorbestellt ist? Wir befinden uns auf dem Land, nicht in New York.

„Ich bin gespannt", rutscht es mir gegen meinen Willen heraus, und ich kann mir ein Schmunzeln nicht verkneifen.

„Du meinst, wir bekommen hier kein Taxi?", fragt er mich mit einem unsicheren, aber ahnungsvollen Blick, als ob ihm gerade erst wieder einfällt, wie der Hase hier läuft.

„Ähm. Ja, das hast jetzt *du* gesagt."

„Dann gehen wir eben zu Fuß, schließlich sind wir fast Nachbarn. Oder wo bist du jetzt zuhause? Ich habe gar keine Ahnung von dir; das müssen wir definitiv schleunigst ändern!"

„Du wohnst wieder bei deinem Vater?", frage ich, um von mir abzulenken.

„Ja, momentan schon."

„Ich wohne bei meiner Mutter. Ich fühle mich gerade wie in einer Zeitmaschine!"

Just in diesem Moment kommt ein ziemlich betrunkenes, kicherndes Pärchen aus der roten Doppelflügeltür gepoltert. Nachdem die beiden die Stufen nach unten gelaufen sind, bleiben sie erst mal stehen und schlecken sich ausgiebig ab.

Lennart und ich wechseln einen Blick. Ja, eindeutig, die beiden waren vor diesem Abend bestimmt nicht zusammen. Eine Sünde im Suff. Möglicherweise liegen die jeweiligen Ehepartner zuhause auf dem Sofa und passen derweil auf die Kinder auf, während der andere fremdknutscht. Betrug ist scheiße, egal ob man zwanzig oder dreißig ist.

Lennart zuckt mit den Schultern und hakt meinen Arm bei sich ein, dann gehen wir los.

„Und was wird das jetzt?", frage ich ihn skeptisch.

„Na, wir gehen nach Hause, oder hattest du noch was vor?", ärgert er mich mit einem Augenzwinkern.

„Wirklich? Zu Fuß? Das sind fünf Kilometer!", teile ich ihm mit, als ob er nicht selbst schon hundertmal hier unterwegs gewesen wäre.

„Seit wann bist du denn aus Zucker? Es regnet nicht, die Nacht ist sternenklar, man kann fast sagen, es ist herrlich romantisch ..."

Moment mal. Romantisch?

Aber Herausforderungen kann ich selten widerstehen. Das ist mein schizophrenes Ich. Beruflich habe ich – weiß Gott, warum – niemals auch nur den Hauch von Ehrgeiz entwickelt, aber sobald man mich zum Beispiel zu einem blöden Trinkspiel herausfordert, schreit mein Ego: „Ja, hier, du musst gewinnen!“ Das hat mir schon in meinen Jugendjahren so manche Kopfschmerzen beschert. Und auch jetzt. Als ob ich in Stöckelschuhen nicht fünf läppische Kilometer gehen könnte! Pah! Der wird schon sehen.

„Na gut. Ich dachte nur, du USA-Bubi weißt bestimmt nicht mehr, wie man zu Fuß geht. Ich habe gehört, die Amis nehmen sogar für den Weg zum Briefkasten das Auto.“

Er lacht schallend. „Das ist wirklich so, aber jetzt bin ich wieder hier und die Uhren ticken anders. Das lerne ich gerade mit den Taxen ...“

„Oho, hört, hört!“, spotte ich, und so marschieren wir schließlich einträchtig durch die Nacht.

Es ist, als wären erst wenige Monate vergangen, seit wir uns das letzte Mal gesehen haben. Das ist es, was mich am meisten irritiert. Einerseits ist er mir fremd, andererseits wieder total vertraut. Ich habe definitiv ein ernstzunehmendes Problem. Vielleicht muss ich mal auf die Couch, bevor ich eine schlimme Psychose entwickele.

Ich sollte nicht vergessen, dass wir beide in den letzten Jahren sicher einiges erlebt haben, was uns zu anderen Menschen macht, als wir es im Alter von zwanzig waren. Und – seien wir mal ehrlich – er hat garantiert eine Million mehr verschiedene, tausendmal spannendere Dinge gesehen als ich. Aber er lässt nicht den Besserwisser oder den Superreichen raushängen, was ich sehr angenehm empfinde. Es ist ein bisschen wie mit dem Fahrradfahren: Wenn man eine Weile nicht draufsaß, muss man sich erst mal dran gewöhnen, aber man verlernt es nie. So scheint es mir gerade auch mit ihm zu sein. Ich habe keine Ahnung, was für ein Typ aus ihm geworden ist, trotzdem kommt er mir so verdammt vertraut vor. In Lennarts Nähe habe ich mich früher schon so wohl gefühlt wie bei keinem sonst. Auf dem Feld haben wir uns blind verstanden, aber auch davor und danach – wenn er nicht gerade mit einer Frau beschäftigt war, was oft genug vorgekommen ist.

Obwohl wir neben der Hauptstraße auf dem Fahrradweg gehen, ist es stockfinster. Hier werden die Straßenlaternen tatsächlich um dreiundzwanzig Uhr ausgeschaltet, aus Kostengründen. Willkommen im sparsamen Ostfriesland. Aber der Mond leuchtet hell genug, so dass wir einigermaßen vorankommen, ohne Gefahr zu laufen, den Weg zu verlassen. Meine Füße signalisieren mir allerdings nach der Hälfte der Strecke, dass ich mir das mit dem Weitergehen noch mal überlegen sollte. Es tut so verflixt weh! Ich habe garantiert schon hundert Blasen. Obwohl meine Pumps wirklich eingelaufen sind – ich habe ja nur das eine Paar – sind es eben keine Turnschuhe, mit denen man mal eben einen Marathon absolvieren kann. Ich schätze, noch einen Kilometer weiter und ich fange an, wie ein Storch im Salat zu staksen. Lennart scheint das leider auch bemerkt zu haben.

„Probleme?“, fragt der Mistkerl mich.

„Ich? Auf gar keinen Fall. Du?“

„Ha, ha. Weißt du was, ich liebe dich, Marie Janssen. Du bist einfach göttlich.“

Ich muss schlucken. Mir ist klar, dass er das nur so dahingesagt hat, trotzdem habe ich mir im Alter von neunzehn oft gewünscht, er würde es zu mir sagen und so meinen. Ich habe für ihn geschwärmt, aber es war eher so eine Schwärmerei für einen Typen, bei dem man sowieso weiß, dass er unerreichbar ist. Ich habe mich auch nie getraut, einen Annäherungsversuch zu wagen. Wer hat schon Lust auf eine Abfuhr? Außerdem hätte ich unsere Freundschaft damit gefährdet, aber das Thema hatte sich nach seiner Abreise ohnehin erledigt – bis jetzt.

In diesem Moment befreit Lennart meinen Arm aus seiner Armbeuge. Ich will gerade fragen, was los ist, als er sich vor mich stellt und mich auffordert: „Los, spring auf, Summer. Dein Prinz trägt dich nach Hause.“

„Du hast wohl zu viel in der Sonne gebadet!“, kichere ich und tippe mir an die Stirn.

Er sieht es nicht, da er mit dem Rücken zu mir steht. Anstatt weiterzulaufen, macht er einen Schritt rückwärts auf mich zu. „Los, das ist ein einmaliges Angebot! Mach schon. Do it. Do it. Weißt du noch?“

„O ja. Do it. Do it“, lache ich. „Wie lange ist es her, dass wir *Zoolander* angesehen haben?“

„Viel zu lange. Vielleicht mache ich das bei unserem Date mit dir. Und jetzt mach endlich, bevor mir kalt wird.“

„Schön, wie du willst. Aber beschwer dich hinterher nicht.“

„Ist doch nur noch ein Katzensprung bis nach Hause.“

„Das wirst du in Kürze nicht mehr sagen. Du hast keine Ahnung, was für ein Gewicht du dir aufhalst.“

„Deine neunundfünfzig Kilo kann ich schleppen, Herzchen. Kein Problem.“

„Gut geschätzt. Aber das ist pure Muskelmasse.“

„Da bin ich mir sicher. Dein Sixpack damals war auch beachtlich, Summer. Was glaubst du, wie die anderen Kerle mich darum beneidet haben, so eine heiße Beachpartnerin zu haben?“

Ich glaube, dass ich mich verhört habe. Weil ich zu perplex zum Antworten bin, springe ich ihm tatsächlich auf den Rücken. Er stöhnt kurz und taumelt einen Schritt, dann hat er sich gefangen und beginnt langsam zu gehen.

„Das nenne ich dynamisch. Fast hättest du mich flachgelegt“, scherzt er, und trägt mich huckepack durch die Nacht.

Über die Zweideutigkeit seiner Aussage möchte ich nicht nachdenken. Der Weg bis hierhin hat mich auch genug ernüchtert, um nicht völlig albern loszukichern.

„Schau’n wir mal, ob du in zehn Minuten auch noch so blöde Witze reißt.“

„In zehn Minuten sind wir bereits zuhause.“

„Kannst du fliegen, oder wie?“

„Nein, aber jetzt, wo wir das Schneckentempo hinter uns gelassen haben, wird es schneller gehen."

„Zum Glück bist du kein Arsch."

„Nein. Zum Glück nicht."

Ich will es nicht, aber meine Nase vergräbt sich ein wenig in seinem herrlich frisch duftenden Haar. Da ich nur eine dünne Nylonstrumpfhose unter dem Kleid trage, spüre ich die Wärme seiner Unterarme auf meinen Oberschenkeln. Ich merke, dass seine Schritte nach einer Weile schwerer werden, aber er bleibt tapfer. Und wir haben es nicht mehr weit.

„Du hast es bald geschafft", ermuntere ich ihn.

Er stöhnt gequält.

„Was hast du gegessen heute? Backsteine?"

„Wer hat eben noch getönt, es wäre kein Problem?"

„Also, ich war das nicht", tönt er.

„Komm, lass mich runter. Die letzten paar hundert Meter gehe ich selbst. Was, wenn mich jemand im Dorf sieht?"

„Nö, also so haben wir nicht gewettet."

Er hält mich noch fester und ich wehre mich nicht dagegen. Wir gehen – ich meine, er geht mit mir – an der Bäckerei Ratzsch vorbei, überqueren die Brücke und biegen links auf den Fahrradweg am Kanal ab. Kurz darauf lässt er mich runter, dann dreht er sich zu mir um und steht so dicht vor mir, dass ich seinen durch den Marsch erhitzten Körper spüren kann. Uns trennen nur noch wenige Zentimeter voneinander.

„Warum bist du wieder hier?", durchbricht meine Stimme die Stille der Nacht.

Irgendwo kreischt eine Katze, aber das ist nicht der Grund dafür, dass mein Puls schon wieder rast. Was ist hier nur los? Mein Mund ist leicht geöffnet, weil mir das Atmen verdammt schwerfällt, wenn er so dicht vor mir steht wie jetzt.

Wie ist Lennarts Hand auf meinen Rücken gekommen? Es ist wie ein Automatismus; ich gehe einen Schritt auf ihn zu, er zieht mich an seinen Körper und küsst mich.

Der Kuss ist hart und fordernd. Leidenschaftlich und feurig. Seine Zunge erforscht meinen Mund, sein heißer Atem vermischt sich mit meinem. Hier ist kein Platz für blümchenhafte Zärtlichkeit, wie ich sie von Holger kenne. Lennart ist durch und durch Mann. Ich kann das Testosteron förmlich riechen, das ihn antreibt, ihn anfeuert, mich so besitzergreifend zu küssen, dass es mir beinahe den Boden unter den Füßen wegzieht. Ein Glück, dass er mich festhält. Ich lehne mich in seine Umarmung und erwidere die Schläge seiner Zunge mit meiner eigenen, bis wir uns in einem unendlich erotischen und erregenden Tanz befinden, der mich in andere Sphären davonträgt. Gerade will ich meine Hände in seinem Haar vergraben, als er seinen Mund von meinem löst und einen Schritt zurücktritt.

„Puh“, stöhnt er. „Mein Gott, Summer! Ich schulde dir noch eine Antwort auf deine Frage, ehe wir weitermachen.“ Lennart atmet mindestens genauso schnell wie ich. Ich sehe immer wieder kleine weiße Wölkchen vor seinem geöffneten Mund erscheinen. Sichtlich mitgenommen fährt er sich durchs Haar und räuspert sich. „Mannomann, was für ein Kuss!“

Ich bin ebenfalls sprachlos. Komplett außer Gefecht gesetzt. Meine Knie sind weich und die Wellen der Leidenschaft ebben nur langsam ab.

„Meine Rückkehr hat einen ganz bestimmten Grund: Ich finde, es ist an der Zeit, mein Leben zu verändern. Ich will heiraten und eine Familie gründen. Als ich dich heute gesehen habe, wie du die Aula betreten hast, da ist mir klargeworden, dass ich die Frau meines Lebens schon so lange kenne und es nicht gesehen habe. Du bist es, mit der ich den Rest meines Lebens verbringen will.“

Ich muss schlucken.

Es kann nicht sein, dass er das eben wirklich gesagt hat.

Ich halluziniere.

Also doch eine Psychose. Na wunderbar.

Lennart nimmt meine Hand in seine. Dann dämmert es mir.

Er spielt Spielchen, und heute bin ich die Dame, die er rumkriegen will. Lennart Wolf und ein solides Leben, ein Haus, ein paar Kinder und vielleicht noch ein Hund? Die Idee ist so lächerlich, dass ich tatsächlich lachen muss. Ich bin ein Loser. Ohne Job. Gerade vom Freund verlassen. Er ist superreich. Ein Star unter den Game-App-Produzenten. Wie realistisch ist es, dass er die Wahrheit sagt? Es wäre ein Traum. Aber ich weiß, die Wahrscheinlichkeit, dass er sich das in einer Bierlaune ausgedacht hat, weil er solche Scherze einfach lustig findet, ist millionenfach höher. Übermorgen fliegt er vielleicht nach Saint Tropez oder nach Kitzbühel und treibt es mit einer anderen, der er das Gleiche erzählt. Ich habe es oft genug erlebt. Schließlich hat er mit seinen Eroberungen kaum mehr als eine Nacht verbracht. Jedenfalls früher. Nein, er versucht hier definitiv, mich zu verarschen, und mein Kamm schwillt. Der verbliebene Restalkohol in meinem Blut wirkt wie ein idealer Brandbeschleuniger.

„Du bist ein Spinner. Verarschen kann ich mich alleine!“ Ich bin jetzt wirklich sauer und rausche davon, ohne ihn noch einmal anzusehen. Irgendwie habe ich gedacht, dass wir Freunde geblieben wären, aber da habe ich mich wohl getäuscht. Das Gartentörchen ist glücklicherweise nicht abgeschlossen, und ich mache mir nicht die Mühe, es hinter mir zuzumachen. Der Terrier meiner Mutter, Rookie, ist vor drei Jahren gestorben, und seitdem hat sie sich kein Tier mehr angeschafft.

„Warte doch mal, Marie!“, ruft er mir noch hinterher, aber ich will nichts mehr hören. Ich bin wirklich zu blöd, dass ich mich überhaupt auf einen Kuss eingelassen habe.

Wütend knalle ich die Haustür hinter mir zu. Erst kurz darauf fällt mir ein, dass ich damit vielleicht meine Mutter aufgeweckt haben könnte, die oben schläft. Wenn Lennart es ernst meinen würde, wäre er mir sicher hinterhergekommen.

Idiotin!

Ich hab's anscheinend immer noch nicht gerafft.

Summer & Naughty ... Das ist viel zu lange her, und schon damals waren wir kein Traumpaar, sondern nur ein Dreamteam – auf dem Beachfeld. Ich muss mir das immer wieder wie ein Mantra vorsagen, denn der Kuss hat mich leider ziemlich verwirrt. Noch ein bisschen mehr Verwirrung und ich bin reif für die Zwangsjacke.

Um mich abzulenken, surfe ich nach dem Zähneputzen im Internet. Natürlich lande ich bei Facebook und irgendwie auch auf Holgers Seite. Die miese Ratte hat ein neues Profilfoto mit seiner Neuen hochgeladen. Glücklich sitzen sie auf einer Mauer. O mein Gott, sind die zusammen in den Urlaub gefahren? Übelkeit wallt in mir auf. So, wie sie da verliebt zusammenkleben, kann ich mir bildlich vorstellen, wie er das Smartphone zum Selfie in die Höhe hält und sie danach leidenschaftlich küsst.

Zum Kotzen ist das. Ersticken soll der Arsch daran. Ich schnaufe laut aus, als ob das etwas daran ändern würde, dass ich ein verdammter Loser bin.

Ich will mich gerade ausloggen, als ich eine neue Freundschaftsanfrage erhalte. Von *LenNaughty1987*. In einem Anflug geistiger Umnachtung nehme ich sie an.

Ja, ich habe ja eben schon festgestellt, dass ich ein hoffnungsloser Fall bin. Vielleicht ist es aber auch nur die Neugierde, weil ich sehen will, was er alles auf seinem Profil stehen hat. Ich scrolle mich durch seinen Account, aber da gibt es nicht viel zu sehen.

Entsetzt stelle ich fest, dass er überhaupt keine Einträge oder gar Freunde hat, sondern der Account eben erst erstellt wurde. Just in dem Moment poppt eine Nachricht auf:

Exklusiv für dich, Summer. Träum was Schönes! L.

Als ob der Herzensbrecher meine Gedanken lesen könnte. Ich antworte nicht, sondern logge mich aus und gehe ins Badezimmer.

Exklusiv für mich. Was meint er wohl damit? Den Account? Ihn persönlich?

Träum weiter, Marie. Denk nicht eine Sekunde daran, dass er den Quatsch von wegen Hochzeit ernstgemeint haben könnte. Nie und nimmer! Er hat es ja selbst gesagt. Nein, ein Mann wie er gibt ein Leben in Saus und Braus nicht für eine Frau wie dich auf.

Das ist mir ganz klar, aber irgendein blöder Teil von mir wünscht sich, es wäre anders. Ich finde, ich hätte mein eigenes kleines Märchen verdient. Aber das Universum sieht das, schätze ich, nicht so. Ich fürchte mich sogar davor, was in meinem Leben als nächstes noch schiefgehen könnte. Job weg. Freund weg. Existenz weg. Ich will nicht weiter darüber nachdenken und versuche, an etwas Positives zu denken. Fliegende Gummibärchen, für den Anfang.

Völlig aufgewühlt schlüpfe ich unter die Decke und streife meine Lippen mit meinen Fingerkuppen, bevor ich meinen Kopf ins Kissen vergrabe.

Marie Dummkopf Janssen. Ab sofort habe ich einen zweiten Vornamen.

Kapitel 2

Die Stricknadeln klappern und aus dem Radio tönt eine Schnulze, die ich ganz sicher für den Rest des Tages nicht mehr loswerde, obwohl ich diese Schlagerkacke hasse. *Tausendmal berührt* ... Im Ofen knackt es, als ein Holzscheit zusammenbricht, und ich zucke zusammen. Es ist wohlig warm im Wohnzimmer, aber innerlich fühle ich mich eingefroren.

Stufe zwei des Selbstmitleids hat eingesetzt. Zuerst war ich noch sehr wütend auf Holger – auch ein bisschen auf Lennart –, aber jetzt fühle ich mich einfach nur einsam und ungeliebt. Fast eine Woche ist seit diesem peinlichen Abitreffen vergangen – mehr als drei Wochen, seit ich Job und Freund verloren habe. Ich bin emotional so ausgelaugt, dass ich nicht mal mehr weinen kann. Stricken hilft mir, meine Hände und irgendwelche Hirnsynapsen zu beschäftigen, denn als Arbeitslose zuhause bei Mutti hat man nicht gerade viel um die Ohren. Mit Nicole habe ich mich zwar wieder versöhnt, aber auch bei ihr kann ich nicht dauernd auf der Matte stehen. Ich höre, wie sich die Eingangstür öffnet. Ist es schon wieder so spät? Haben die Zahnärzte nichts mehr zu tun? Ihren Job als Zahnarzthelferin nimmt meine Mutter sehr ernst, und nachdem mein Vater sie vor drei Jahren wegen einer Jüngeren verlassen hat, brauchte sie auch zwingend wieder ein regelmäßiges Einkommen. Mamas Gesicht erscheint im Türrahmen zum Wohnzimmer.

„Sag bloß, du bist immer noch im Schlafanzug, Marie?"

Ich spüre, wie ich immer kleiner werde. Ihr vorwurfsvoller Ton trifft mich. Wieso versteht sie nicht, dass ich keine Energie habe, mich auch noch in Schale zu schmeißen? Verstohlen sehe ich an mir hinunter. Immerhin, ich habe mir einen Wollpulli über mein Pyjamaoberteil gezogen, viel zu groß und längst ausgeleiert. Ein echtes Wohlfühlteil. Auf den Hosenbeinen meiner babyblauen Schlafanzughose sind ein paar

Flecken. Ups. Kaffee oder Schokolade? Ich kann es nicht genau sagen. Da ich heute noch nichts gegessen habe, müssen die schon länger darauf sein.

Hm. Was könnte ich zu meiner Verteidigung vorbringen?

Ist nicht leicht, der Fall.

„Mama, du weißt doch, mir geht es nicht so gut. Holger hat sich doch gerade erst getrennt ...“, fange ich an, aber Mama wedelt genervt mit den Händen.

„Ich kann mir das nicht mehr anhören. Puh, hier ist aber auch ein Mief in der Bude!“ Anstatt mich liebevoll in den Arm zu nehmen, um mich zu trösten, rennt sie zum Fenster und reißt es auf. Nicht nur auf Kipp, sondern komplett. Ein eisiger Windhauch streift mich und lässt mich frösteln.

„Hör zu“, fährt sie fort, setzt sich halb aufs Sofa und sieht mich eindringlich an. „Ich verstehe, dass nicht alles optimal gelaufen ist, aber so geht es nicht weiter. Du musst dir einen Job suchen, eine Wohnung … Wo willst du eigentlich hin?“

Wohnung? Wo ich hin will? Was faselt sie da? Nirgendwo will ich hin. Mir geht es schlecht, da ist es doch bei Mutti am schönsten!

„Ich wohne doch hier“, antworte ich leise.

„Schatz, das kann keine Dauerlösung werden. Du bist neunundzwanzig. Da lebt man doch nicht mehr bei seinen Eltern.“

Ich kneife meine Augen zusammen. Meine eigene Mutter will mich loswerden? Okay, tiefer sinken kann ich nun echt nicht mehr.

„Du willst, dass ich ausziehe?“, frage ich mit zitternder Stimme, meine Lippen beben. Noch ein Wort und die Tränen fließen bei mir. Ich bin momentan echt nicht stabil.

„Marie, nicht sofort, natürlich nicht“, sie seufzt theatralisch, „aber langfristig gesehen – das siehst du doch ein – willst du auch wieder auf eigenen Beinen stehen. Hast du schon mal in die Stellenanzeigen geschaut?“ Ich sehe auf meine Hände.

„Nein. Mach’ ich morgen.“

Meine Güte. Jeden Tag die gleiche Leier. Ich bin einfach noch nicht bereit dazu, mich nach was Neuem umzusehen. Dass sie das nicht verstehen kann!

„Marie, hör aber auf! Das sagst du schon, seit du hier bist."

Sie hat recht, aber es ist mir egal. Würde mich ja nicht wundern, wenn sie mir demnächst selbst einen Job sucht. Meine Mutter ist nicht gerade die geduldigste Person. Von wem ich diesen Wesenszug da wohl habe?

„Na und?" Ich recke trotzig meine Unterlippe nach vorne. Das konnte ich als Kind schon gut. Bei einer Dreijährigen sieht es vielleicht noch süß aus, jetzt kommt es wahrscheinlich eher ziemlich blöde rüber, aber ich kann nicht anders. Warum greift mich auch noch meine Mutter an? Sie sollte doch mein Rückhalt sein, mir mein Lieblingsessen kochen und die Tränen trocknen ...

„Sieh mal, ich habe da eine Idee. Und jetzt leg das Strickzeug weg, wir brauchen nicht noch einen zehnten Schal! Oder willst du eine Armee ausstatten?"

Sie hat also eine Idee. Ich habe so ein dumpfes Gefühl, dass sie schon längst was ausgeheckt hat.

„Natürlich nicht!", motze ich.

„Schatz, ich mache mir langsam ernsthaft Sorgen, dass du in eine Depression rutschst. Das kann doch so nicht weitergehen. Soll ich dir helfen?"

„Helfen? Mir kann keiner helfen", presse ich erschöpft hervor und lege eine Hand über meine Augen. Dunkel, es ist so schön dunkel.

Ich höre, dass meine Mutter leise und sehr lange kontrolliert ausatmet, bevor sie weiterspricht.

„Marie, ich will mir ja nicht zu viel rausnehmen, aber mir ist da was zu Ohren gekommen. Also, ich meine wegen einer möglichen Arbeitsstelle ..."

Ich rolle mit den Augen. Sie hat sich also umgehört. Na toll. Soll ich jetzt vielleicht Zeitungen austragen?

„In der Kirchengemeinde suchen sie jemanden. Seit Angelika Stiller letzten Monat in Rente gegangen ist, ist die Position frei.“

„Kirchengemeinde?“, frage ich ungläubig.

„Na, du warst doch in der Verwaltung tätig, das ist da nichts anderes.“

„Ach“, sage ich und runzele die Stirn. Meine Mutter strahlt mich an, als ob sie mir eben verkündet hätte, dass ich den Hauptgewinn gezogen habe.

„Ja, und stell dir vor, du könntest direkt morgen anfangen!“ Jetzt klatscht sie auch noch in die Hände. Mir fehlt anscheinend das Gen für ihre Euphorie.

„Toll“, presse ich mühsam hervor. „Und Bewerbungsunterlagen wollen die keine?“

„Das habe ich alles schon geregelt. Deine alten Zeugnisse zu kopieren und so, das ist doch keine große Sache gewesen.“

Ich stöhne auf und werfe mich zurück ins Sofa. Was hat die Frau noch alles hinter meinem Rücken angezettelt?

„Hast du auch eine Wohnungsannonce geschaltet?“, frage ich leicht irritiert. Ich bin nicht mal sauer, dafür bin ich viel zu überrascht. Das hätte ich ja nicht mal meiner Mutter zugetraut, dass sie so weit geht und alles für mich in die Hand nimmt. So viel zum Thema ‚neunundzwanzig und selbstständig‘. Wenn es nicht so traurig wäre, würde ich an dieser Stelle lachen.

„Äh, nein. Aber das ist eine gute Idee ...“ Sie ist im Begriff aufzustehen, als ich sie zurückhalte.

„Mama, ich weiß doch noch gar nicht, ob ich hierbleiben will, also hier in der Gegend, meine ich. Können wir das nicht alles etwas langsamer angehen?“ Mit Zickigkeit komme ich bei ihr nicht weiter, deswegen versuche ich es noch mal auf die Mitleidstour.

„Mein liebes Kind. Du wirst diesen Job antreten, denn ich habe bereits zugesagt.“

Ich schnappe nach Luft. Das ist ja wohl die Höhe!

„Wie bitte?“

„Du musst endlich raus aus der Lethargie, so geht es nicht weiter. Und wenn du den Job auch nur für ein paar Wochen oder Monate machst, bis du was anderes gefunden hast. Du brauchst ein Einkommen und was zu tun!“

„Du tust ja gerade so, als ob ich seit Monaten hier abhängen und dir auf der Tasche liegen würde!“

Meine Mutter wirft mir einen abschätzenden Blick zu. Ich bekomme sofort ein schlechtes Gewissen, obwohl drei Wochen nun wirklich nicht lang sind.

„Um neun beginnt dein Arbeitstag morgen“, höre ich sie sagen, dann steht sie auf und schließt endlich das Fenster. Die Temperatur im Wohnzimmer ist merklich abgekühlt, aber das liegt nicht nur am Lüften.

Sie dreht sich noch einmal zu mir um und schaut mich etwas versöhnlicher an.

„Was soll ich kochen?“

Okay, da ist es, das Friedensangebot. Probleme wurden bei uns schon immer mit dem Belohnungssystem Essen gelöst.

„Mehlpütt“, gebe ich knapp zurück und nehme meine Stricknadeln wieder auf. Ich liebe das süße Hefeteiggericht mit Vanillesoße – meine Mutter anscheinend nicht so sehr, denn ihr genervter Gesichtsausdruck spricht Bände.

„Nicht dein Ernst. Das haben wir in den letzten drei Wochen bestimmt zehnmal gehabt.“

„Na und? Es ist mein Lieblingsessen. Dann frag halt nicht, wenn du ohnehin was anderes im Kopf hast.“

Meine Mutter verzieht das Gesicht und verlässt dann leise murmelnd das Wohnzimmer. Kurz darauf höre ich, dass sie in der Küche mit Schüsseln und Töpfen klappert. Erst jetzt bemerke ich, dass ich wirklich hungrig bin. Hoffentlich beeilt sie sich.

Der heiße Hefeteig mit Vanillesoße und Dosenobst ist einfach mein absolutes Wohlfühlessen, und das habe ich eben häufiger gebraucht, seit ich bei Holger ausgezogen bin. *Soulfood* nennen es die Amerikaner. Was mich gedanklich zu Lennart bringt. Natürlich hat er sich, trotz seiner exklusiven Facebook-Anfrage, nicht mehr bei mir gemeldet. Bin ich froh, dass ich mir da nicht mehr ausgerechnet habe! Sonst wäre ich gleich wieder auf die Nase gefallen.

Am nächsten Morgen stehe ich vor meinem Kleiderschrank und frage mich, was man als Angestellte einer Kirchengemeinde am besten anzieht. Hoffentlich erwartet unser Pastor nicht von mir, dass ich im grauen Kostüm und mit Dutt aufkreuze und einen auf Fräulein Rottenmeier mache. Letzen Endes entscheide ich mich für eine dunkle Stoffhose und eine geblümte Bluse. So viel Auswahl habe ich auch nicht, denn Jeans sind da sicher nicht der Renner.

Als ich an der Tür des Pfarrhauses klingele, bin ich doch etwas aufgeregt. Ich habe ja keine Ahnung, was meine Mutter zu unserem Pastor Arno Peters gesagt hat, dass er mich ohne Vorstellungsgespräch und Zeugnis meines letzten Arbeitgebers eingestellt hat. Nach wenigen Sekunden öffnet sich die Tür und ich sehe in ein freundliches Gesicht.

„Marie, guten Morgen, herzlich willkommen! Komm doch herein."

Er streckt mir seine riesige Hand entgegen, die ich ergreife.

„Guten Morgen, Herr Peters."

Sein Händedruck ist warm und angenehm. Er strahlt diese innere Ruhe und Kraft aus, wie sie nur Menschen in sich tragen, die mit sich im Reinen sind. Ich habe fast ein wenig Angst, dass er alleine durch die Berührung mitbekommt, was für ein emotionales Wrack ich geworden bin. Falls er es spürt, lässt er sich nichts anmerken.

Er tritt einen Schritt zur Seite, bedeutet mir einzutreten und schiebt das Knöpfchen in der Tür nach oben, so dass man die Tür auch ohne Schlüssel öffnen kann. Ab jetzt können die

Schäfchen der Gemeinde jederzeit reinkommen, ohne klingeln zu müssen, teilt er mir freundlich mit. Er legt mir eine warme Hand auf die Schulter und schiebt mich sanft weiter den Flur entlang. Tatsächlich, ich habe dagestanden, als wäre ich festgewachsen. Ich muss definitiv lockerer werden, aber das kommt sicher alles mit der Zeit. Vielleicht liegt es auch daran, dass ich mich die halbe Nacht gefragt habe, was man so als rechte Hand des Pastors zu tun hat. Muss ich jetzt auch täglich beten und jeden Sonntag in die Kirche gehen? Ich glaube schon an Gott, das ist es nicht, aber ich bin einfach nicht der Typ, der sich jede Woche im Kirchenkreis mit anderen trifft. Meine Mutter hingegen ist schon seit Jahr und Tag im Chor und engagiert sich immer wieder bei verschiedenen Projekten.

„Komm, ich zeige dir erst mal alles. Und nenn mich bitte Arno, das ‚Herr Peters' können wir uns sparen, wo wir uns doch nun täglich sehen, nicht?"

„Äh, ja klar. Gerne ... Arno." Daran muss ich mich ganz sicher noch gewöhnen. Wir gehen durch eine Eichentür mit Messinggriff, der Boden ist mit roten, quadratischen Fliesen ausgelegt. Hier hat sich aber auch rein gar nichts verändert, seit ich konfirmiert worden bin, fährt es mir durch den Kopf. Aber es ist nicht unangenehm, sondern ich fühle mich zu meiner nicht geringen Überraschung sofort irgendwie heimelig und wohl. Hier gibt es nicht so viele negative Vibes wie bei meinem letzten Job in Hamburg.

„Das hier ist dein Schreibtisch, du kannst dir hier alles so organisieren, wie du es für richtig hältst. Computer und so richten wir irgendwann diese Woche ein. Bei uns sind E-Mails noch nicht so wichtig. Gott erreichen wir immer noch auf dem klassischen Weg."

Er zwinkert mir zu, und ich spüre, dass ich rot werde. Er weiß sicher, dass ich nicht bete. Wie peinlich. Ich spare es mir, ihm irgendwelche Lügen aufzutischen, von wegen in Hamburg wäre ich regelmäßige Kirchgängerin gewesen oder so.

Arno zeigt mir noch die anderen Räumlichkeiten, sein Büro und die beiden Räume für Veranstaltungen der Gemeinde wie Mutter-Kind-Treff, Bingo, Frauenkreise, Seniorenkreis, Bibelkreis, Chor und so weiter. Anschließend drückt er mir einen Kalender und eine Liste in die Hand.

„Am besten machst du dich mal mit den ganzen monatlichen und wöchentlichen fixen Terminen vertraut. Es gehört zu deinen Aufgaben, dass das alles reibungslos läuft."

Uff. Als ich das Blatt überfliege, wird mir klar, dass ich allerhand zu tun haben werde, bis ich das verinnerlicht habe.

„Ach, und", fügt er noch hinzu, „wir planen auch einen Weihnachtsbasar zum ersten Advent. Die Organisation würde ich auch gerne mit zu deinen Aufgaben zählen."

„Na klar!", höre ich mich sagen. „Kein Problem. Ich bin sehr gut im Organisieren."

„Wundervoll! Du glaubst gar nicht, wie froh ich bin, dass deine Mutter die Idee hatte, dich vorzuschlagen. Aber jetzt lass uns erst mal einen Tee trinken. Wir haben hier auch eine große Küche, ohne die wir all die schönen Dinge in unserer Gemeinde nur halb so gut realisieren könnten. Die Bedeutung des leiblichen Wohls kann gar nicht überschätzt werden."

Dabei fällt mir auf, dass unser Pastor selbst ganz schön abgespeckt hat. Ich hatte ihn mit Bierbauch und zotteligen Haaren in Erinnerung. Jetzt geht er rank und schlank und mit akkurater Frisur und halbwegs schicker Kleidung vor mir in die Pfarrküche. Stimmt, ich erinnere mich: Vor zwei Jahren hat er sich von seiner Frau scheiden lassen – mit Mitte fünfzig. Anscheinend hat ihm die Trennung aber gutgetan. Soll es ja geben, solche Menschen, die etwas Positives daraus ziehen. Ich für meinen Teil hänge noch in Phase zwei fest.

Es ist fast obligatorisch geworden: Ich checke abends auf Facebook, ob es etwas Neues gibt. Bei Holger. Dabei fehlt er mir eigentlich gar nicht wirklich. Mittlerweile glaube ich tatsächlich, dass mein Hauptproblem mein verletztes Ego ist. Ich bin noch nie so hinterhältig von jemandem abserviert worden. Dass er mich wahrscheinlich schon wochen- oder monatelang mit der Schlampe betrogen hat, macht die Sache nicht besser. Da, neues Foto. Die beiden zusammen auf dem Winterdom. Er hat ihr ein Herz um den Hals gehängt, auf dem *‚Ich liebe Dich!‘* steht. Bittere Galle steigt in mir auf. Wie lange ist er mit der blöden Kuh zusammen? Drei, vier Wochen? Da kauft man bitteschön doch nicht gleich ein Herz mit den berühmten drei Worten. Mir hat er nie eines gekauft. Es sei ihm immer zu kitschig, hat er gesagt. Na gut. Ich hab's kapiert. Mit mir war es ihm nicht ernst. Und das ganze vier Jahre lang. Mit unterirdischer Laune wähle ich Nicoles Nummer. Sie hebt nach dem dritten Klingeln ab.

„Marie, hey, was gibt's Neues?“ Diese Frage nervt mich total, weil Nicole ja weiß, dass es bei mir eben nichts *Neues* gibt – außer dem Job, und den haben wir gestern schon ausgiebig diskutiert. Sie meinte doch tatsächlich, meine Mutter hätte das gut gemacht, mich so zu hintergehen. Manchmal frage ich mich echt, warum sie meine beste Freundin ist. Na ja.

„Nichts, eigentlich. Die heißen News mit meinem neuen Job kennst du ja schon. Und bei dir?“, frage ich.

„Es gibt doch etwas Neues: Wie war denn dein erster Tag?“

„Ach, gut. Ich glaube, ich mag meine neue Arbeit. Aber viel kann ich noch nicht sagen. Erzähl du mir was.“

„Ich weiß nicht, ob ich dich mit dem neuen pädagogischen Konzept des Kindergartens vom Hocker reißen kann. Die Elternbeiratssitzung gestern war wieder schlimmer als eine Gerichtsverhandlung. Anstrengend, sag ich dir.“

„Hm“, mache ich. Wieso haben alle ein Leben außer mir?

„Marie?“

„Ja.“

„Warum rufst du an? Was ist passiert?“

„Mir ist langweilig.“

„Ach Gott. Langeweile ist schlimm. Ach, Süße."

Meine Freundin – sie weiß, was ich brauche. Ein bisschen Mitleid. Ich fühle mich gleich ein wenig besser. Zum Glück hat sie diese positiven Seiten, sonst würde ich nach der Abitreffen-Nummer wirklich nicht mehr mit ihr reden.

Elefantengedächtnis, ihr erinnert euch?

„Ja. Es ist ganz schlimm. Ich glaube, ich bekomme eine Winterdepression", jammere ich.

„Schätzelein, der Winter hat doch noch kaum angefangen. Wir haben November."

„Eben. Eben. Meine Akkus waren schon vorher leer."

„Du weißt gar nicht, wie gut du es hast." Ihre Stimme wird leise, fast nur ein Flüstern. „Schau mal, wenn ich du wäre, würde ich rausgehen, mein Leben genießen. Hau ein bisschen auf den Putz, such' dir einen Lover oder so."

„Nicole, ich glaube, du siehst zu viele Serien. Wo soll ich hier denn einen *Lover* finden?"

„Keine Ahnung. In der Kneipe. Und zu den Serien: Mensch, was soll ich sonst machen, außer abends mal fernzusehen? Wenn die Kinder im Bett sind, kann ich mich ja kaum aus dem Haus schleichen. Außerdem bin ich verheiratet."

„Bist du nicht glücklich?", frage ich überrascht.

„Doch, natürlich, aber am Tagesende bin ich einfach nur müde. Zu mehr als auf dem Sofa rumhängen habe ich oft keine Energie mehr."

„Mir geht es auch ohne Familie und Kinder so."

„Das muss sich ändern. Was ist aus dem Date mit Lennart geworden?"

Als ob sie das nicht wüsste! Warum bringt sie das jetzt wieder zur Sprache?

„Püh", mache ich.

„Ich habe ihn gestern im Baumarkt gesehen. Der war vollbeladen. O mein Gott, er sah so männlich aus in seinen Arbeitsklamotten, Holzfällerhemd, Basecap und ... hach ..."

Ich kann es mir bildlich vorstellen. Leider. *Sexy as hell.*

„Nein. Kein Date. Gar nichts“, seufze ich in den Hörer.

„Wieso gibt er dann so viel Geld für dich aus?“

„Gute Frage. Wahrscheinlich, weil das für ihn nur *Peanuts* waren. Er hat danach zu mir gesagt, dass er mich aus der peinlichen Situation retten wollte, in der ich dank d*ir* gelandet bin. Danke, ehemals beste Freundin!“

„Jetzt reg dich nicht wieder auf. Ich dachte, du hättest mir vergeben?“

„Vergeben ja, aber nicht vergessen“, gebe ich pikiert zurück. Ich sagte es ja schon. Nachtragend wie ein Elefant.

„Vielleicht ist er ja beschäftigt mit dem Umbau und wartet auf den geeigneten Moment, um das Date einzulösen?“, höre ich, wie Nicole am anderen Ende der Leitung laut überlegt.

„Klar. Und mein Name ist Hase. Selbst wenn, ich würde nicht mitgehen.“

Schallendes Gelächter am anderen Ende. Blöde Kuh.

„Was?“, pampe ich sie an.

„Ich hab’ doch gesehen, wie du reagiert hast, als du ihn auf der Abifeier gesehen hast.“

„Na, wie habe ich denn reagiert?“

„Schmacht, schmacht, sag ich da nur.“ Ich verdrehe die Augen und überlege, ob ich einfach auflegen soll.

„Ich hasse dich“, erwidere ich stattdessen.

„Hey, komm. Wenn ich *nicht* den besten aller Ehemänner hätte, würde ich Lennart auch geil finden. Gib es doch wenigstens zu.“

Ein leiser Seufzer schleicht sich über meine Lippen.

„Ach, Nicole. Was soll das? Der hat mich früher schon nur als *best buddy* gesehen. Damals war er noch nicht steinreich und in der Welt herumgekommen. Jetzt ist er gutaussehend, vermögend und kein bisschen weniger Herzensbrecher.“

Scheiße. Ich fühle mich gleich noch schlechter, nachdem ich es noch einmal laut ausgesprochen habe.

„Wieso Herzensbrecher? Was hat er gemacht? Was habt ihr ...? Nein! Du hast nicht mit ihm …? Ich glaub es ja nicht. Deswegen warst du plötzlich weg? Wieso erfahre ich erst jetzt davon?“ Sie schreit quasi in den Hörer und ich muss mein Telefon ein Stück vom Ohr wegnehmen.

„Nein, es ist fast nichts passiert.“

„Fast? Fast?!“ Ich glaube, gleich werde ich taub, so laut quietscht sie.

„Er hat mich geküsst“, gebe ich kleinlaut zu.

Stille. Ich höre nur noch, dass sie schnell atmet.

„Nicole?“, hake ich nach.

„Und dann?“, fragt sie, ihre Stimme ist nur noch ein Hauch. Ich kann mir bildlich vorstellen, wie sie mit weit aufgerissenen Augen auf dem kleinen Hocker im Flur sitzt, weil ihr Mann im Wohnzimmer fernsieht.

„Nichts. Dann bin ich gegangen.“ Ich bin froh, dass meine Stimme so gelassen klingt.

„Waaaas? Wieso denn?“ Nicoles Stimme hingegen ist nach wie vor schrill und deutlich zu laut.

„Weil er mir dann gesagt hat, dass er mich heiraten will.“

Schweigen. Schon wieder. Ich muss grinsen, weil ich weiß, dass Nicole gerade wahrscheinlich das Display ansieht, um nachzuschauen, ob sie auch die richtige Marie am Telefon hat.

„Gut, dass ich bereits sitze. Wie bitte?“, höre ich sie schließlich, deutlich schärfer im Ton, sagen.

„Er hat mich verarscht, Nicole“, kläre ich sie auf, und Nicole atmet hörbar aus.

„Ach ... meinst du?“

„Klar, warum sollte er so was zu mir sagen?“

Ich klinge überzeugend, aber ein blödes Stimmchen in meinem Kopf meint ja immer noch, dass Lennart so eine Verarschung gar nicht nötig hat, weil er so oder so jede Frau haben kann.

„Was genau hat er denn gesagt?“, hakt Nicole nach.

„Dass er sein Leben ändern will und dass ich die Richtige für ihn wäre.“

„Ich schmelze! Großer Gott. Wie romantisch ist das denn?“

„Du hast zu viele Schmonzetten gelesen, Herzchen. Lass es gut sein. Er wollte mich vielleicht wirklich flachlegen, und das ist sicher seine Standardnummer, um Frauen rumzukriegen.“

„Glaubst du? Nee, das ist doch gar nicht sein Stil.“

Sein Stil vielleicht nicht, aber gemacht hat er es trotzdem.

„Wie dem auch sei. Seitdem habe ich nichts mehr von ihm gehört. Nada. Niente. Rien.“

„Hey, ich weiß, dass du ein Sprachtalent bist. Das ist ja schon komisch. Aber vielleicht will er erst das Haus für dich fertigbauen ...“

„Hör endlich auf!“, fahre ich sie an. „Ich will davon jetzt nichts mehr hören!“

„*Du* hast mich doch angerufen!“

„O Mann. Okay, ich muss jetzt schlafen. Auf mich wartet morgen wieder ein spannender Tag in der Pfarrgemeinde.“

Ich rolle mit den Augen, obwohl mir die Arbeit eigentlich Spaß macht.

„Na gut, Marie. Dann sehen wir uns bald auf einen Kaffee, ja?“

„Klar, gute Nacht.“

Ich lege auf und schlurfe müde die Treppen nach oben in mein ehemaliges Kinderzimmer. Wenn ich hier länger bleibe, muss ich die rosa Wandfarbe irgendwie überpinseln. Lange halte ich das nicht mehr aus. Aber vielleicht wirft mich meine Mutter bald raus, dann kann ich mir die Renovierungsarbeiten auch sparen.

Kapitel 3

„Hey, Marie, läufst du eben mal zum Bäcker? Bring bitte die Zeitung und noch O-Saft mit, ja?“

„Was, ich?“, frage ich, während ich mich mühsam im Sofa aufrichte.

„Ja, du! Wenn du schon hier wohnst, kannst du auch etwas beitragen. Wir wollten doch gemeinsam frühstücken.“

„Äh, ja?!“

„Gut, dann zieh dich endlich an und hilf mit.“

„Seit wann bist du so ein Sklaventreiber, Mama?“

„Du bist alt genug. Ich will dich nicht immer bedienen.“

„Als ob du mich bedienen würdest“, protestiere ich.

„Gehst du jetzt oder nicht?“, fragt sie und stemmt ihre Hände in die Hüften. Meine Mutter ist ein Stück größer als ich, trägt ihre grauen ungefärbten Haare in einem frechen Pixie Cut und hat dazu eine Brille mit schwarzem Gestell. Ein ziemlich flotter Feger für ihr Alter, muss ich schon sagen. Nachdem mein Vater sie für eine zwanzig Jahre jüngere Frau verlassen hat, hat sie sich ganz schön verändert – von der betrogenen Ehefrau zur Powerfrau Mitte fünfzig. Keine schlechte Wandlung. Wenn sie so was kann, kann ich ja vielleicht auch noch was aus meinem Leben machen.

„Träumst du?“, reißt sie mich aus meinen Überlegungen.

„Äh, nö, bin schon unterwegs.“ Ich laufe nach oben, tausche Pyjamahose gegen Jogginghose und bin fünf Minuten später in unserem kleinen *Edeka* um die Ecke. Neben O-Saft wandern noch eine Tüte Chips, Cola und ein Lifestyle-Magazin in den kleinen blauen Plastikeinkaufskorb. Es ist Samstag und keine Party in Sicht. Ich plane also, es mir mit Kalorienbomben und Zeitschriften auf dem Sofa meiner Mutter gemütlich zu machen. Zum Glück habe ich gute Gene und bei mir setzt so gut wie nichts an.

Ich stehe an der Kasse und lade meine Waren aufs Förderband, als mir jemand von hinten auf die Schulter tippt. Ich drehe mich um und blicke in Lennarts samtbraune Augen.

Was für ein Schock!

Mein Herz setzt einen Schlag aus und ich zucke zusammen.

„So schreckhaft, Marie?“ Dabei verzieht er seinen sexy Mund zu einem knieerweichenden Grinsen.

Verdammter Mist. Wie sehe ich eigentlich aus?

Ungewaschene Haare. Jogginghose. Schminke hat mein Gesicht das letzte Mal vor Tagen berührt ...

„Hallo Lennart“, presse ich hervor und ringe mir mühsam ein Lächeln ab.

Warum muss ich ihn hier treffen, an einem Samstagmorgen? Es ist gerade mal halb zehn durch; ein Single in seinem Alter sollte um die Uhrzeit noch seinen Rausch ausschlafen.

Hm. Und was ist mit mir? Hat er vielleicht auch keine Freunde, mit denen er etwas unternehmen will?

Das ist ja praktisch unmöglich. Ich rufe mir in Erinnerung, dass er immer super beliebt war und sich sicher kaum vor Einladungen und Avancen retten kann, seit er als Quasi-Superstar aus den USA zurückgekehrt ist.

Ich werfe einen Blick aufs Band: Limo, Minisalami, Chips, Kekse, Schokolade und Mineralwasser.

„Baustellen-Nahrung“, klärt er mich auf. „Und bei dir?“

„Ähm. Meine Mutter hat mich geschickt.“

Meine Mutter hat mich geschickt?

Warum sage ich nicht gleich: ‚Ich habe eine Wassermelone getragen?‘ Das wäre mindestens genauso geistreich. Mein Gesicht brennt.

Na wundervoll. Jetzt muss ich auch noch rot werden.

Die Kassiererin hat meine Waren über den Scanner gefahren und ich zahle. Sieben Euro dreiundvierzig. Ich reiche ihr einen Zehner und spüre Lennarts Blick auf mir, was meinen Puls nicht unbedingt beruhigt, eher das Gegenteil.

Hastig packe ich meine wenigen Einkäufe in einen Tragebeutel, den ich aus der Jackentasche gezogen habe, und will zum Bäcker verschwinden, als er mich aufhält.

„Warte, kurz. Bitte."

„Was ist denn?"

Er zahlt mit EC Karte, das dauert nun einen Moment. Ich unterdrücke ein Seufzen, aber so bleibt mir ein wenig Zeit, ihn mir in Ruhe anzusehen. Auch heute trägt er ein Holzfällerhemd mit schwarzen und roten Karos, dazu eine Worker-Jeans mit Beintaschen und eine schwarze Basecap. Scheiße, wie kann man damit eigentlich attraktiv aussehen?

Liegt vielleicht an den breiten Schultern und den schmalen Hüften. Huch. Hab ich gerade doch geseufzt? Peinlich.

Lennart neigt den Kopf zur Seite, schiebt die restlichen Sachen in eine Edeka-Plastiktüte und kommt auf mich zu.

„Also, ich wollte dir nur sagen, dass ich unser *Date* nicht vergessen habe." Theatralische Pause. Ich weiß nicht, was ich sagen soll, also halte ich besser einfach mal die Klappe. „Ja, äh, aber es dauert noch ein paar Tage. Ich melde mich, okay?", spricht er weiter. Ich hebe eine Augenbraue und fühle mich schon wieder ein klein wenig verarscht. „Ich will etwas organisieren, das habe ich noch nicht alles geschafft, aber halte dir mal nächstes Wochenende frei."

Kein Problem. Ich habe sowieso nichts vor. Nie. Seit mein Leben eine Hundertachtzig-Grad-Wendung genommen hat jedenfalls nicht mehr. Ich zucke mit den Achseln.

„Ja, von mir aus."

Er grinst mich an.

„Summer, ich kenne diesen Gesichtsausdruck."

„Ach ja?"

„Ja. Du *glaubst* mir nicht."

„Wie auch immer."

Am liebsten würde ich ihm eine reinhauen, dafür, dass er in mir lesen kann wie in einem Buch. Und überhaupt.

„Ich komme nächsten Freitag um drei und hole dich ab!“, sagt er mit Nachdruck und sieht mir tief in die Augen.

Haut ab, ihr scheiß Schmetterlinge, weg da. Raus aus meinem Bauch!

„Gut. Tu, was du nicht lassen kannst“, gebe ich so gelassen wie möglich zurück, dabei tobt in mir ein Orkan. Ich habe ein Date. Mit Lennart. Bis jetzt habe ich mir immer eingeredet, dass das niemals stattfinden wird, aber anscheinend habe ich da falsch gedacht.

„Du bist immer noch sauer auf mich wegen dem Kuss?“, höre ich seine dunkle Stimme sagen. Hui, jetzt muss ich mir aber schnell eine gute Antwort überlegen.

„Natürlich nicht, aber ich muss jetzt los. Meine Mutter wartet auf mich und ich muss noch Brötchen kaufen.“ Nicht besonders geistreich, aber ich hab’ schon Dümmlicheres von mir gegeben. Schlimmer geht’s ja immer.

„Klar. Trifft sich gut, ich wollte mir auch noch was beim Bäcker holen.“

Natürlich muss er auch noch in die Backstube, war ja klar. Fast amüsiere ich mich ein bisschen.

„Na, was für ein Zufall“, gebe ich sarkastisch zurück. Er soll nicht merken, was in mir vorgeht. Wenigstens dieses eine Mal nicht.

An der Bäckertheke angekommen, stellen wir uns in die Schlange. Vor uns sind noch vier andere Kunden. Mir fällt auf, dass er viel zu dicht hinter mir steht, was ich aber nicht ändern kann. Ich kann seine männliche Aura fast körperlich spüren, was mich zutiefst irritiert. Ich muss schleunigst raus aus seinem Einflussbereich, aber wenn ich ohne Brötchen nach Hause komme, bringt mich meine Mutter um.

„Ich freue mich schon“, höre ich ihn dicht an meinem Ohr, und mein verräterischer Körper reagiert natürlich sofort mit einer Gänsehaut.

Ich reiße mich jetzt am Riemen. Sofort!

„Ach, Lennart“, gebe ich müde zurück. „Du musst diesen Scheiß nicht durchziehen. Wir beide wissen doch, dass ein Date bei uns ungefähr so viel bringt wie der Versuch, ein Pferd mit einem Esel zu kreuzen. Da kommt nichts Fruchtbares bei raus.“

Lennarts schallendes Lachen erfüllt die Bäckerei von einer Ecke zur anderen und alle Kunden drehen sich zu uns um. Natürlich kenne ich sie alle und sie mich, aber zum Glück gibt keiner einen Kommentar ab. Leider muss ich auch grinsen. Sein Lachen war schon immer ansteckend, und bis heute kann ich mich dem nicht entziehen.

„Du bist so süß. Ich zähle die Tage.“

Dann bin ich endlich dran und verlasse den Laden zügig, nachdem ich die Brötchentüte bekommen und bezahlt habe.

Auf dem Parkplatz sehe ich einen Pickup, bis oben hin vollbeladen mit Baumaterialien, Zementsäcken, Fassadenfarbe, unzähligen Paketen mit Parkettdielen. Das kann ja nur Lennarts Wagen sein. Niemand sonst hier fährt so einen Amischlitten. Was mich aber mehr überrascht: Er meint es also tatsächlich ernst mit dem Renovieren. Dabei könnte er sich doch sicher Handwerker leisten. Oder hat er sein Vermögen verspielt und ist deshalb zurück? Eine vernünftige Theorie und die einzig logische, scheint mir. Wieso sonst sollte er in das langweilige Kaff zurückkehren und auch noch selbst Hand an den Umbau legen?

Ein Gutes hat das Zusammentreffen im *Edeka* gehabt: Meine Lebensgeister sind geweckt worden und ich habe Lust bekommen, mich wieder zu bewegen, was ich nach dem Frühstück auch mache. Beim Laufen merke ich, wie wohltuend es ist, am Kanal entlang zu joggen und die kalte Luft in meine Lungen aufzusaugen. Auch meine Mutter scheint bei unserer Begegnung später am Nachmittag, als ich gerade das Haus noch einmal verlassen will, zufrieden zu sein.

„Sehr gut, Marie. Endlich wachst du aus deiner Lethargie auf! Ich gehe dann mal los, wir haben heute eine Verabredung zu einem achtzigsten Geburtstag. Ständchen singen, du weißt schon. Warte nicht auf mich, danach gehe ich vielleicht noch mit ein paar Freunden aus."

Sie macht was? Sie geht aus?

„Äh, was?"

Ich muss mich verhört haben.

Meine Mutter wird rot.

„Ich muss los. Bis dann, mein Schatz."

Sie ist so schnell an mir vorbeigerauscht, dass ich noch kurz verweile und überlege, ob ich richtig gehört habe. Sie geht danach mit Freunden aus. Verkehrte Welt. Ich schüttele den Kopf, stecke den Haustürschlüssel in meine Laufjacke und jogge langsam los. Meine Beine tragen mich, als hätte ich nie etwas anderes gemacht. Irritiert stelle ich auf dem Rückweg fest, dass ich falsch abgebogen bin, und finde mich vor Lennarts Haus wieder. Es gehörte seinen Großeltern und er hat es von seinem Vater übernommen. Die Haustür steht offen, auf dem Rasen steht ein Container, in dem sich schon eine ganze Menge Schrott, Holzreste, Bauschutt und allerhand Sperrmüll befindet. Mein Schritt verlangsamt sich, als ich sehe, wie er mit einer Schubkarre nach draußen fährt. Sein Hemd steht offen und ermöglicht den freien Blick auf seinen wohldefinierten Oberkörper. Er muss sich beobachtet fühlen, denn er sieht sich um und unsere Blicke treffen sich. Sein Gesichtsausdruck hellt sich augenblicklich auf, als er mich erkennt. Er stellt die Schubkarre ab und winkt mir zu. Ich winke zurück und erhöhe das Tempo, um so schnell wie möglich außer Sichtweite zu kommen. Es sind nur noch ein paar hundert Meter bis zum Haus meiner Mutter, aber ich bin mir sicher, dass ich sie noch nie so schnell zurückgelegt habe. Ich bin außer Atem und völlig am Ende, als ich den Schlüssel ins Schloss stecke. Kurz dehne ich meine Waden und Oberschenkel, bevor ich hineingehe und aus den ausgetretenen Laufschuhen schlüpfe. Mein Unterbewusstsein ist und bleibt ein mieser Verräter. Da wiegt man sich beim Sport in Sicherheit, und dann so was. Ich schüttele den Kopf und lasse mir in der Küche ein Glas Leitungswasser ein.

Scheiße, hat der einen geilen Körper, fährt es mir durch den Kopf. Schnell trinke ich das Wasserglas aus und knalle es so hart auf die Arbeitsfläche, dass ich kurz Angst habe, dass es zerbricht.

In der darauffolgenden Woche entwickelt sich so was wie eine Routine in meinem neuen Job. Ich habe mittlerweile verinnerlicht, an welchem Tag in der Woche was stattfindet, und die Arbeit mit den Gemeindemitgliedern macht mir wider Erwarten großen Spaß. Kein Vergleich zu dem mühsamen Job in der Wohnungsbaugesellschaft. Unser Pastor ist ein sehr umgänglicher Mensch und alle mögen ihn. Vielleicht hab ich es hier gar nicht so schlecht getroffen. Wenn man bedenkt, dass ich früher eigentlich nie wegziehen wollte … bis ich Holger auf dem Hurricane-Musikfestival kennengelernt habe. Er konnte sich absolut nicht vorstellen, auf dem Land zu leben, und hat es mir schmackhaft gemacht, bei ihm einzuziehen.

Jetzt bin ich aber wieder zurück, und nach dem ersten Schock muss ich sagen: Es fühlt sich gar nicht so übel an. Wenn da nicht die ständige Nörgelei meiner Mutter wäre, dass ich mir doch eine eigene Wohnung suchen soll. Man könnte fast meinen, sie will mich loswerden. Überhaupt benimmt sie sich sehr komisch in der letzten Zeit. Vielleicht kommt es mir aber auch nur so vor, schließlich bin ich vor Jahren ausgezogen. Seitdem hat sich ihr Leben ja von Grund auf verändert. Vielleicht bin ich ja die Komische von uns beiden. Ich muss unbedingt mal mit meiner kleinen Schwester Lena telefonieren, allerdings ist die in München und hat sicher noch weniger Ahnung von dem, was mit Mama hier abgeht.

Als das Wochenende näher rückt, werde ich zusehends nervös. Daher schaue ich nach der Arbeit noch kurz bei Nicole vorbei, bevor ich nach Hause fahre.

„Hey, komm rein. Brr, ist das kalt geworden“, sagt sie und umarmt mich herzlich, bevor ich in das weiße Reihenhaus eintrete, das sie mit ihrem Mann Daniel gebaut hat.

„Danke, ja, so ist das im Winter“, gebe ich neunmalklug zurück.

Aus dem Wohnzimmer dringt ohrenbetäubender Lärm. Ich sehe Nicole kurz an, aber sie winkt nur ab.

„So ist das hier immer, sie haben gerade eine Phase mit Cowboy und Indianer. Außerdem ist der Nachbarsjunge auch hier, das endet immer im Chaos.“

„Ach so, na dann.“

„Lass uns in die Küche gehen, sonst verstehen wir unser eigenes Wort nicht.“

„Ist Daniel noch nicht da?“, frage ich und sehe mich um.

„Nein, der hat diese Woche Spätschicht.“

„Ah, okay.“

Kurz darauf trinken wir Tee in ihrer kleinen Küche und ich erzähle ihr, dass ich morgen mit Lennart verabredet bin.

„Er holt mich um drei ab, hat er gesagt.“

„Was ist das denn für eine merkwürdige Uhrzeit?“

„Ich finde es ja auch komisch, aber ich wollte da jetzt auch nichts sagen. Keine Ahnung was er vorhat.“

Sie knabbert an ihrer Unterlippe. „Morgen werden wir es erfahren. Ich bin ja so gespannt! Hast du dir die Beine enthaart und die Achseln rasiert?“

„Meine Güte!“ Ich rolle mit den Augen. „Als ob ich ein Urmensch wäre! Stell dir vor, ich bin Besitzerin eines Rasierers, und außerdem ist noch kaum was nachgewachsen seit deiner Quälstunde.“

„Siehst du, jetzt kannst du mir danken!“

„Danke“, gebe ich lakonisch zurück.

„Hach, ist das aufregend. Melde dich und sag, wie es läuft."

„Das werde ich ganz bestimmt nicht machen!"

„Spielverderber. Hm, na gut. Dann melde dich wenigstens hinterher."

„Darauf kannst du Gift nehmen. Es wird sicher total unspektakulär, wir trinken einen Kaffee und das war's. Warum sonst sollte er mich um *drei* abholen?"

Nicole trinkt einen Schluck von ihrem Tee und zuckt vielsagend mit den Augenbrauen, als ob sie eine Ahnung hätte.

Wir plaudern noch eine Weile über alles und nichts, bevor ich mich von ihr verabschiede. Trotz des Lärmpegels ist kein Kind zu Schaden gekommen; erstaunlicherweise ist auch sonst nichts zu Bruch gegangen. Ich bewundere Nicole für ihre Ruhe. Mir selbst dröhnt der Kopf ein wenig nach zwei Stunden Dauerbeschallung.

Ich stehe im Badezimmer, als es klingelt. Dabei ist es erst kurz *vor* drei.

„Mama, kannst du aufmachen?", rufe ich nach unten.

Als ich kurz darauf die Treppe nach unten steige, höre ich, dass Lennart mit meiner Mutter in der Küche plaudert. Er lehnt lässig an der Arbeitsfläche und lächelt Mama an, die förmlich dahinzuschmelzen scheint. Ich erhasche den letzten Wortfetzen einer Unterhaltung. „… Nein, nimm sie ruhig mit, von mir aus das ganze Wochenende."

Na danke, Mama!

„Sehr gut, Frau Janssen. Sie brauchen sich keine Sorgen machen, ich pass gut auf Marie auf."

„Das weiß ich doch!", gibt sie beinahe entrüstet zurück.

„Hallo", mache ich mich bemerkbar. „Wollen wir?"

Es gibt kaum eine unangenehmere Situation, als mit seiner Mutter und einem scharfen Typen in der Küche zu stehen. Lennart scheint es nicht so zu sehen, denn er sieht total entspannt aus. Und dann kommt er auf mich zu und küsst mich zart auf die Wange. Ich spüre seine Bartstoppeln und rieche sein Duschgel. Hm. Bloß nicht sabbern!

„Viel Spaß, ihr beiden!“, höre ich meine Mutter sagen.

„Danke. Ich habe einen Schlüssel“, informiere ich sie und gehe dann vor meinem Date aus der kleinen Küche. Ich nehme meine Jacke vom Haken, aber Lennart reißt sie mir beinahe aus den Händen, um mir damit behilflich zu sein.

„Du musst das nicht machen.“

„Was ist, wenn ich will?“

„Na gut.“

Ich gebe mich geschlagen. Ist ja irgendwie auch schön.

Es fühlt sich auch sehr komisch an, als ich kurz darauf in seinen Pickup einsteige. In seinem Auto riecht alles nach ihm, so perfekt männlich-herb. Lennart steckt den Schlüssel ins Schloss und lässt den Motor an.

„Dann kann es ja losgehen. Bist du aufgeregt?“

Natürlich bin ich das. Mein Herz pocht bis zum Hals.

„Nein. Wieso?“

Er grinst mich schief an und legt dann einen Gang ein.

„Ich bin aufgeregt“, informiert er mich, und mir fährt es eiskalt den Rücken rauf und runter.

Beinahe hätte ich ihm geglaubt.

„Ja, klar.“

„Du wirst schon noch sehen, aber lass uns erst mal ein Stück fahren. Wir haben noch genug Zeit, um uns wieder besser kennenzulernen. Wir müssen nichts überstürzen.“

Wovon redet er?

Ich runzele die Stirn und sehe auf die Fahrbahn. Es geht in Richtung Autobahn.

„Wieso fährst du solch einen Schlitten?“

Ich bin einfach neugierig.

„Viele Dinge in den USA haben mir nicht gefallen, aber manche schon. Es ist einfach geil, einen Pickup zu fahren.“

„Männer und ihre Autos“, kommentiere ich amüsiert.

„Wäre dir ein Ferrari lieber?“

„Himmel, nein! Außerdem ist es mir völlig gleich, was du für ein Auto fährst. Das betrifft mich ja nicht.“

„Noch nicht, Summer. Noch nicht“, teilt er mir gelassen mit.

„Warum hörst du nicht endlich auf mit dem Quatsch?“

Meine Stimme ist einen Ticken zu laut, um entspannt zu klingen.

„Weil ich es so meine, wie ich es sage.“

Auch Lennarts Ton wird energischer. Ich schüttele vehement den Kopf.

„Wie kommst du auf einmal darauf? Wir haben uns fast zehn Jahre nicht gesehen, und dann treffen wir uns und holterdiepolter hat sich alles geändert?“

„Ich hab’ endlich die Augen aufgemacht.“

„Tut mir leid, Lennart, aber dein Ruf eilt dir voraus und so einfach ist das ja wohl nicht. Ich fühle mich geschmeichelt, dass du in Erwägung ziehst, mit mir ins Bett zu gehen – oder was auch immer – aber uns ist doch beiden klar, dass da nichts ist – außer körperlicher Anziehungskraft, meine ich.“

„Ach, du findest mich also anziehend?“ Er grinst mich an.

Ich atme hörbar aus.

„Wieso bist du nicht Anwalt geworden? Du drehst mir ja das Wort im Mund um.“

„Okay, dann gehen wir es langsam an?“, lenkt er ein.

„Wir gehen gar nichts an!“, stoße ich gepresst hervor.

Himmelherrgott noch mal!

„Summer, können wir uns dann darauf einigen, dass wir ein paar nette Stunden miteinander verbringen? Ich schwöre, ich baggere nicht weiter an dir rum, bis du es mir erlaubst. Ich werde dich überzeugen, dass meine Absichten seriös sind. Okay? Waffenstillstand?“

Er hält mir seine Rechte hin. Ich schaue auf seine Hand und dann in sein Gesicht. Er scheint es ernst zu meinen.

„Na gut. Was haben wir überhaupt vor? Wohin fahren wir? Waffenstillstand, wenn du aufhörst, mich anzumachen.“

Ich schlage ein.

„Freunde ...“, bekräftigt er. Es prickelt. Mein ganzer Arm prickelt, verdammt. „... fürs Erste“, ergänzt er noch, und ich halte diese Spannung nicht mehr aus.

Schnell ziehe ich meine Finger zurück und er lacht. Er weiß es. So ein Mist.

Warum kann der Kerl meine Gedanken *und* Gefühle lesen? Das ist nicht fair.

„Ich liebe deine ungekünstelte Art, Summer. Glaub mir, ich habe dich vermisst. Wenn man mal reich und bekannt ist, dann hat man nicht mehr viele Freunde. Jedenfalls keine echten.“

Er klingt auf einmal traurig, und ich weiß nicht, was ich darauf antworten soll. Er dreht das Radio an und uns trällert ‚White Christmas‘ von Bing Crosby entgegen.

„Ach du meine Güte, ist es schon soweit?“, frage ich.

„Bald ist der erste Advent!“

„Stimmt. Ich bin ja auch schon eifrig dabei, den Weihnachtsbasar der Kirchengemeinde zu planen.“

„Hab’ schon gehört, dass du da arbeitest.“

„Was weißt du eigentlich nicht?“

„Wir leben in einem Dorf“, erinnert er mich.

„Ja. Manchmal vergesse ich das. Also, wo geht’s hin?“

„Nach Hamburg.“

Was? Ich will nicht nach Hamburg.

„Was machen wir denn da?“, frage ich vorsichtig.

„Lass dich überraschen.“

Ich hasse Überraschungen.

Nein, natürlich nicht. Ich liebe Überraschungen. Deshalb sage ich ihm nicht, dass Hamburg gerade bei mir out ist.

Obwohl ich neugierig bin, was er geplant hat, ist es für mich okay, dass ich mich von ihm ohne einen Plan entführen lasse. Auch wenn ich es vor ihm nicht zugeben würde, fühle ich mich einfach wohl in seiner Gesellschaft. Es war immer so, und es hat sich nichts geändert.

Was er wohl in den Vereinigten Staaten erlebt hat, dass er dort nicht mehr leben will? Was hat er überhaupt erlebt in den letzten neun Jahren? Ich entschließe mich, ihn einfach zu fragen. Wenn er nicht antworten will, wird er mich abblocken.

„Warum wolltest du wieder zurück? Hierher, meine ich? Du, äh, hast doch nichts angestellt?“

Er lacht.

„Nein, ich hab nichts angestellt. Ich habe mich einfach nach meiner Heimat gesehnt. Vieles ist mir mit der Zeit einfach zu oberflächlich geworden, außerdem habe ich dir schon gesagt, warum ich wieder hier bin. Ich habe keine Lust mehr auf Jetset und das Rumge...“ Er sieht mich kurz und eindringlich an und wird sogar ein bisschen rot.

„Ach ja, da war ja was“, kommentiere ich möglichst teilnahmslos, obwohl ich lieber nicht über seine Aussage nachdenke. Die Vorstellung, wie er mit ständig wechselnden Partnerinnen vögelt, stört mich irgendwie. Ich bin doch ein hoffnungsloser Fall, aber das war mir auch schon vorher klar. Um den peinlichen Moment zu überbrücken, schlage ich ein möglichst unverfängliches Thema an, und wir schaffen es tatsächlich, uns wie zwei ganz normale Menschen zu unterhalten, bis wir an unserem Ziel angekommen sind.

„Das hier ist ein Indoor-Beach-Center“, erklärt er mir.

„Ich kann lesen, Naughty!“, lache ich und freue mich wie ein Kind.

„Ich hoffe, du bist gut in Form?“, fragt er mich, und mein Lachen friert in meinem Gesicht ein.

„Was?“

„Na, glaubst du, wir sind zum Spaß hier? Wir haben ein Match vor uns!“

„Ach, du liebe Zeit, ich hatte jahrelang keinen Volleyball mehr in der Hand.“

„So was verlernt man doch nicht!"

„Das sagst du!"

Lennart kneift mich in die Seite, dann zieht er den Schlüssel aus dem Schloss und holt zwei Taschen von der Rückbank nach vorne.

„Deine und meine Klamotten", klärt er mich auf.

Ich starre ungläubig zuerst auf die Sporttasche und dann in sein fröhliches, markantes Gesicht. Er steigt aus und ruft mir zu: „Na, komm schon!"

„Du hast das wirklich alles geplant? Platz gebucht? Gegner gesucht?"

Über seine Schulter antwortet er mir: „Ja, habe ich. Deswegen hat es ein wenig gedauert. Jetzt beweg deinen knackigen Hintern, wir haben Termine, Summer!"

Nachdem wir uns umgezogen haben – ich trage nun ziemlich knappe Shorts und dazu ein Tank-Top mit eingearbeitetem Bra –, werfe ich einen Blick in den Spiegel. Ich kann mich sehen lassen.

Was man Lennart lassen muss: Er hat wirklich Geschmack und alles passt wie angegossen. Meine blonden Locken habe ich mir zu einem Pferdeschwanz zusammengebunden und mit klopfendem Herzen mache ich mich auf den Weg zu unserem Feld Nummer sechs. Ich sehe Lennart schon von weitem. Er hat sich in luftige Shorts und ein lässiges weißes Shirt geworfen, das die leichte Bräunung seiner Haut unterstreicht. Unter seinem rechten Arm klemmt der gelb-blaue Volleyball. Ich bin mir sicher, dass ich keinen einzigen Ball treffen werde, aber die Vorfreude, endlich wieder Sand unter den Füßen zu spüren, überwiegt.

„Ich dachte schon, du kommst nicht mehr, Summer", lacht er, als ich jetzt tatsächlich wie ein Storch im Salat durch den kühlen Sand auf ihn zustakse.

„Das würde ich mir nie entgehen lassen!"

Ich zwinkere ihm zu und wir klatschen uns ab.

„Sehr gut, dann lass uns mal aufwärmen, unsere Gegner kommen erst in zwanzig Minuten."

„Ah gut, zwanzig Minuten Zeit, um ein paar Jahre Trainingsrückstand auszugleichen", scherze ich und baggere den Ball zurück, den Lennart mir nach seiner Ansage zugepritscht hat. Es ist tatsächlich ein wenig wie Fahrradfahren – nur sind meine Unterarme nach ein paar Minuten bereits rot und ich schwitze. Aber ich bin keine Memme und werde mich sicherlich nicht beklagen.

„Du weißt schon, dass wir keine Chance haben, es sei denn, du hast deine Einladung für ein Match im Seniorenheim ausgesprochen, Naughty."

Es ist völlig selbstverständlich für mich, dass wir uns auf dem Feld *Summer & Naughty* nennen, es ist ein Teil des Spiels, war es immer schon.

„Ha, ha! Es geht heute ausnahmsweise mal nicht ums Gewinnen, sondern darum, dir zu zeigen, was wir für ein gutes Team sind."

Ich mustere ihn mit hochgezogener Augenbraue.

„Alles klar, du hast mich überzeugt. Sollen wir dann gehen?" Ich kann mir ein Grinsen nur mühsam verkneifen, als ich sehe, wie ihm das Lächeln aus dem Gesicht fällt.

„Got ya!", pruste ich los. Er wirft mir den Ball so fest zu, dass ich ihn mit beiden Händen abwehren muss, aber wir haben keine Zeit mehr für Späße, denn in diesem Moment begrüßen uns unsere Gegner. Sie stellen sich als Nancy und Johannes vor; sie würden hier öfter beachen.

„Wir spielen uns kurz ein, dann kann es in fünf Minuten losgehen", lässt mich Nancy wissen. Sie ist drahtig, dunkelhaarig und sieht super fit aus, aber das muss noch lange nichts heißen. Wenn sie kein Ballgefühl hat, kann sie so fit sein, wie sie will. Johannes hingegen sieht aus wie der Doppelgänger der Surflegende Björn Dunkerbeck. Das von der Sonne ausgeblichene Haar hängt ihm wirr in die Stirn, seine Nase sieht aus, als wäre eine kleine Knolle darin versteckt, und sein Body ist eine einzige Masse aus Muskeln und Dynamik. Als sie anfangen, ein paar Bälle zu spielen, sehe ich Lennart abschätzend an und zische ihm zu: „Hast du sie nicht mehr alle, uns Halbprofis aufs Feld zu holen? Ich will mir hier nicht den Arsch versohlen lassen!"

„Summer, du unterschätzt dich. Uns. Weißt du nicht mehr? Wir haben einen Pokal nach dem anderen abgeräumt."

„Alter! Das ist eine Ewigkeit her! Ich habe jahrelang nicht mehr trainiert!"

„Jetzt mach dir nicht ins Hemd, bevor wir überhaupt angefangen haben."

„Pff." Ich rücke mir mein Top zurecht und ziehe mir das Band aus den Haaren, um meinen Zopf noch einmal neu zu binden.

„Wir sind dann so weit!", höre ich Johannes von drüben rufen. Nancy hat sich schon auf dem Feld platziert und Johannes wird den Ball gleich zu uns rüberwerfen, damit wir ein paar Ballwechsel locker spielen, bevor es losgeht. Lennart kommt noch einmal zu mir und wir klatschen uns ab. Er wendet sich mir noch mal zu: „Du hast es immer noch drauf, Summer! Wir machen sie platt!" Dann tätschelt er meinen Hintern und geht zu seiner Position.

Mein Herz klopft wild und ich bin aufgeregter als beim Sommerball in der zehnten Klasse. Die ersten Ballwechsel sind ernüchternd. Meine Annahme ist unpräzise und zwei von drei Angriffsschlägen landen entweder im Netz oder im Aus.

Reiß dich am Riemen, Summer!, ermahne ich mich selbst. So wenig beruflichen Ehrgeiz ich auch in den neunundzwanzig Jahren meines Lebens entwickelt habe, so sehr macht es mich fertig, wenn ich beim Sport verliere. Das Thema hatten wir ja schon.

„Wir sind soweit!", ruft Lennart den anderen zu.

Nein, nein. Ich bin noch nicht so weit! Aber es ist zu spät, und auch eine weitere Stunde würde nichts daran ändern. Ich muss mich verdammt noch mal konzentrieren. Lennart scheint zu spüren, dass ich unsicher bin. Er stellt sich frontal vor mich, hebt mein Kinn mit seinem Zeigefinger an und zwingt mich damit, ihm in die Augen zu sehen. „Summer, spiel mit Köpfchen, wenn die Kraft es nicht hergibt. Du hast ein Auge wie sonst kaum eine, die ich kenne. Lass sie laufen. Der erste Ball wird auf dich gehen. Hau nicht rein, sondern ärgere sie!"

Ich schlucke und nicke. Showtime!

„Okay!"

Noch einmal High five. Wir klatschen uns mit beiden Händen ab.

„Lass uns Spaß haben, egal, wie das hier ausgeht!", ruft er mir noch zu, dann geht es los.

Nancy übernimmt den ersten Aufschlag. Der Ball flattert, ich komme nicht richtig ran und Lennart hat Mühe, meine Annahme zu erreichen. Ich renne zum Netz, schiele dabei auf die andere Seite und versuche es mit einem Schlag Longline. Kein Problem für Johannes. Nancy stellt ihm den Ball zu und ihr Partner haut ihn uns um die Ohren. Keine Chance.

So geht das ziemlich genau fünfmal, bis sie endlich ins Aus schmettern. Lennart macht den ersten Aufschlag. Ich positioniere mich vorne, obwohl ich nicht wirklich groß genug bin, um vernünftig blocken zu können. Mein Partner macht es besser als ich; er haut ihnen drei Asse ins Feld. Sprungaufschlag mit Top-Spin. Ich bin begeistert, wie er den perfektioniert hat, seit wir das letzte Mal zusammen gespielt haben.

Irgendwann steht es siebzehn zu acht für die Gegner, aber ich komme langsam ins Spiel, obwohl ich schwitze wie ein Eskimo in der Wüste. Johannes' Schlag geht auf mich, aber mit harten Aufschlägen komme ich super zurecht. Lennart stellt mir den perfekten Ball zu. Ich weiß, jeder erwartet, dass ich ihn reinhämmere, stattdessen spiele ich einen kurzen Ball und Nancy frisst Sand. Ich recke meine Faust in die Höhe und klatsche mit Lennart ab.

„Sag ich doch, mit Köpfchen gewinnt man, Summer!“

Obwohl wir den ersten Satz mit einundzwanzig zu vierzehn verlieren, habe ich so viel Spaß wie schon lange nicht mehr.

Im zweiten Satz ist es sogar beinahe ausgeglichen. Wir haben uns an das Spiel unserer Gegner gewöhnt, und sie haben auch ein paar Schwächen, die wir gekonnt ausnutzen. Nancy ist absolut nicht die Schnellste und Johannes hämmert gerne mal über die acht Meter Länge des Feldes hinaus.

Es steht achtzehn zu achtzehn, ich habe den Aufschlag. Es geht um den Satzgewinn. Drei Punkte brauchen wir noch. Ich bin nicht so gut in Form, dass ich es mit einem Sprungaufschlag versuchen könnte, aber ich kann absolut präzise platzieren, was ich jetzt auch vorhabe. Nancy steht ziemlich weit hinten, mein Ball muss also knapp hinter dem Netz landen, was ziemlich riskant ist. Trotzdem versuche ich mein Glück. Der Ball fliegt, berührt die Netzkante und rollt darauf entlang. Mein Mund klappt auf. Ich sehe, wie sich Nancy und Johannes in Bewegung setzen, aber die Frage ist: Wird der Ball auf unserer oder ihrer Seite landen? Lennart läuft nach vorne, um eine mögliche Abwehr zu blocken, aber es ist nicht nötig, da der Ball einfach auf der gegnerischen Seite nach unten tropft. Absolut keine Chance für die beiden. Das ist ein Winner-Point. Absolut fies und unerreichbar. Damit trennen uns noch zwei Punkte vom Satzgewinn.

Lennart klatscht mich ab.

„Hau ihr einen rein.“

Aber ich habe meinen eigenen Kopf, und anstatt Nancy anzuvisieren, wähle ich die rechte Ecke als Ziel. Longline an Johannes vorbei. Er denkt, der Ball geht ins Aus, aber er sitzt akkurat dort, wo er hinsollte. Das kann ich also auch ohne Training noch.

Satzball.

Meine Kräfte schwinden allmählich, aber ich konzentriere mich und gebe Nancy einen Flatterball, den sie routiniert annimmt und an Johannes weitergibt, der ihr den perfekten Angriffsball zuspielt. Sie nutzt ihre Chance und haut ihn mir dermaßen um die Ohren, dass mir beinahe Hören und Sehen vergeht. Scheiße.

Sie haben Aufschlag und Johannes ist dran. Einen Satzball haben wir noch. Es geht für mich um die Ehre; ich will diesen scheiß Punkt unbedingt.

Aber es ist gar nicht nötig, denn Johannes schlägt seinen Sprungaufschlag ins Netz und schenkt uns damit den Satz.

Ausgleich. Es steht eins zu eins. Wir machen eine kurze Trinkpause, und die brauche ich auch, bevor es in den Tie-Break geht. Noch fünfzehn Punkte bis Sieg oder Niederlage.

Schon nach wenigen Ballwechseln wird klar: Wir haben keine Chance. Es liegt nicht an Lennart – er gibt sein Bestes und hilft mir mehr als nur einmal aus –, aber meine Annahme ist eine Katastrophe und mein Zuspiel noch schlimmer. Sie ziehen uns fünfzehn zu sieben das Fell über die Ohren und ich bin körperlich am Ende. Auch wenn ich regelmäßig laufe oder fahrradfahre, ist es bei weitem nicht das Gleiche wie die Leistung, die man im Sand erbringen muss. Wir klatschen unsere Gegner ab und bedanken uns für das Spiel, das mir trotz des Ergebnisses Spaß gemacht hat.

Johannes und Nancy ziehen von dannen, Lennart und ich bleiben auf unserem Feld zurück.

„Du hast dich wacker geschlagen, Summer. Ich hatte irrsinnig viel Spaß!“

„Danke. Wenn ich mich nicht gleich setzen kann, breche ich zusammen!“, lache ich und halte mir zum Spaß die Hand an die Stirn, als ob ich umkippen würde. Lennarts Mundwinkel zucken und er hebt mich kurzerhand in seine Arme und trägt mich davon.

„Hey, das war ein Scherz, lass mich runter!“

„Nichts da. Ich besorge meiner Partnerin jetzt einen Drink!“

Ich bin mir sicher, dass Protest zwecklos ist, also ergebe ich mich meinem Schicksal und lasse mich von ihm in die Beachlounge bringen, wo er uns zwei Cocktails ohne Alkohol bestellt. Es fühlt sich mit der Reggae-Musik im Hintergrund ein bisschen wie echter Urlaub an. Es ist so cool hier! Warum habe ich all die Jahre, in denen ich in Hamburg gelebt habe, kein einziges Mal hier gebeacht, frage ich mich. Die Antwort liegt auf der Hand: Es war einfach nicht der richtige Zeitpunkt, und Vergangenem wollte ich auch nicht hinterherheulen.

„Es war so toll! Danke, dass du mich hierhergebracht hast“, sage ich zu Lennart, als wir mit den Jumbo-Gläsern anstoßen.

„Sehr gerne, das Vergnügen war ganz meinerseits! Hast du denn noch Kraft für das weitere Programm?“

Ich sehe auf die Uhr. Es ist kurz nach halb neun. Er will doch nicht etwa noch ein Match spielen?

„Programm? Ich dachte, wir duschen und fahren nach Hause?“ Er zuckt mit den Brauen, seine braunen Augen funkeln verräterisch. „Nicht nach Hause?“, frage ich leicht dümmlich.

„Nein, nicht nach Hause. Wir haben noch ein Abendessen vor uns.“

„Oh. Essen. Ja ich habe wirklich großen Hunger.“

Mein Magen hängt mir bis zu den Knien, um ehrlich zu sein. Bis eben ist mir das gar nicht aufgefallen.

„Dann trink schnell aus, wir springen kurz unter die Dusche und dann geht's weiter.“

„Weiter?“

„Mann, Summer, wir essen doch nicht hier.“

„Nicht?“

Ich muss wirklich ziemlich doof aussehen, denn Lennart bricht in schallendes Gelächter aus.

„Du bist so süß! Ich weiß gar nicht, wie ich es die letzten neun Jahre ohne dich ausgehalten habe!“

Ich spüre, dass ich rot werde, denn seine ehrlichen Worte berühren irgendwas in mir, das ich vor langer Zeit begraben habe. Schnell sauge ich an meinem Strohhalm und sehe auf meine Füße, die in weißem Tahiti-Sand stecken.

Plötzlich sitzt Lennart neben mir und legt seinen Arm um meine Schultern. Seine Wärme überträgt sich auf meinen Körper.

„Geh weg, ich stinke“, murmele ich.

„Ich stinke auch. Gehst du mit mir duschen?“

Ich drehe meinen Kopf zur Seite und haue ihm meinen Ellenbogen in die Seite.

„Ganz sicher nicht, du Macho.“

„Soll ich dich dann in die Frauenumkleide tragen? Oder kannst du wieder gehen?“

„Natürlich kann ich gehen!“

Aber meine Beine strafen mich Lügen. Ich werde morgen so was von Muskelkater haben. Sie fühlen sich wackelig und schwach an, trotzdem werde ich mir vor ihm nichts anmerken lassen! Anscheinend habe ich allerdings ein ziemlich gequältes Gesicht gemacht, denn er klopft sich die muskulösen Schenkel und prustet vor Lachen.

„So, so. Na gut, wir sehen uns dann gleich draußen. Du bist sicher, dass ich dich nicht tragen soll ...?“

„Halt die Klappe!“, zische ich und ziehe von dannen.

Kurz nach neun sitzen wir im Auto – ja, ich habe es geschafft, ohne seine Hilfe in den Pickup einzusteigen – und er bringt mich zu seinem, äh, unserem nächsten Ziel. Es ist ein kleiner Italiener in Winterhude, den ich nicht kenne. War auch nicht meine Wohngegend, viel zu exklusiv. Gott sei Dank, hier werde ich meinem Ex sicher nicht begegnen. Darauf kann ich nämlich wirklich gut verzichten – bis an mein Lebensende.

Wir werden offenbar schon erwartet und gleich mit einem Glas feinstem italienischem Schaumwein begrüßt. Aus den

Lautsprechern tönt Eros Ramazotti und auf den Tischen brennen Kerzen. Das urige Restaurant ist in schummriges Licht getaucht und es duftet verführerisch nach Knoblauch und Kräutern. Eine Sache verwirrt mich allerdings: Außer uns sind keine Gäste im Lokal. Der Chef führt uns an einen kleinen Tisch, auf dem bereits ein Brotkorb, Oliven und eine Flasche Rotwein bereitstehen. Mir wird der Stuhl unter dem Hintern zurechtgerückt und ich nehme mit dem Schaumwein Platz.

Als uns der Chef, nachdem er den Rotwein eingeschenkt hat, wieder alleine lässt, frage ich Lennart leise: „Wo sind die anderen Gäste?“ Dabei sehe ich mich verstohlen um.

Hinter der Theke stehen neben dem Chef zwei weitere Mitarbeiterinnen, die schnell so tun, als wären sie beschäftigt, als sie meinen Blick auffangen.

Lennart hebt sein Glas und hält es mir zum Anstoßen hin.

„Ich habe das Lokal für uns gemietet. Da mein Haus noch nicht fertig ist, ich aber trotzdem Privatsphäre wollte, lag das doch nahe, nicht?“

Ich verschlucke mich beinahe. „Du hast das ganze Restaurant gemietet?“

Lennart schlägt sein Glas leicht gegen meines und trinkt, bevor er antwortet: „Ja. So groß ist der Laden ja nicht.“ Dann zwinkert er mir zu und steckt sich ein Stück Brot in den Mund.

Ich trinke selbst, während ich die eben gehörte Info verdaue. Der Schaumwein steigt mir sofort zu Kopf, was sich leicht und gut anfühlt, nach der ganzen Anspannung.

„Du willst mich also mit deinem Geld beeindrucken?“, frage ich ihn schließlich. Ich weiß nicht, ob mir das gefällt.

Zwischen seinen Augenbrauen erscheint eine steile Falte.

„Nein, ganz und gar nicht. Es ist, wie ich sage: Ich will einen netten, vielleicht sogar ein wenig romantischen Abend mit dir verbringen. Deswegen habe ich das organisiert. Ich dachte, es würde dir gefallen. Es tut mir leid, wenn ich damit einen falschen Eindruck bei dir erweckt habe ...“

Er sieht ernsthaft zerknirscht aus, und mir tut es leid, dass ich so einen fiesen Kommentar losgelassen habe. Offenbar ist das ein wunder Punkt bei ihm. Und wenn ich ehrlich bin, finde ich es schon irgendwie cool hier.

„Nein“, ich nehme seine Hand, „mir tut es leid. Ich wollte dich nicht beleidigen. Okay? Freunde?“ Nun halte ich ihm mein beinahe leeres Glas hin, um mit ihm anzustoßen.

„Nur Freunde?“, wiederholt er meine Frage und sieht mir tief in die Augen. Schmetterlinge flattern in meinem Bauch und mir wird ganz heiß. Im gleichen Moment durchfährt mich schmerzhaft, dass ich es nicht verkraften würde, ihn noch einmal zu verlieren. Und das wird ganz sicher passieren, wenn ich mit ihm ins Bett gehe. Er ist kein Typ, der heiratet und eine Familie gründet. Das war er noch nie und wird er sicher nie sein, selbst wenn er es sich derzeit einredet. Er muss sich mit seinem Entschluss, sein Playboy-Dasein aufzugeben, in irgendwas verrannt haben.

„Nur Freunde!“, sage ich daher bestimmt und kippe mir den Rest des fruchtigen Proseccos in den Mund.

Er kratzt sich resigniert am Kinn und schüttelt kaum merklich den Kopf. „Du bist echt ein harter Brocken, Summer.“

Ich kichere und nehme mir endlich ein Stück Brot und eine Olive. „Ich dachte, das wüsstest du.“

„Vielleicht ist es das, was dich so begehrenswert macht.“

Ich verschlucke mich an einem Brotkrümel. Er findet mich begehrenswert?

„Ach, hör doch auf, Lennart. Wir wissen beide, dass ich mit ziemlicher Sicherheit den Frauen, denen du sonst den Hof machst, nicht das Wasser reichen kann. Ich bin ein Landei!“

Er neigt den Kopf zur Seite. „Ich bin auch ein Landei.“ Er hebt sein Glas. „Auf die Landeier!“

Nun ist der Rotwein dran. Vielleicht glaubt er ja, wenn er mich abfüllt, kann er mich besser ins Bett zerren? Glaube ich eigentlich nicht, dass er so denkt.

Wie aus dem Nichts nimmt jemand die leeren Prosecco-Gläser vom Tisch und die zweite Hilfskraft serviert uns eine Vorspeise. Da ich nichts bestellt habe, wird mir klar, dass Lennart sogar das Menü im Vorfeld geplant hat.

„O wow“, entfährt es mir, als ich vor mir ein leckeres Vitello Tonato sehe. Kalbfleisch mit Thunfischsoße und Kapern. Da könnte ich mich reinlegen. Woher weiß er das?

„Dein Facebook-Profil ist sehr aussagekräftig“, beantwortet er meine lautlose Frage. Was er da sonst wohl noch so rausgefunden hat?

„Wer ist Holger?“

Das mit dem Gedankenlesen ist echt unheimlich. Bei der Erinnerung an meinen Ex verkrampft sich mein Magen.

„Mein Exfreund.“

Lennart hebt eine Augenbraue. „Wieso Ex?“

„Er hat eine Neue.“

Jetzt lächelt er. „Er muss ein ziemlicher Idiot sein. Gut für mich.“

Lennart weiß einfach, wann weniger mehr ist, und ich bin ihm sehr dankbar, dass wir das Thema ‚Verflossener‘ nicht vertiefen. Wenn ich ehrlich bin, will ich auch rein gar nichts über ehemalige Bettgenossinnen von ihm hören.

Wie viele Frauen er wohl schon hatte?

Ich mustere ihn, während ich an meinem Rotwein nippe. Ich bin mir sicher, er ist super erfahren, weiß sicher genau, was er tun muss, um eine Frau in den Wahnsinn zu treiben. Der Gedanke daran treibt meinen Puls in die Höhe und ein warmes Ziehen in meiner Körpermitte stellt sich ein, das ich höchst irritierend finde. Ich bin schrecklich unerfahren. Meine bisherigen Beziehungen waren sexuell gesehen nicht unbedingt eine Katastrophe, aber auch nicht gerade Ekstase pur. Ich seufze leise und nehme mein Besteck in die Hände.

„Lass uns über was Schönes sprechen!“, interpretiert er meinen Seufzer schon wieder richtig.

„Gerne. Erzähl mir über dein Leben in den USA."

Er hält einen Moment inne. „Ich habe so viel erlebt, viele schöne Dinge, natürlich der Erfolg und das alles. Aber mit dem Geld kamen auch unschöne Dinge."

„Dann erzähle mir nur die Schönen", sage ich und lächele ihn an. Ich will wirklich mehr über ihn erfahren. „Fülle die Lücken der letzten neun Jahre!"

„Neun Jahre in Kurzform." Er schiebt sich eine volle Gabel in den Mund, kaut kurz und fährt dann mit halbvollem Mund fort: „Ich habe mir das Studium mit drei Nebenjobs finanziert, dazu habe ich einen Kredit aufgenommen und parallel mit dem Programmieren angefangen."

Ich lausche interessiert und esse meine Vorspeise. Ab und an nehme ich einen Schluck Rotwein und das warme Gefühl in meinem Magen breitet sich in meinem ganzen Körper aus.

„Schon im dritten Semester habe ich mit meinen Spielen mehr verdient als mit allen Nebenjobs zusammen, also war es nur logisch, dass ich mich mehr darauf konzentriert habe. Und dann ging alles ganz schnell. Zwei Jahre später war ich reich, erfolgreich und eine Party folgte auf die nächste."

„Wow, das klingt ... aufregend!"

Ich werde ihm lieber nichts von meiner Ausbildung bei *Fricke* erzählen, bei der ein Tag dem anderen glich und ich manchmal befürchtet habe, dass ich vor Langeweile sterben würde, wenn nicht ab und zu ein Kunde aufgetaucht wäre.

„Das war es auch, glaub mir. Teure Autos, ein Haus am Strand und viele schöne Frauen."

Der Gedanke, wie er mit zwei sexy Groupies im Arm auf einem Lounge-Sofa liegt und teuren Champagner schlürft, drängt sich mir auf. Ich muss zugeben: Es gefällt mir nicht.

Nein. Wenn ich ehrlich bin: Ich möchte diesen Weibern die Augen auskratzen.

„Guck nicht so. Das ist Geschichte, Summer!" Er lacht und ich fühle mich ertappt. Schnell trinke ich noch einen Schluck und lege mein Besteck beiseite, denn die Vorspeise ist restlos aufgegessen.

„Deine Weibergeschichten interessieren mich doch nicht!“, gebe ich gespielt entrüstet zurück. Gut, dass das Licht gedämpft ist, denn ich bin mir sicher, ich bin rot wie eine Ampel.

Unsere Teller werden abgeräumt und Rotwein wird nachgeschenkt.

„Du willst heute nicht mehr fahren?“, frage ich vorsichtig. „Du hast das im Blick, Alkohol am Steuer und so? Wie sollen wir nach Hause kommen?“

Seine weißen Zähne kommen zum Vorschein und er nimmt meine Hand in seine.

„Ich hatte nicht vor, dich heute nach Hause zu bringen, Summer.“

Seine Stimme klingt dunkel und verheißungsvoll und jagt kleine Schauer meinen Rücken hinauf.

„Nicht?“ Ich muss schlucken.

„Auf gar keinen Fall. Erinnerst du dich nicht an das Gespräch mit deiner Mutter?“

„Ich dachte, ihr macht Witze!“

„Ich beliebe nicht zu scherzen“, sagt er und ahmt einen hochnäsigen Tonfall nach, so dass ich kichern muss.

„Na gut, von mir aus. Aber nicht, dass du glaubst, du füllst mich ab, damit ich dann willenlos bin und du mit mir machen kannst, was du willst“, necke ich ihn – aber wir beide wissen, dass ich es so meine, wie ich es sage.

Lennart klingt fast ein wenig resigniert: „Ich verspreche dir, dass ich dich nicht abfülle, um dich ins Bett zu bekommen. Ich habe dir meine Absichten nach dem Abitreffen deutlich gemacht, daran hat sich nichts geändert.“

Ich schüttele den Kopf. Das kann doch alles gar nicht sein.

„Das ist der größte Bullshit, den mir je jemand erzählt hat.“

In diesem Moment wird uns die Hauptspeise serviert, ein Rinderschmorbraten mit Rotweinsoße und Risotto. Mir läuft augenblicklich das Wasser im Munde zusammen und ich bin froh, dass wir das leidige Thema nicht vertiefen.

„Hmmm“, mache ich, als mir der köstliche Duft in die Nase steigt, und schließe für einen kurzen Moment meine Augen.

„Ich wünsche dir einen guten Appetit“, sagt Lennart zu mir und greift sich sein Besteck.

„Danke, gleichfalls“, gebe ich lächelnd zurück und rücke meinen Teller zurecht.

Wir essen eine Weile in einträchtigem Schweigen, denn das Fleisch ist so zart, dass es beinahe auf der Zunge zergeht, und die Rotweinsoße ist zum Schreien lecker. Das Essen hilft mir, dass ich nicht völlig betrunken werde. Ein wenig beschwipst bin ich jedoch schon, da ich selten viel Alkohol trinke, und ich glaube, der Rotwein hat es in sich. Das volle, beerige Aroma entfaltet sich zum Hauptgang erst zu Gänze. Ich bin, weiß Gott, kein Weinkenner, aber einen guten Tropfen kann sogar ich von einem Tetra-Pak-Billigwein unterscheiden, wie wir ihn in Jugendzeiten auf Partys gebechert haben.

„Ziemliche Steigerung zu früher“, sage ich.

„Was meinst du?“

Er neigt den Kopf zur Seite und sieht mich fragend an.

„Der Rotwein“, kläre ich ihn auf.

„Mhm. Könnte man sagen.“

Lennart nickt zustimmend und sieht andächtig in sein Glas.

„Definitiv etwas Gutes am Älterwerden“, sage ich und schaue ihn an.

„Älterwerden. Pah!“, stößt er hervor und stellt sein Glas ab.

„Ach, liegt da vielleicht der Hase im Pfeffer? Weil du im Januar dreißig wirst? Torschlusspanik?“, mutmaße ich, und mir wird ein wenig flau im Magen.

„So ein Quatsch.“ Er winkt mit der Hand ab und lacht.

„Das muss es sein. Bisschen früh für eine Midlife-Crisis, Naughty“, ziehe ich ihn auf und schiebe mir das letzte Stück Fleisch in den Mund.

„Damit liegst du völlig falsch“, klärt er mich knapp auf, danach scheint das Thema für ihn beendet zu sein. Mit seinem Hauptgang ist er bereits fertig. Er säubert den Teller noch von letzten Soßenresten mit einem Stückchen Brot, das er sich dann mit einem Augenzwinkern in den Mund schiebt.

„So, so“, sage ich, will aber die gute Stimmung nicht verderben und tupfe mir den Mund mit der rot-weiß-karierten Stoffserviette ab.

„Nachtisch?“, fragt er mich.

„Kennst du mich so schlecht?“

„Ich weiß nicht, ich bin unsicher“, gibt er zu.

„Hast du denn was vorbereitet?“, kokettiere ich mit einem Augenaufschlag.

„Was hältst du von mir?“, fragt er mich und seine Mundwinkel zucken erneut.

„Siehst du! Ist doch gar nicht so schwer. Auf jeden Fall Nachtisch.“

„Wunderbar.“

Kurz darauf werden jedem von uns Espresso und Tiramisu serviert. Obwohl mein Magen schon total voll ist, verspeise ich es bis auf den letzten Krümel, weil es das beste Tiramisu ist, das ich je probiert habe.

„Das war einfach der Hammer!“, gebe ich zu und halte meinen Bauch.

„Ich kann nicht mehr. Wahnsinn, was du alles wegsteckst, Summer!“

„Wer viel arbeitet, muss auch viel essen“, kläre ich ihn neunmalklug auf.

„Die drei Sätze heute, das war doch nichts.“

„Ich bin nicht im Training!“, verteidige ich mich.

„Ist klar. Lass uns gehen, ich will dir noch etwas zeigen.“

„Noch was? Wie spät ist es?“

„Wer ist jetzt die Alte von uns? Es ist definitiv noch früh genug, um weiterzuziehen.“

„So meinte ich das doch gar nicht."

„Auf einmal!" Er zieht sein Augenlid mit einem Finger nach unten und macht damit deutlich, dass er mir kein Wort glaubt. „Es ist kurz nach Mitternacht. Da du immer noch vor mir stehst und keinen Schuh verloren hast, nehme ich an, dass du nicht Aschenputtel bist, die nach Hause muss, um Erbsen zu zählen."

„Uiuiui, da klopft aber jemand ganz schöne Sprüche."

Lennart steht auf und hilft mir galant auf die Beine, wofür ich ihm tatsächlich dankbar bin, denn meine Oberschenkel brennen wie die Hölle.

Ich verschwinde kurz auf die Damentoilette, um mich frischzumachen. Als ich wiederkomme, unterschreibt er gerade einen Beleg und schiebt ihn über die Theke zum Chef. Dieser nickt freundlich und bedankt sich mit einem Handschlag bei Lennart. Wahrscheinlich kostet Lennart der Abend einiges. Gleichwohl glaube ich ihm, dass es hier nicht darum geht, mir zu zeigen, wie reich er ist. Dann hätte er mich nämlich in einen Nobelschuppen eingeladen und nicht zu einem rustikalen Italiener.

Ich kuschele mich in meinen Anorak, als wir auf die Straße und in die kühle Novembernacht treten. Auf uns wartet bereits ein cremefarbenes Taxi. Lennart hat an alles gedacht. Ich bin echt ein bisschen beeindruckt – auch von seinem Planungsvermögen.

Er nennt dem Fahrer unser Ziel, und ich bin nicht überrascht, dass der Wagen uns zum Hotel *Hafen Hamburg* bringt. Es ist *das* Touri-Ziel schlechthin, wenn man einen Cocktail in schickem Ambiente trinken möchte. Ich war einmal mit Holger dort, als wir gerade frisch zusammen waren, aber das erzähle ich Lennart lieber nicht. Außerdem will ich gar nicht über meinen Exfreund reden.

Als wir die Bar in luftigen zweiundsechzig Metern Höhe erreichen, haben wir bereits unsere Jacken ausgezogen und einem Mitarbeiter gegeben, der sie an der Garderobe für uns verwahren wird. Während wir auf den Kellner warten, der uns an unseren Tisch geleiten soll, sehe ich mich um. Zu meinem Entsetzen entdecke ich Holger mitsamt der Frau von seinem Facebook-Profil. Sie ist wirklich hübsch, hat lange, dunkle Haare, einen herrlichen Knackarsch und ellenlange Beine. Ich hasse sie.

Lennart spürt, dass ich in meiner Bewegung eingefroren bin, und fragt mich, ob alles okay sei. Ich sehe ihn an, dann sehe ich noch einmal kurz zu Holger und stelle fest, dass er in unsere Richtung blickt. Mist, er hat mich erkannt. Na klar. Wir waren lange genug ein Paar. Die Synapsen in meinem Gehirn versuchen fieberhaft, mehrere Gedanken und Handlungsoptionen zu verarbeiten. Ich weiß selbst nicht, wie mir geschieht, als ich Lennart zuflüstere: „Spiel mit und frag nicht!“ Dann lege ich meine Arme um seinen Hals und presse meine Lippen auf seine. Ich lege alles, was ich habe, in diesen Kuss.

Lennarts sinnlicher Mund fühlt sich wie der Himmel auf Erden an. Er schmeckt nach beerigem Rotwein und nach so viel mehr. Schon nach wenigen Sekunden habe ich vergessen, was ich damit bezwecken wollte, denn der Mann, der mich nun eng an sich presst, fordert meine volle Aufmerksamkeit. Lennarts Zunge spielt mit meiner, als hätten wir nie etwas anderes getan, und ich verliere mich in der Intensität des Moments. Ich spüre, wie seine Hände mein Haar zerwühlen, und merke, wie ich leise in seinen Mund seufze. Irgendwann lösen wir uns voneinander. Ich habe keine Ahnung, wie lange wir so dastanden und uns geküsst haben.

Vielleicht eine Minute, vielleicht eine halbe Stunde.

Von mir aus mein ganzes Leben.

Meine Knie sind weich und ich bin froh, dass Lennart meine Taille umfangen hat. Ich lehne mich an ihn. Ich bin von diesem Kuss mehr mitgenommen als von der Tatsache, dass ich meinen Ex mit dem Grund unserer Trennung gesehen habe. Alleine das sollte mir zu denken geben, aber dafür bleibt mir kaum Zeit.

Der Kellner steht in einigem Sicherheitsabstand da und studiert konzentriert seine Fingernägel. Was mich umhaut, ist, dass Holger und seine Neue auf einmal nur noch eine gute Armlänge von uns entfernt stehen. Ungläubig sieht er mich an.

„Marie?“

Nee, meine Doppelgängerin. So ein Idiot.

„Hallo Holger. Holger, das ist Lennart, Lennart, das ist Holger“, stelle ich meine Begleitung vor, dabei ignoriere ich Holgers Freundin absichtlich.

Holger kneift ein wenig die Augen zusammen. Zögernd streckt er Lennart die Hand hin, nachdem er mir einen Kuss auf die Wange gehaucht hat.

„Ja, äh, war schön, dich zu treffen, Holger“, sage ich brüsk zu ihm. „Wollen wir uns nicht einen Platz suchen, äh, Schatz?“, wende ich mich an meinen momentan sehr stillen Begleiter.

Lennart hebt eine Augenbraue, korrigiert mich glücklicherweise aber nicht. Holger mustert mich mit einem Blick, der sagt: ‚Das ging aber ganz schön schnell mit dem Ersatz!‘, aber ich gehe nicht darauf ein und bin froh, dass Lennart sich in Bewegung setzt. Da ich quasi immer noch an ihm dranhänge, gehe ich mit.

„Äh, ja, ciao, Marie“, höre ich meinen Ex uns noch hinterherrufen.

Ein Glück, sie verlassen die Bar. Ich müsste mich gut fühlen, weil ich nicht mehr aussehe, als wäre ich die Loserin, aber irgendwie fühle ich mich ernüchtert und verwirrt zugleich. Warum zur Hölle fühlt es sich so gut an, Lennart zu küssen? Es ist einfach zum Verrücktwerden.

Als der Kellner uns einen freien Tisch am Fenster zuweist und uns schließlich alleine lässt, spüre ich Lennarts fragenden Blick auf mir ruhen.

„Bist du mir nicht eine kleine Erklärung schuldig, Marie?“

Er klingt ein bisschen vorwurfsvoll. Irgendwie süß. Am liebsten würde ich ihn einfach noch einmal küssen. Ich muss mich endlich mal am Riemen reißen. Was ist nur mit mir los?

Ich atme tief durch und studiere erst mal das Getränkeangebot, bevor ich antworte.

„Das war mein Ex.“ Lennart rümpft beinahe die Nase – seine Mimik spricht auf jeden Fall Bände.

„Das dachte ich mir schon. Du hast mir nicht erzählt, dass er in Hamburg lebt.“

„Du hast mich nicht gefragt.“ Eine lahme Antwort, aber etwas Besseres fällt mir momentan wirklich nicht ein.

„Hm“, grummelt er.

„Wie hoch ist die Wahrscheinlichkeit, in so einer großen Stadt jemandem auf die Sekunde genau zu begegnen?“, rechtfertige ich mich.

„Ja, schon gut.“ Er macht eine wegwerfende Handbewegung und ich fühle mich plötzlich schäbig. Lennart hat es nicht verdient, dass ich ihn benutze, um meinem Ex eins auszuwischen. Aber ich kann Lennart kaum sagen, wie toll ich den Kuss fand. Dann macht er sicher gleich weiter mit seiner merkwürdigen Anmache, die ich einfach nicht nachvollziehen kann. Es ist plötzlich sehr kompliziert geworden.

„Danke, dass du mitgespielt hast“, murmele ich kleinlaut.

„Ja, sicher doch. Für so was sind *Freunde* ja da“, brummt er und sieht aus dem Fenster.

Eines muss man sagen: Die ausgelassene Stimmung, die uns noch im Taxi begleitet hat, ist futsch. Wir bestellen noch einen Drink – einen Cosmo für mich und einen Scotch auf Eis für Lennart –, aber ich bin froh, als wir ausgetrunken haben.

Ich gähne hinter vorgehaltener Hand.

„Du bist müde?“, fragt er, und meine Glieder fühlen sich tatsächlich bleischwer an.

„Ja, ein bisschen.“

Es ist fast so, als ob er erleichtert aufatmet, dass dieser Abend nun endlich endet. Mir tut es ja auch unendlich leid, dass wir Holger begegnet sind. Und irgendwie auch wieder nicht, denn Lennart zu küssen war … wundervoll. Wenn ich zurück bin, muss ich mir dringend mal einen Termin bei einem Therapeuten besorgen. Vielleicht helfen mir ja Psychopharmaka, denn normal bin ich ganz sicher nicht.

Lennart bezahlt, obwohl ich protestiere und meinen Drink selbst übernehmen will. Anschließend fahren wir mit dem Aufzug in die Lobby. Die Stimmung ist irgendwie distanziert. Nicht verwunderlich, ich habe Lennart vor den Kopf gestoßen. Trotzdem könnte ich nicht sagen, dass ich es bereue. Leider.

„Ich habe zwei Zimmer gebucht, also keine Sorge", klärt er mich auf.

„Wir übernachten hier?", frage ich in etwa so geistreich wie ein Stück Toast.

„Ja, was dagegen?", brummt er.

„Nein, natürlich nicht. Aber das ist doch sicher teuer hier?", füge ich noch kleinlaut hinzu.

„Das lass mal meine Sorge sein." Zwischen Lennarts Augen ist eine steile Falte sichtbar. Wenn man seine Laune in einer Farbe beschreiben würde, wäre tiefes Dunkelgrau sicher der richtige Farbton.

Okay. Wenn jemand in dieser Stimmung ist, gibt man besser keine Widerworte. Ich kann es ihm nicht mal verdenken. Wäre ich an seiner Stelle, würde ich mich vielleicht auch ein bisschen benutzt fühlen. Einen anderen Grund kann er ja wohl nicht haben. Andererseits ist es vielleicht ja auch etwas vermessen von mir, und ihm ist eine ganz andere Laus über die Leber gelaufen. Ich traue mich aber nicht zu fragen, während wir den Aufzug in den fünften Stock nehmen. Auch als ich an meinem Zimmer angekommen bin, fällt mir nichts Sinnvolleres ein als: „Danke für heute, es war echt schön."

„Schön, ja. Gute Nacht, Marie."

Er dreht sich um und geht. Ich sehe ihm hinterher wie ein begossener Pudel.

„Gute Nacht, Lennart", rufe ich ihm noch hinterher, aber er hört es nicht oder ignoriert mich absichtlich.

Mann, ich bin so blöd!

Er biegt endlich um die Ecke und ich öffne meine Zimmertür mit der Karte. Seufzend lehne ich mich an das kühle Holz von innen und schließe für einen Moment die Augen.

„Scheiße. Ich hab's mal wieder verkackt!", stöhne ich leise.

Ich knipse das Licht im Bad an und falle aus allen Wolken, als ich dort allerhand Kosmetikkrams finde, der hier für mich hübsch arrangiert worden sein muss. Neben der obligatorischen Zahnbürste finde ich Feuchtigkeitscreme, Apfelshampoo und Conditioner, Deo, Parfum und eine Haarbürste. *Hat Lennart das ...?,* frage ich mich und gehe weiter ins Zimmer, wo mich die nächste Überraschung erwartet. Auf dem Bett liegen Rosenblüten, ein seidenes Negligé und ein Outfit für den nächsten Tag. Eine anthrazitfarbene Skinny-Jeans, ein königsblauer Rollkragenpullover und schwarze Spitzenunterwäsche von *La Perla*.

Ach, du liebe Zeit. Der Mann ist absolut irre! Er hat einfach alles geplant!

Ich lasse die kühle Spitze der Dessous durch meine Finger gleiten und presse sie an mich. Nie im Leben würde ich mir so was leisten können. Ein Traum! Sogar meine Größe hat er richtig ausgewählt. Wie macht er das nur? Eine mögliche Erklärung wäre die, dass er geübt darin ist, Affären Geschenke zu machen. Er hat sicher deswegen einen so guten Blick für Konfektionsgrößen. Ich hasse den Gedanken, dass er andere Frauen ebenso umgarnt hat wie mich jetzt. Meine Beine fangen an zu zittern und ich muss mich setzen. Ich fühle mich geschmeichelt, dass er sich so viel Mühe gibt, mich für sich zu gewinnen. Keine Frage. Andererseits schürt es den Gedanken in mir, dass er mich doch nur als Jagdobjekt sieht und nicht als seine potentielle Zukünftige. Er ist es gewohnt zu gewinnen, aber seiner Stimmung nach zu urteilen, ist er dicht dran, aufzugeben und sich ein anderes Zielobjekt zu suchen. Ich weiß nicht, wieso, aber diese Idee gefällt mir ganz und gar nicht. Ich bin definitiv ein Fall für die Couch. Man kann es mir anscheinend nicht recht machen.

Ich lasse meine Hände auf die Oberschenkel sinken, lege die Wäsche beiseite und zücke mein Smartphone. Entsetzt fällt mir auf, dass ich nicht mal seine Handynummer habe. Kurzerhand logge ich mich auf Facebook ein, sehe, dass er online ist, und schicke ihm eine Nachricht über den Messenger.

Danke, Lennart. Du bist echt der Hammer. Ich weiß gar nicht, was ich sagen soll ... Marie.

Die Antwort folgt kurz darauf:

Ich hoffe, dir gefallen die Sachen. Ich habe sie selbst für dich ausgewählt.

Ich schreibe zurück:

Wow, meine Größe, alles passend. Wie machst du das?

Seine Reaktion kommt nach Sekunden:

Weil ich dich besser kenne, als du glaubst.

Uff. Mir wird ein wenig schwindelig. Lennart schickt noch eine Nachricht hinterher: *Was willst du noch von deinem Ex?*

Aha, daher weht also doch der Wind. Ist er vielleicht eifersüchtig? Ein Teil von mir freut sich wie ein kleines Kind.

Nichts. Er ist Geschichte, schicke ich als Antwort zurück.

Warum habe ich eigentlich das Gefühl, dass ich mich vor Lennart rechtfertigen muss? Das ist doch ein wenig albern.

Frühstück um elf?, erreicht mich seine nächste Nachricht.

Ob er mit meiner Klarstellung zufrieden ist oder nicht, kann ich daraus nicht lesen. Vielleicht ist es ihm doch egal.

Gern, schreibe ich zurück.

Das grüne Pünktchen leuchtet nicht mehr, er ist also offline. Seufzend lege ich mein Smartphone auf den Nachttisch und gehe ins Badezimmer, um mir die Zähne zu putzen.

Kapitel 4

Ich habe geschlafen wie ein Stein, was mich vielleicht mehr überrascht als alles andere. Eigentlich habe ich mich auf eine schlaflose Nacht eingestellt, aber kaum habe ich mich ins Bett gelegt, war ich auch schon weg.

Als ich versuche aufzustehen, stöhne ich gequält auf. Es gibt keinen einzigen Körperteil, der nicht wehtut. Wie auf Eiern wanke ich ins Bad und stelle mich erst mal eine halbe Stunde unter das heiße Wasser. Danach fühle ich mich ein wenig besser, aber es wird Tage dauern, bis der Muskelkater abgeklungen sein wird – das kenne ich nur zu gut von früher.

Wo soll ich Lennart noch mal treffen? Ich habe keine neue Nachricht von ihm erhalten. Ob er noch sauer auf mich ist? Eigentlich sollte ich ihn mal nach seiner Handynummer fragen. Bis jetzt habe ich das nicht getan, weil ich nicht wollte, dass es so aussieht, als ob ich mehr Interesse an ihm hätte. Okay, das ist albern und kindisch. Aber es ist die Wahrheit. Ich werde ihn *nicht* nach seiner Handynummer fragen. Basta.

Kurz darauf finde ich ihn im Restaurant. Er sitzt an einem Tisch am Fenster und liest die Tageszeitung. Vor ihm steht eine Tasse Kaffee. Ich weiß nicht so recht, wie ich ihm begegnen soll, aber Weglaufen ist keine Option. Heute, im nüchternen Zustand betrachtet, war meine Aktion gestern in der Bar ziemlich albern. Vielleicht hat er ja bei dem Kuss auch nicht das Gleiche gespürt wie ich.

O Gott. Auf den Gedanken bin ich bis eben noch gar nicht gekommen. Es ist niederschmetternd. Verdammt.

„Guten Morgen“, sage ich, und er sieht von der Zeitung auf und lächelt.

„Hey, gut geschlafen? Die Sachen stehen dir ... ausgezeichnet“, begrüßt er mich, und seine samtbraunen Augen sehen beinahe zärtlich zu mir auf.

Gut, er ist nicht mehr sauer. Falls doch, ist er ein guter Schauspieler.

„Wie ein Baby hab' ich geschlummert“, erwidere ich und lasse mich umständlich auf einen Stuhl sinken.

„Muskelkater?“ Sein hämisches Grinsen ist gemein, aber ich muss selbst lachen.

„Nein“, kommentiere ich trotzdem.

Es ist, als hätte die Nummer in der Tower-Bar nicht stattgefunden. Wir verlieren kein Wort mehr darüber und ich bin sehr dankbar dafür. Nach einer reichhaltigen Portion Rührei, geräuchertem Lachs und einem extrastarken Kaffee fühle ich mich einigermaßen fit für den Tag.

„Sollen wir noch einen Spaziergang machen, bevor wir zurückfahren?“, fragt Lennart mich und trinkt den letzten Rest seines Kaffees aus.

Wir fahren heute schon zurück? Hatte er bei meiner Mutter nicht irgendwas gesagt von wegen Sonntag? Ich bin irritiert.

„Äh, ich weiß nicht“, stammele ich und sehe aus dem Fenster. Es ist eins a Hamburger Schietwetter. Da jagt man nicht mal einen Hund vor die Tür.

„Na, wir können auch gleich losfahren, ist ganz schön ungemütlich draußen“, vervollständigt er meine Gedanken.

Ich nicke und versuche, meine Enttäuschung zu verbergen.

Ich bin aber auch eine blöde Kuh. Wirklich. Was habe ich denn gedacht? Dass er mir heute noch mal einen Heiratsantrag macht? Sicher nicht.

Trotzdem gibt sich Lennart witzig, aufmerksam und zuvorkommend, bis wir das Haus meiner Mutter erreichen. Ich habe mich nach so kurzer Zeit wieder dermaßen an ihn gewöhnt, dass es sich komisch anfühlt, mich von ihm zu verabschieden. Früher war das alles irgendwie einfacher. Da waren die Grenzen klar abgesteckt: Freunde, Beachpartner, aber sonst nichts. Jetzt hat sich irgendwas verändert – mal abgesehen von den Küssen – und ich glaube nicht, dass es nur am Alter liegt.

„Ja, also ...“, höre ich mich sagen. „Danke ich für unseren Ausflug. Damit hast du das teuer ersteigerte Date bekommen.“

Er neigt den Kopf ein wenig, macht aber keine Anstalten, mir einen Abschiedskuss oder eine Umarmung zu geben.

„Ich danke dir. Es war sehr nett. Grüß deine Mutter, ich werde jetzt wieder zu meiner Baustelle fahren, falls du mich suchst.“ Er zwinkert mir zu.

Es war sehr *nett*? Ganz toll. Wir wissen ja alle, was *nett* bedeutet. Langweilig. Wenn es ein Adjektiv gibt, das ich hasse, dann dieses.

Missmutig presse ich meine Lippen aufeinander. Ich werde ihn garantiert nicht in seinem Haus besuchen. Ihn einmal verschwitzt halbnackt dort zu sehen, hat mir gereicht. Ich bin ja nicht komplett bescheuert. Das wäre ja so, als ob ich mir jeden Tag am Schaufenster der Konditorei das Gesicht plattdrücken würde, obwohl ich Diabetiker bin. Nee, also wirklich nicht.

Ich öffne die Autotür und will gehen, als er mir hinterherruft. „Die Tasche! Du hast deine Sachen vergessen.“

„Ach, richtig“, sage ich verwirrt und drehe noch einmal um, um besagte Sporttasche zu holen.

Ich spüre, dass er mir nachsieht, als ich die Haustür aufschließe. Warum fährt er nicht endlich los? Ich sehe mich noch einmal nach ihm um und mein Blick trifft seinen. Es liegen unausgesprochene Worte in der Luft, die mich verunsichern und mein Herz höher schlagen lassen.

Also doch nicht bloß *nett*? Verstehe einer den Kerl. Und da sagt man, Frauen seien kompliziert.

Mein Verstand arbeitet nicht so schnell wie sonst und meine Emotionen sind keine guten Ratgeber in letzter Zeit, deswegen gehe ich eilig rein und schließe die Tür mit einem Knall. Die Tasche feuere ich gerade auf die Fliesen, als ich höre, wie der Motor des Pickups aufheult und er davonbraust.

Als meine Mutter gegen acht nach Hause kommt, sitze ich im Wohnzimmer und stricke an einer Mütze. Mal wieder.

Obwohl der Grund heute nicht Liebeskummer ist. Ich brauche etwas, um mich zu beschäftigen. Und hey, es entspannt mich.

„Marie?“, fragt meine Mutter leise.

„Nein, der Weihnachtsmann“, antworte ich leicht genervt.

„Was ist passiert, dass du hier sitzt und schon wieder strickst wie eine Irre?“ Ihr Tonfall klingt ebenfalls gereizt. Die Schwingungen im Hause Janssen waren schon mal besser. Aber ich kann sie auch irgendwie verstehen. Ich kann mich gerade selbst nicht besonders leiden.

„Hallo? Das ist mein Hobby!“, rechtfertige ich mich und klappere weiter mit meinen Nadeln vor mich hin.

Meine Mutter mustert mich skeptisch – das sehe ich aus dem Augenwinkel –, sagt aber nichts weiter, sondern verschwindet, um sich ihre Jacke auszuziehen. Als sie sich wenig später neben mich aufs Sofa setzt und den Fernseher anmacht, verliert sie kein Wort mehr darüber, was ich schon zuhause mache. Zum Glück. Manchmal kapiert sie, wenn ich keine Lust habe zu reden. Vielleicht hat sie aber auch nur Angst, dass ich sie im Gegenzug auch ausfragen würde, und will das nicht riskieren.

Ich gehe früh auf mein Zimmer, weil ich es nicht ertragen kann, wie meine Mutter beim Helene-Fischer-Abend fast jeden Song mitsummt oder gar -singt. Das ist einfach zu viel für mich. Ich möchte schreien und ihr um die Ohren hauen, wie bescheuert ich dieses Festival der Schlager – oder wie der Schwachsinn heißt – finde. Anstatt guter Stimmung habe ich das Gefühl, dass Helene tief verborgene Aggressionen aus mir hervorlockt, die ich zu gerne am Fernsehgerät ausleben würde. Und dann ist da noch ein anderes Thema, das meine Stimmung trübt: Leider muss ich andauernd an den gestrigen Abend zurückdenken. Vor allem an den Kuss und die Gefühle, die er bei mir ausgelöst hat.

Kurzerhand logge ich mich bei Facebook ein, aber Lennart ist offline. Da fällt mir ein Zitat ein, das ich mal irgendwo gelesen habe: ‚Die Liebe birgt immer ein Risiko in sich. Sie macht verwundbar.‘ Und genau das will ich nie wieder sein. Ich muss aufhören, an ihn zu denken; am Ende werde ich ansonsten nur mit einem gebrochenen Herzen dastehen, denn Lennart und ich, das wird niemals langfristig gut gehen. Wie ein Mantra sage ich mir immer wieder vor: *Er ist der Coole und ich bin ein Niemand.* Man muss kein Genie sein, um zu erkennen, dass diese Kombination keine Zukunft hat.

Natürlich schläft man nicht lange, wenn man um zehn ins Bett geht. Deswegen sitze ich am Sonntag schon um halb sieben mit einer Tasse Kaffee in der Küche, als die Hintertür aufgeschlossen wird und meine Mutter durch den Hauswirtschaftsraum hereinkommt.

„Äh, guten Morgen!“, sage ich zu ihr.

Sie zuckt zusammen und hält sich die Hand an den Busen, als hätte ich sie auf frischer Tat ertappt.

„Himmel, Marie! Hast du mich erschreckt!“

„Wo kommst du her?“, frage ich und nippe an meinem noch viel zu heißen Kaffee.

Irre ich mich oder wird sie rot? Ja, ganz sicher. Sie stammelt: „Äh! Ich war Brötchen holen.“

„Um halb sieben?“

„Ja!“

„Und wo sind dann die Brötchen?“

Einen Moment steht meine Mutter da, wie bestellt und nicht abgeholt. Ich hebe eine Augenbraue und mustere sie genau. Aha, meine Mutter lügt.

Das ist ja wohl der Wahnsinn! Wo sind wir hier? Versteckte Kamera?

„Die habe ich liegengelassen“, rettet sie sich aus der Situation und flüchtet sich erneut in die Schwärze des Novembermorgens. Ich höre, wie sie den Motor ihres Autos startet und wegfährt.

Punkt eins: In unserem Dorf hat der Bäcker am Sonntag zwar geöffnet, aber nur von acht bis zehn. Punkt zwei: Sie hätte die Brötchen also bei der Tanke kaufen müssen, aber ihr Auto stand die ganze Zeit in der Auffahrt. Das habe ich gesehen, weil es weiß und sogar im Dunkeln durch das Fenster erkennbar ist. Also, warum zur Hölle schwindelt sie mich an? Das kann ja nur einen Grund haben, und jetzt frage ich mich ernsthaft, warum sie sich aufführt wie ein Teenager und ihre Tochter anlügt, wenn sie sich mit einem Kerl trifft.

Ich trinke noch mal von meinem Muntermacher und lasse mir, zusammen mit dem Kaffee, die Situation auf der Zunge zergehen, als es endlich bei mir *klick* macht. Natürlich, er muss verheiratet sein oder so was. Jetzt wird mir auch endlich klar, warum sie mich die ganze Zeit belabert, dass ich mir eine eigene Wohnung suchen soll. Sie will sich nämlich mit ihrem feinen Liebhaber hier treffen, um mit ihm Ehebruch in unserem Haus zu begehen. Unglaublich.

Ich schüttele den Kopf. Also das hätte ich meiner Mutter ja gar nicht zugetraut, vor allem nicht, weil sie ja einst selbst einmal die Betrogene gewesen ist.

Also wirklich! Meine *Mutter*!

Alleine der Gedanke daran, dass sie Sex mit jemandem haben könnte, ist ekelhaft. Ich überlege, ob ich Nicole anrufen soll, um ihr mein Leid als Tochter zu klagen, aber selbst sie schläft um die Uhrzeit wahrscheinlich noch.

Nach einem kurzen, ziemlich stillen gemeinsamen Frühstück mit frischen Brötchen von der Tanke lege ich mich noch einmal ins Bett und lese eine Weile in einem Thriller von Sebastian Fitzek. Das Highlight des langweiligsten Tages des Jahres ist ein ausgiebiges Bad am Nachmittag mit Arnika-Badeperlen, in der Hoffnung, dass sich meine verspannten Muskeln ein wenig lockern. Alles in allem ein ziemlich trauriger Sonntag, der mir noch einmal vor Augen führt, wie alleine ich tatsächlich bin. Wahrscheinlich kommt es mir nur so schlimm vor, weil ich am Freitag so viel mit Lennart erlebt habe. Wieder auf einem Beachfeld mit ihm zu stehen, war wie eine Zeitreise in die Vergangenheit. Aber anscheinend habe ich ihn mit meiner Kuss-Aktion vergrault, denn er ist weder online – ja das habe ich schon fünfmal gecheckt – noch sonst irgendwie präsent.

Ab Montag bleibt mir nicht viel Zeit zum Grübeln, denn ich habe in der Gemeinde alle Hände voll zu tun. Unfassbar, was man für so einen Weihnachtsbasar alles organisieren muss. Ich führe unendlich viele Telefonate, daneben muss der Inhalt für das nächste Kirchenheftchen vorbereitet werden und die ganzen Kreise und sonstigen Veranstaltungen müssen auch laufen. Das Schöne ist, dass mir die Arbeit wirklich Spaß macht und schneller Wochenende ist, als ich mich umgucken kann.

Freitagnachmittag kommt Pastor Arno mit einer Tasse Tee zu mir und setzt sich auf die Kante meines Schreibtisches.

„Du schaffst ein unglaubliches Pensum, Marie. Ich bin sehr zufrieden mit deiner Arbeit."

„Oh, danke schön! Das ist aber ein tolles Lob."

„Wie kommst du voran mit dem Weihnachtsbasar?"

Mein Herz beginnt zu jagen, weil ich das Gefühl habe, dass ich nicht alles bis zum übernächsten Wochenende schaffen werde. Jedenfalls nicht, wenn ich nicht noch ein paar helfende Hände für die letzten Vorbereitungen kriege.

„Hm, also, ich habe soweit alles bestellt, aber ich brauche eigentlich noch jemanden, der mir mit ein paar praktischen Dingen zur Hand geht. Die Stationen müssen aufgebaut und die Tombola-Geschenke eingesammelt werden, ich habe mir ein paar Sachen zur Dekoration ausgedacht und, und, und."

„Ich sehe schon, ein Helfer wäre ganz gut."

„Ja, irgendwie schon. Ich habe ein paar nette Frauen, die sich angeboten haben, mit Kaffee und Kuchen zu helfen, und auch die Helfer für das Wochenende habe ich schon eingeteilt. Aber bis alles steht, muss noch viel mehr passieren."

„Ich werde mal sehen, ob sich das nicht arrangieren lässt. Da wird sich bestimmt jemand finden lassen."

„Danke, das wäre super. Ich will dich jetzt nicht mit den ganzen Details langweilen, aber jemand mit einem Lieferwagen wäre spitze. Ansonsten müsste ich mal im Dorf rumfragen, aber ich habe einfach nicht die Zeit ..."

„Ich kümmere mich darum. Und jetzt mach Feierabend, du verbringst ja bald mehr Stunden hier als zuhause."

„Na, meine Mutter wird das sicher nicht stören. Die will ohnehin, dass ich mir etwas Eigenes suche", versuche ich einen lahmen Scherz.

„Ich glaube, deine Mutter hat dich sehr gerne um sich", widerspricht er dem unausgesprochenen Vorwurf und steht auf, um zu gehen. „Ein schönes Wochenende wünsche ich dir."

„Danke, gleichfalls!"

Ich sehe auf die Uhr, als ich meine Jacke anziehe. Es ist schon nach vier. Eigentlich wollte ich heute noch laufen gehen, nachdem der Muskelkater endlich abgeklungen ist, aber ich bin irgendwie erschöpft von der Woche. Andererseits habe ich kein Alternativprogramm. Nicole ist heute dran mit Kinderhüten – ihr Mann hat irgendeine Veranstaltung von der Firma, die er besuchen muss. Also zwinge ich mich in Sportklamotten und trabe durch die beleuchteten Straßen. Es ist bereits dunkel und ich habe keine Lampe zum Laufen, daher fällt eine Runde am Kanal flach und ich bin nach einer guten halben Stunde zurück. Auch wenn ich heute keine Höchstleistung erbracht habe, bin ich doch froh, mich ein wenig bewegt zu haben. So kann ich wenigstens guten Gewissens den Rest des Abends auf dem Sofa abhängen.

Der Abend ist lang. Verdammt lang. Ich bin alleine zuhause und mir fällt die Decke auf den Kopf. Keine Ahnung, wo meine Mutter wieder ist. Sicher mit ihrem Lover unterwegs.

Wie von selbst logge ich mich bei Facebook ein und stalke erst Lennart – er ist nicht online – und dann Holger. Der hat ein paar schöne neue Bilder mit meiner Nachfolgerin hochgeladen. Alles nicht sonderlich erfreulich und schon gar nicht befriedigend. Was ist mit mir los, dass ich mich zu nichts aufraffen kann und dauernd alleine rumsitze?

Meine Mutter geht mir seit letztem Wochenende irgendwie aus dem Weg. So langsam denke ich, es wäre vielleicht wirklich besser, wenn ich mir eine eigene Bleibe suche. Aber will ich denn in meinem Heimatkaff bleiben? Ist das nicht nur eine Station, bis ich mein Leben wieder im Griff habe? Ich kann mir selbst keine Antwort geben, daher bringt es auch nichts, die Wohnungsanzeigen im Internet zu studieren, wenn ich nicht mal weiß, in welchem Ort ich nach etwas suchen soll.

Samstag bietet sich mir ein ähnliches Programm. Dieses Mal jogge ich allerdings, solange es noch hell ist. Die Kapuze meines Hoodies habe ich mir über den Kopf gezogen, denn es weht ein eisiger Wind. Als ich am Haus der Familie Wolf vorbeikomme, sehe ich, dass auf dem Steg jemand sitzt und angelt, der verdächtig nach Lennart aussieht. Ich hoffe kurz, dass er sich nicht umdreht, aber den Gefallen tut er mir nicht.

„Heeey Summer!“, ruft er langgezogen und verscheucht damit sicher jeden Fisch, der in der Nähe ist. Oder haben die keine Ohren? Ich habe keine Ahnung vom Angeln. Ich habe nie verstanden, was es einem gibt, stundenlang herumzusitzen und aufs Wasser zu starren, um zu warten, bis etwas anbeißt, das sowieso nicht schmeckt und unendlich viele Gräten hat.

„Heeeeey Naughty!“, imitiere ich ihn und stoppe neben ihm. Die Luft ist so kalt, dass sich weiße Wölkchen vor meinem Mund bilden.

„Wie geht’s?“, fragt er mich.

„Gut, und selbst?“

„Muss ja.“

Irgendwie ist diese Unterhaltung albern. Aus dem Nichts fangen wir beide an, aus vollem Herzen zu lachen.

„Wie geht's voran auf der Baustelle?", frage ich ihn, als ich wieder zu Atem gekommen bin.

„Hm, schleppend momentan. Es sind so viele Sachen zu entscheiden ... mir fehlt ... Ach, ist ja auch egal." Er macht eine wegwerfende Handbewegung. „Wie läuft's bei dir? In der Kirchengemeinde?"

„Gut, sehr gut sogar. Es macht mir Spaß!"

„Das freut mich zu hören, wirklich."

Ich weiß nicht, was ich darauf noch antworten soll, also sehe ich auf meine Schuhe. Der Wind frischt auf und ich denke, dass ich einfach weiterlaufen sollte. Offensichtlich haben wir uns nichts weiter zu sagen, aber ich spüre seinen prüfenden Blick auf mir.

„Ja, also, ich jogge dann mal weiter, bevor ich komplett auskühle!", erkläre ich ihm und knete meine Hände.

„Okay, dann mach's gut."

„Ja, und dir, äh, Petri heil."

„Danke."

Ich winke ihm noch einmal zu und trabe dann langsam weiter. Die restlichen sechs Kilometer meiner Runde verbringe ich damit, darüber nachzudenken, warum wir uns auf einmal nichts mehr zu sagen haben. Liegt es wirklich nur an dem Kuss? Oder ist ihm danach klargeworden, dass wir nicht mehr die Zwanzigjährigen sind, die nichts außer Spaß im Kopf haben, und zwischen uns nicht mehr ist als das? Vielleicht ein bisschen von beidem, und ich bin froh, dass ich nicht mit ihm geschlafen habe. So habe ich wenigstens meine Würde bewahrt. Da ich so gut wie kein Sozialleben habe, wird es nicht schwer sein, ihm hier aus dem Weg zu gehen, bis ich mich entschieden habe, was ich mit meiner Zukunft anstelle.

Apropos Sozialleben. Um kurz nach acht betrete ich mit Nicole den Mexikaner *El Gringo* in unserer Kreisstadt. Wir bestellen uns zwei Jumbo-Cocktails, Nachos und etwas Fingerfood. Nach einigen Jahren in Hamburg fällt es mir immer noch schwer zu akzeptieren, dass das so ungefähr das Highlight des Nachtlebens hier ist. Zwei Cocktails später klärt mich Nicole darüber auf, dass wir noch in die Orts-Disse gehen, um zu tanzen. Ich stöhne auf, aber mein Alkoholpegel ist hoch genug, so dass ich mitkomme. Schlimmer kann es ja wohl nicht mehr werden.

Am Ort des Geschehens angekommen, wünsche ich mich auf eine einsame Insel. Fremdschämen hoch zehn ist angesagt. Mindestens die Hälfte der Gäste ist unter zwanzig und ich fühle mich wie eine Oma.

„Schau mal da“, schubst mich Nicole an. „Da haben wir Elke. Seit die wieder Single ist, lässt sie es krachen.“

Wie aus einem Munde wiederholen wir unser Mantra: „Einmal Schlampe, immer Schlampe.“

Ich sehe mich weiter verstohlen um. Während Nicole uns zwei Bier holt, entdecke ich ein paar Bekannte, die ich momentan lieber nicht begrüßen will. Ich habe keine Lust, jedem zu erzählen, warum ich Loser wieder hier gelandet bin. Außerdem kann ich es selbst nicht mehr hören. Als Nicole kommt, ziehe ich sie auf die Tanzfläche.

„Komm schon, geredet haben wir genug.“

Wider Erwarten habe ich doch noch eine ganze Menge Spaß. Und natürlich ist das Ende vom Lied, dass ich doch noch mit *jedem*, den ich kenne, labere – außer mit Elke. Wir werden in diesem Leben keine Freunde mehr. Gegen vier bugsiert mich Nicole aus dem Taxi. Verschwommen frage ich mich, wo sie eines herbekommen hat. Das habe ich nicht mehr mitgekriegt. In der Küche angelangt, suche ich im Kühlschrank nach etwas Fettigem, finde noch zwei kalte Buletten und trinke den Orangensaft direkt aus der Packung, bevor ich nach oben in mein altes Kinderzimmer wanke.

Ich lege mich kurz bäuchlings aufs Bett. Als ich das nächste Mal aufwache, halte ich noch immer mein Handy in der Hand. Die Bettdecke ist nass an der Stelle, wo mein Kopf lag.

Na toll, ich habe im Schlaf gesabbert.

Ich fühle mich schrecklich und mein Schädel brummt. Aber was zum Teufel habe ich mit meinem Handy gemacht? Ich entsperre den Bildschirm und sehe, dass ich Lennart eine Nachricht geschrieben habe. Heute Nacht. Gegen fünf. Ach du Schande.

Ich wünschte, ich wäre tot.

Du fehlst mir.

Warum, warum, warum habe ich mich nicht im Griff, wenn ich betrunken bin? Stöhnend sinke ich tiefer in die Daunen meiner Bettdecke. Ich hebe den Kopf allerdings kurz, um seine Antwort zu lesen.

Was muss ich tun, damit du mir eine Chance gibst?

Darauf habe ich nicht geantwortet. Was hat er um diese Uhrzeit eigentlich online gemacht? Oder war er schon wach? Er hat sogar noch eine Nachricht hinterhergeschickt. Das war gegen sechs.

Ich werde nicht so leicht aufgeben. I am watching you.

O mein Gott.

Ist das jetzt gut oder schlecht?

Mir ist vor allem schlecht, und das hat jetzt Priorität. Mein Magen rebelliert und ich drehe mich auf die Seite, um mich nicht übergeben zu müssen. Kurz darauf nicke ich wieder ein.

Als ich das nächste Mal aufwache, ist es hell draußen und die Kopfschmerzen sind etwas besser geworden. Aber ich fühle mich trotzdem noch elend. Der Durst treibt mich aus dem Bett. Ich schaffe es gerade mal bis zum Bad, wo ich den Zahnputzbecher mit kaltem Wasser befülle. Ich kann mich nicht zum Waschbecken hinunterbeugen, sonst zerplatzt mein Schädel. Im Allibert krame ich nach Kopfschmerztabletten, finde auch welche und nehme zur Sicherheit gleich zwei. Zum Duschen bin ich noch zu schwach, also lege ich mich wieder hin. Gegen eins sieht es so aus, als ob mich meine Beine tragen könnten, und ich versuche mein Glück noch mal im Bad.

Als ich nach einer ausgiebigen Dusche ins Handtuch gewickelt über den Flur laufe, höre ich meine Mutter und eine Männerstimme aus der Küche. Ich bin einfach zu neugierig, ob das womöglich ihr Lover ist, und schleiche, soweit das in meinem Zustand geht, so leise wie möglich nach unten und werfe einen Blick in den Raum. Gerade als ich meinen Kopf um die Ecke strecke, sieht mich Lennart an, der wie beim letzten Mal, als er hier war, an der Arbeitsfläche lehnt.

„Äh, hallo Marie!“, sagt er und ein breites Grinsen erscheint auf seinem Gesicht.

Ich zucke zusammen und mir wird heiß und kalt zugleich.

„Marie!“, ruft meine Mutter, als ob ich nackt und *ohne* Handtuch hier stehen würde.

Dabei hat *sie* nun wirklich keinen Grund, die Prüde zu spielen. Die alte Ehebrecherin.

„Lennart!“, rufe ich leicht verwirrt.

„Ich wollte dich zu einem kleinen Ausflug entführen.“

„Äh, wirklich?!“ Wasser tropft von meinen Haaren auf meine Schultern. „Ich, äh, zieh mir nur kurz was an.“

„Ja, besser ist das!“, zischt meine Mutter.

Ich verdrehe die Augen und verschwinde mit klopfendem Herzen nach oben. Vergessen sind die Übelkeit und der Kater, als ich im Eiltempo meine Locken trockenföhne, Kajal auftrage, Wimpern tusche und mir Jeans und den blauen Rolli anziehe, den er mir geschenkt hat.

Wenig später sitze ich in seinem Pickup, esse ein belegtes Brötchen von der Tanke, und wir sind auf dem Weg nach Norddeich. Ich bin mir nicht sicher, was er vorhat, aber ich nehme an, dass er wegen meiner Nachricht hier ist. Ob ich ihm sagen soll, dass ich voll war wie eine Haubitze?

Aber das erübrigt sich mit seinem nächsten Kommentar.

„Huh, also deine Fahne ist ja auch jetzt noch bemerkenswert.“ Er wedelt mit der Hand vor der Nase und verzieht den Mund gespielt angewidert.

„Ähm. Ja. War heftig gestern.“ Ich zucke mit den Schultern und vergrabe mich tiefer im Sitz.

Zwanzig Minuten später spazieren wir gemeinsam durch den Nachmittag. Wind weht uns um die Nasenspitzen, als wir am Strand entlanggehen. Wir haben die Kapuzen aufgezogen, weil es wirklich eisig kalt ist. Die salzige Seeluft ist aber erfrischend; ich liebe diesen Geruch nach Meer und Freiheit. Es ist schön, so ungezwungen neben ihm zu spazieren. Viele Worte brauchen wir nicht. Vor uns spielen ein paar Hunde miteinander und zwei Kinder mit Gummistiefeln waten in Begleitung ihrer Eltern im Matsch des Ufers. Am Himmel kreisen ein paar kreischende Möwen, in der Hoffnung, irgendwo Nahrung zu ergattern.

„Was hast du vor?“, frage ich Lennart und vergrabe meine Hände tiefer in den Jackentaschen meines Anoraks.

„So generell oder heute?“

„Beides.“

„Heute wollte ich mit dir ein paar nette Stunden verbringen.“ Er kickt einen kleinen Stein davon.

„Und generell?“, hake ich nach.

„Haus bauen – da bin ich dabei. Dich heiraten – daran arbeite ich. Baum pflanzen – das wird das Einfachste. Kinder bekommen – das wird am meisten Spaß machen … also der Weg dahin.“ Er grinst mich verschmitzt an und mir wird ganz warm. Mein Herz flattert, als er stehen bleibt und mir tief in die Augen sieht. Aber so gerne ich möchte, ich kann es ihm nicht abnehmen. Wir kennen uns schon so lange – lange genug –, haben viel Zeit miteinander verbracht; und zu oft habe ich ihn nach einem schönen Tag mit einem anderen Mädchen verschwinden sehen. Viel zu oft. Und nach allem, was er selbst gesagt hat, hat er seinen Lebensstil in den USA eher noch ausgebaut. Er ist ein Womanizer und wird immer einer bleiben. Das Bild steht einfach vor meinen Augen, wenn ich an Lennart und eine mögliche Liebelei mit ihm denke. Ich passe einfach nicht hinein in dieses Konzept. Er muss sich da in etwas verrannt haben.

„Ach Lennart, ich will mich nicht in die lange Reihe abgelegter Liebschaften einreihen“, sage ich und ich sehe in seinen Augen, dass er enttäuscht von meiner Reaktion ist.

Vielleicht hat er nach meiner idiotischen Nachricht gestern mehr erwartet. Ja, was will ich denn eigentlich, verdammt? Man schreibt doch nicht *‚du fehlst mir‘* und dann ... Ach, es ist kompliziert. Wenn nicht mal ich mich verstehe, wie sollen es andere dann tun?

„Kannst du mich nach Hause bringen? Dieser Kater ist doch heftiger, als ich dachte“, sage ich leise, und er nickt verständnisvoll.

„Klar.“

„Es tut mir leid, Lennart“, murmele ich noch, als wir auf dem Parkplatz sind.

„Das muss es nicht. Ich verstehe, dass du noch nicht über deinen Ex hinweg bist. Aber ich kann warten.“

Was?

„Ich will nichts mehr von meinem Ex.“

Aber er geht nicht weiter auf das Thema ein. Denkt er wirklich, dass das der Grund ist, warum ich noch nicht mit ihm im Bett gelandet bin? Was ist hier eigentlich los? Mich überfordert das Ganze und mein körperlicher Zustand macht es wirklich nicht besser.

Kapitel 5

Am Dienstag bin ich nach der Arbeit bei Nicole, wir backen mit den Kindern Plätzchen. Der erste Advent steht vor der Tür, und sie meint, es wäre an der Zeit, sich an die Keksbäckerei zu machen. Karla, die Zweijährige, hält uns ganz schön auf Trab, denn sie ist der Meinung, sie müsse ihre eigene Teigmischung herstellen. Andauernd holt sie Mehl und Zucker aus dem Schrank und will es in ihre kleinen Plastiktöpfe aus der Spielküche verteilen.

Beim fünften Versuch stöhnt Nicole genervt auf und setzt Karla schließlich auf den Küchentisch, während sie den Teig neben ihr auf einer Unterlage ausrollt. Tim, der Vierjährige, hat es nicht so mit der Bäckerei. Ein echter Kerl eben. Ich grinse und streiche mir eine Strähne aus dem Gesicht.

„Wann sind die Kekse endlich fertig?", fragt Tim. „Ich habe Hunger!"

„Schatz, wir müssen sie ausstechen, verzieren und backen."

„Das dauert ja noch eeeewig", gibt er schmollend zurück.

„Willst du vielleicht eine Möhre knabbern bis dahin?"

„Möhre? Igitt. Das ist ekelich."

Er verzieht angewidert das Gesicht.

Nicole zuckt mit den Schultern und flüstert mir leise zu: „Er kommt da ganz nach der Mutter. Am liebsten mag er alles mit viel Zucker."

„Ist das nicht normal?", frage ich und greife mir eine Sternchenform. Karla nimmt sich ein Herz und fängt an, damit wahllos auf der Teigplatte herumzustechen.

„Hey, nicht!", ruft Nicole und hält die kleine Patschhand fest. „So muss man das machen."

Sie führt die Hand ihrer Tochter, und es versetzt mir einen Stich zu sehen, wie süß das kleine Mädchen mit ihren braunen Ringellocken und dem Hello-Kitty-Kleidchen ist.

Huch. Was ist denn mit mir los? Ich meine, ich habe nichts gegen Kinder, aber bis jetzt bin ich nie in Verzückung geraten, wenn mir jemand Babybilder vor die Nase gehalten hat.

„Was ist dir denn für eine Laus über die Leber gelaufen?"

Ich sehe Nicole an und kratze mich an der Nase. „Ich habe keine Ahnung, ehrlich. Ich habe mir nur gerade gedacht, wie süß deine Kinder sind."

„Ticktack", sagt sie und zuckt mit einer Augenbraue.

„Wie bitte?"

„Es ist doch ganz klar." Sie sticht mit Karla noch ein paar Herzkekse aus. „Deine biologische Uhr fängt an zu ticken. Bald wirst du dreißig und hast keinen Mann, aber den Hormonen ist das egal."

Mein Kiefer klappt nach unten.

„Du bist ja fies, also echt. Bei mir tickt gar nichts."

„Hört, hört!", fährt sie fort. „Dann bist du ein biologisches Wunder."

„Vielleicht will ich keine Kinder", gebe ich pikiert zurück.

„Ach, Marie. Will nicht jede Frau irgendwann Kinder?"

„Nee, ganz bestimmt nicht. Und ob ich will oder nicht, habe ich noch nicht entschieden. Können wir bitte wieder über etwas Vernünftiges reden? Tim guckt schon merkwürdig."

Der Kleine interessiert sich keinen Deut für unsere Unterhaltung oder die Weihnachtsbäckerei. Er sitzt mit zwei Star-Wars-Figuren aus Plastik auf dem Küchenboden und spielt eine Kampfszene nach.

„Jungs!", seufzt Nicole und holt ein Blech, um die Herzen und Sterne aufs Backpapier zu legen. Karla stopft sich derweil Teigbrocken in den Mund, die sie nach wenigen Sekunden mit einem „Bäh" auf den Boden spuckt.

„Himmel! Kann man nicht mal fünf Sekunden was anderes machen?", jammert Nicole. Ich kichere.

„Bei mir *tickt* garantiert nix, meine Liebe, wenn ich das so sehe!", merke ich leicht süffisant an, und den restlichen

Nachmittag verlieren wir kein Wort mehr über meine Hormone oder mein Liebesleben im Allgemeinen. Dafür bin ich Nicole sehr dankbar. Manchmal weiß sie einfach, wann sie was tun muss, damit ich mich besser fühle.

„Marie, Frau Hoffmann ist krank. Eigentlich sollte sie heute die Krabbelgruppe leiten.“

Ich sehe von meinem Schreibtisch auf und direkt in Arnos rotes Gesicht.

„Ja?“

„Sie hat mich eben erst angerufen, und in fünfzehn Minuten stehen die ersten Kinder vor der Tür.“

„Äh, ja?“

Ich verstehe immer noch nicht, was er mir mitteilen will.

„Kannst du nicht ...?“

„Ich soll doch nicht etwa eine Krabbelgruppe leiten?“, frage ich völlig perplex.

„Bitte, du würdest mir einen großen Gefallen tun. Es ist zu spät, um jetzt noch abzusagen.“

Ich stöhne gequält auf. „Na gut.“

Arno atmet erleichtert aus. „Danke!“

Er verschwindet wieder in seinem Büro, und ich habe noch genau zehn Minuten Zeit, Google zu befragen, was man in so einer Krabbelgruppe eigentlich macht.

Ich bin höllisch nervös, als die erste Mutter mit ihrem Kind ins Gemeindehaus kommt. Ich plaudere ein bisschen mit ihr und erkläre, dass ich heute nur ausnahmsweise für Frau Hoffmann die Gruppe übernommen habe.

Als um Viertel nach zehn fünf Frauen mit ihren Kindern im Alter zwischen sechs und dreizehn Monaten da sind, bin ich bereits schweißgebadet. Als Erstes versuche ich, ein Lied mit den Kindern zu singen, aber natürlich können die noch nicht singen. Eine Mutter erbarmt sich meiner und meint, dass sie manchmal Fingerspiele mit ihnen machen. Zu meiner großen

Erleichterung nennt sie eines und bietet an, es den anderen Müttern noch mal zu zeigen.

Ich bin ihr unendlich dankbar und nutze das Angebot. „Das ist doch eine gute Idee. Ich würde sagen, jeder schlägt der Reihe nach was vor."

Die Mamas gehen darauf ein und es wird wirklich schön. Ich halte mich dezent zurück und bin eigentlich nur Zuschauerin. Bis jetzt war das Wort ‚Krabbelgruppe' für mich ziemlich negativ behaftet – Kleinkinder kannte ich auch nur aus der Ferne –, aber was ich hier so erlebe, sieht ganz okay aus. Die Mütter scheinen echten Spaß daran zu haben, mit ihren Kleinen zu spielen, obwohl die noch nicht mal antworten können. Total verrückt! Ich habe mich immer gefragt, was man mit Kindern in diesem Alter überhaupt so anfangen kann, aber die sind schon erstaunlich mobil und haben eine überraschend gute Auffassungsgabe. Ich bin ehrlich ein bisschen beeindruckt und schäme mich fast, dass ich so ahnungslos bin, was Kinder angeht. Aber woher sollte das auch kommen? In meiner Familie gibt es keine kleinen Nichten, Neffen, Cousinen oder Cousins. Als meine eigene kleine Schwester ein Baby war, war ich selbst noch ein Kind. Das zählt also nicht.

Die zwei Stunden am Vormittag vergehen so schnell, dass ich es fast schade finde, als die Babys in ihre Schnee- und Fleece-Anzüge gepackt werden und sich alle bis zur nächsten Woche verabschieden.

Der Gedanke an ein Kind lässt mich den ganzen Tag nicht mehr los. Wie hat sich diese Saat eigentlich in mein Hirn gepflanzt? Ich bin verwirrt, als ich um neunzehn Uhr zuhause ankomme und mich umziehe. Während ich so vor dem Spiegel stehe, strecke ich meinen Bauch raus und streiche darüber. Könnte ich mir vorstellen, schwanger zu sein? Wie wäre es wohl, ein Leben in sich wachsen zu spüren? Ob ich Nicole mal fragen soll? Schließlich hat sie es schon zweimal erlebt. Und ich war nicht dabei. Wie würde mein Kind aussehen?

Würden sich meine blonden Haare vererben? Das käme wohl ganz darauf an, mit wem ich das Kind zeugen würde. Natürlich denke ich an Lennart. Mit Holger hätte ich mir nie und nimmer vorstellen können, eine Familie zu gründen. Er war mit seinen einunddreißig Jahren manchmal selbst noch wie ein Kleinkind. Die naheliegende Frage lautet jedoch: Könnte ich mir vorstellen, mit Lennart ein Baby zu bekommen? Ich sehe mir im Spiegel in die Augen.

Ja, das könnte ich.

Verdammt. Ich stecke schon tiefer in der Gefühlsscheiße, als mir lieb ist. Meine Hormone fahren Achterbahn, ich denke an Babys und Schwangerschaften. Total verwirrt drehe ich den Wasserhahn der Badewanne auf, ziehe mich aus und tauche tief in den Schaum ein. Aber der Gedanke, wie die Babys mit Lennart wohl ausschauen würden, lässt sich nicht abwaschen.

So ein Mist. Ich muss das irgendwie vergessen. Der Kerl hatte sicher mehr Frauen im Bett, als ich Knochen im Körper habe. Es würde niemals, *niemals* gutgehen.

Ende und Aus. Schluss damit. Der Gedanke wird hiermit feierlich aus meinem Kopf verbannt.

In diesem Moment klopft es an der Tür. „Marie, kann ich kurz ins Bad?"

„Ja, komm rein. Ich bin in der Wanne."

Die Tür öffnet sich, meine Mutter stellt sich vor den Spiegel und trägt Lidschatten auf. Sie hat ein schwarzes Kleid an und einen pinkfarbenen Schal um den Hals.

„Was hast du vor?", frage ich sie.

„Frauenkreis", antwortet sie mir, während sie ihre Augen mit einem Kajal umrundet.

„Aha."

Nie im Leben.

„Warte nicht auf mich, es kann schon später werden heute."

„Alles klar."

„Gute Nacht, Marie."

„Viel Spaß, Mama“, flöte ich, und sie wirft mir einen Blick zu, der Bände spricht. Wir beide wissen, dass sie weiß, dass ich es weiß, aber sie erzählt es mir trotzdem nicht. Gemein. Sie hat früher immer von mir gewusst, was im Busch war. Diese Geheimniskrämerei ist total nervig und für eine Frau über Fünfzig auch unwürdig, schmolle ich in meinem nur noch lauwarmen Wasser. Ein Gutes hat das Ganze allerdings: Ich muss nicht mehr über meine reifen Eier und mögliche Befruchtungen nachdenken, denn der Verdruss über meine Mutter überwiegt momentan.

Am nächsten Morgen frage ich mich gerade, ob unser Pastor Arno vergessen hat, mir die versprochene Unterstützung zu besorgen, als die Tür aufgeht und Lennart reinkommt. Mein Herz setzt einen Schlag aus und ich springe hektisch vom Drehstuhl auf.

„Guten Morgen!“, ruft er fröhlich.

„Guten Morgen?“, antworte ich, wahrscheinlich mit einem auf die Stirn tätowierten Fragezeichen.

„Hier bin ich. Es kann losgehen.“

„Äh, wie bitte?“ Ich verstehe mal wieder nur Bahnhof.

„Arno hat gesagt, du brauchst Hilfe. Er suchte nach einem starken Mann mit einem großen Auto und ... da bin ich also.“

„Er hat *dich* gefragt?“ Lennart muss mich für total bescheuert halten, aber ich schaffe es irgendwie nicht, eins und eins zusammenzuzählen.

„Zufall. Er hat eher meinen Papa gefragt, und der hat gesagt, ich hätte sowieso nichts zu tun. Was ich nicht so witzig fand, aber dann dachte ich mir: Hey, eine gute Gelegenheit, Marie von meinen Qualitäten zu überzeugen.“

Na gut. Jetzt verstehe ich es schon eher.

„Ähm. Ja“, erwidere ich.

„Du sagst doch selbst immer, wir leben in einem Dorf. Die Welt ist klein“, lacht er. Mein Herzschlag hat sich noch immer nicht wieder beruhigt. Dass er hier aber auch so unverhofft aufkreuzt! Ich sehe kurz an mir hinunter. Einen Schönheitswettbewerb gewinne ich nicht mit meinem Outfit, es ist eher langweilig, aber anscheinend stört sich Lennart nicht daran.

„Ah ja ... Äh, magst du dir erst mal einen Tee oder Kaffee holen? Ich muss noch was fertig machen für den Gemeindebrief, dann können wir durchgehen, was zu tun ist, und einen Plan aufstellen. Heute ist schon Mittwoch, und am Sonntag soll hier der Weihnachtsbasar steigen."

Lennart sieht sich um und meint: „Sehr weihnachtlich sieht es noch nicht aus."

„Eben. Das muss sich bald ändern."

„Ich bin ja nicht zum Kaffeetrinken hier."

„Was ist, wenn ich deine Hilfe nicht möchte?", frage ich vorsichtig. Ich weiß, ich lehne mich damit ganz schön weit aus dem Fenster, aber mein Mund ist schneller als mein Gehirn.

„Tja, dann würde ich dir sagen, dass das nicht deine Entscheidung ist. Der Pastor hat mich gebeten, und einem Mann Gottes schlägt man doch keinen Wunsch ab." Er klingt nicht sauer oder genervt, trotzdem verdrehe ich kurz die Augen. „Na schön. Aber, Lennart", ich senke die Stimme ein wenig, „glaub nicht, dass das etwas zwischen uns ändert."

„Äh, ich dachte, wir wären Freunde?", spielt er auf einmal den Unschuldigen.

„Das sind wir auch – nicht mehr", stelle ich noch mal klar. Nur fürs Protokoll.

Und um mich selbst daran zu erinnern, dass ich mir nichts einbilden sollte.

„*Noch* nicht", klärt er mich auf.

Na wundervoll. Die Schmetterlinge sind wieder da. Ein ganzer Schwarm tummelt sich in meinem Bauch.

Verpisst euch, ich brauche euch nicht.

Ich will protestieren, aber sein eindringlicher Blick lässt mich schweigen. Ich schaue zu Boden und räuspere mich.

„Whatever. Hol dir Kaffee oder nicht, ich brauche noch zwanzig Minuten."

Nicht besonders freundlich von mir, aber ich kann einfach gerade nicht anders.

„Yes, Ma'am", sagt er grinsend und tippt sich an die Stirn. Ich seufze. Lennart ist süß. Nicht jeder würde so mit sich umspringen lassen und dabei so ergeben bleiben.

„Blödmann", lache ich schließlich.

Nachdem ich meinen Bericht für das Kirchenheft eilig fertiggestellt habe, geselle ich mich zu Lennart in die Küche, lege meinen Ordner auf den Tisch und gieße mir selbst eine Tasse Kaffee ein.

„Sollen wir kurz die Liste durchgehen?", eröffne ich das Gespräch möglichst unverbindlich. Er ist ja wirklich zum Arbeiten hier, auch wenn er sagt, dass es wegen mir sei.

„Klar, deswegen bin ich ja da." In seiner Stimme schwingt ein Unterton mit, der verdeutlicht, dass er eben nicht nur wegen der Arbeit hier ist.

„Perfekt", kommentiere ich knapp und schlage den Ordner schwungvoll auf.

Meine Excel-Tabelle ist lang. Mal sehen, wie er reagiert, wenn ihm dämmert, worauf er sich da eingelassen hat.

„… Da wären die Sitzgarnituren, Stehtische, Getränke werden geliefert, aber Tassen für Glühwein, Tee und Kaffee müssen wir selbst abholen. Neue Girlanden müssen im Baumarkt gekauft und dann aufgehängt werden – die alten waren einfach nicht mehr brauchbar, die habe ich nach Rücksprache mit Arno entsorgt. Rote Weihnachtskugeln sind ebenfalls bestellt, die müssen dann an die Girlanden gehängt werden. Zu essen gibt es nur Kaffee, Kuchen und draußen einen Bratwurststand. Der kommt allerdings vom Metzger, damit haben wir gar nichts zu tun. Aber für die Tombola müssen wir noch die Preise von den verschiedenen Firmen abholen, und dann wären da noch die kleinen Stände: Zum Beispiel hat der Laden

Weiße Feder einen gemietet, die verkaufen Deko und Weihnachtsschmuck, der handwerklich hergestellt wurde. Dann gibt es einen Stand mit Kinderspielzeug, das in Behindertenwerkstätten gefertigt wurde, und noch einen Stand mit Kräutern, Kerzen und Tee. Außerdem habe ich mir vorgestellt, in der einen Ecke eine Kinderschminkstation zu gestalten. Das Zimmer ist so nüchtern – das ist mir bei der Krabbelgruppe schon aufgefallen –, dafür brauchen wir irgendwas, das es attraktiver für die Kleinen macht. Das Schminken alleine finde ich irgendwie zu langweilig ...“

„Wow, ich bin ... beeindruckt, Marie“, bemerkt Lennart anerkennend.

Ich spüre, wie ich rot werde.

Wir bewegen uns hier auf einer völlig anderen Ebene als sonst. Bisher war ich im Job einfach eine Null, nichts Besonderes. So viel Lob wie in der letzten Zeit – von Arno oder jetzt von Lennart – kenne ich gar nicht, das ist neu für mich. Aber es fühlt sich toll an. Geht runter wie Öl.

„Gut, äh, wie wäre es, wenn wir damit anfangen, die Bänke und Tische zu holen? Passt das in den Pickup?“

„Auf die Ladefläche? Kommt darauf an, wie viele es sind.“ Er runzelt die Stirn.

„Also, ich dachte an fünf für drinnen und fünf für draußen, auch wenn es kalt ist, aber mit Glühwein und Bratwurst können es manche ja gut aushalten.“ Lennart nickt.

„Wenn nicht, fahren wir einfach zweimal.“

„Spitze. Ich muss auf jeden Fall mit, da ich für die Kirchengemeinde unterschreiben muss. Wir haften ja dafür.“

„Klar, ich bin nicht so vertrauenswürdig“, frotzelt er.

„Darum geht es nicht.“

„Weiß ich doch. War nur ein Scherz. Sei doch mal ein bisschen locker.“ Er sieht mich mit seinen hübschen Augen an und ich weiche seinem Blick aus.

Bin ich etwa verkrampft?

Hm. Ja, da könnte was dran sein. Ich versuche, meine Schultern zu entspannen, aber mein Nacken ist wirklich hart wie ein Brett.

„Soll ich mal?“ Lennart ist schon aufgesprungen, steht auf einmal hinter mir und knetet meine verhärteten Muskeln.

Oh. Mein. Gott.

Wieso kann er das nur so gut? Nicht stöhnen, Marie!

„Du musst das nicht machen ...“, versuche ich, aus der Nummer rauszukommen – reichlich spät.

„Ich will aber. Die sind ja wirklich total verspannt. Hier, genau da ist der Knoten.“

Er bohrt seine Finger in diesen ganz speziellen, schmerzenden Knubbel und ich schreie spitz auf.

„Au!“

„Gleich wird's besser!“

Er lässt nicht nach, und es wird tatsächlich langsam besser. Trotzdem. Ich bin hier bei der Arbeit und sollte mich nicht von ihm befummeln lassen, egal, wie gut er das macht. Deswegen schüttele ich seine Hände ab und stehe ungelenk auf.

„Ähm, danke. Wollen wir dann?“, sage ich und schaue an ihm vorbei.

Er lacht. „Ist es dir unangenehm, weil es dir gefallen hat?“

Warum zur Hölle weiß er dauernd, was in mir vorgeht?

„Nein.“ Meine Stimme klingt dumpf und ich muss ein Grinsen unterdrücken. Dann legt er seine Hand auf meine Schulter und dreht mich zu sich.

„Gewöhn dich besser daran, Summer.“ Damit lässt er mich in der Küche stehen. Ich ringe nach Fassung. Es ist ganz bestimmt keine gute Idee, den größten Teil der Woche mit ihm zu verbringen. Das wird mich viel tiefer in die Sache reinreißen, als ich möchte. Vielleicht muss ich einfach mal ein ernstes Wörtchen mit ihm reden. Ja, das sollte ich machen.

„Kommst du?“, ruft er aus dem Eingangsbereich.

„Ja, gleich!“

Der restliche Tag zieht im Eiltempo an mir vorbei. Wider Erwarten macht Lennart keinen weiteren Annäherungsversuch, sondern bleibt freundschaftlich bei der Sache. Er murrt nicht, wenn ich ihm Anweisungen gebe, sondern führt prompt das aus, was ich ihm auftrage. Die Sitzgelegenheiten haben wir erst mal vor dem Gemeindezentrum abgelegt, denn der Raum muss erst hergerichtet werden, bevor wir anfangen können, alles zu dekorieren. Ich hoffe, das Wetter spielt am Sonntag mit. Für den Fall, dass es regnet oder schneit, haben wir drei Pavillons, die nach Bedarf aufgestellt werden können. Darüber mache ich mir jetzt lieber noch keine Gedanken.

„Sollen wir noch die Girlanden und so im Baumarkt holen?“, fragt mich Lennart, als wir den größten Raum bis auf den Tisch und die Stühle leergeräumt haben. Ich bin fix und fertig und hundemüde nach dieser Aktion.

„Ach, nee, lass uns das mal morgen machen. Wir haben heute viel mehr geschafft, als ich dachte. Ich kann mich kaum mehr bewegen und hier muss erst mal saubergemacht werden, bevor wir was Neues aufbauen können.“

„Okay. Aber nicht, dass mir hinterher Klagen kommen“, neckt er mich.

„Wie kann ich mich bei dir bedanken?“, frage ich kleinlaut. Er macht es mir zuliebe, ich weiß es, und nicht, weil der Pastor sein bester Freund ist.

„Ach, da fällt mir schon was ein …“ Er zuckt mit den Augenbrauen und grinst. Ich will gerade zu einer Antwort ansetzen, als er abwinkt. „Ich meine, lass uns ’ne Pizza essen gehen oder so.“

„Ich habe gar nicht so Lust auf den Mief in der Pitsche.“

„Ich auch nicht. Sollen wir uns etwas mit rausnehmen?“

„Das ist ’ne gute Idee.“

Eine Dreiviertelstunde später sitzen wir – bei fünf Grad plus – auf dem Steg vor Lennarts Elternhaus und essen unsere lauwarme Pizza. Dazu gibt es Cola aus der Ein-Liter-Flasche.

„Fast wie früher", spricht er mit vollem Mund das aus, was ich denke.

„Ja, schön."

Wir essen einige Minuten schweigend, ein paar Häuser weiter bellt ein Hund.

„Lennart?", frage ich.

„Ja?"

Er sieht auf.

„Was soll der Quatsch, dass du mich rumkriegen willst?"

Mein Herz klopft. Normalerweise würde ich nicht so direkt fragen, aber ich halte es einfach nicht mehr aus.

Er seufzt leise auf. „Ich habe es dir doch schon erklärt, Summer."

„Erkläre es mir noch einmal, ich habe es nämlich nicht verstanden."

Dass ich nicht mit dem Fuß aufstampfe, ist alles.

„Ich war damals dumm, dass ich nicht gemerkt habe, dass du alles verkörperst, was ich suche. Ich kann es nicht beschreiben … Du warst immer da. Ich habe unsere Freundschaft nie infrage gestellt und", er zögert einen Moment, „obwohl ich deine Kurven sehr wohl zur Kenntnis genommen habe, wollte ich unsere Freundschaft nicht riskieren. Damals war ich nicht reif genug. Jetzt weiß ich, was ich will."

Das geht runter wie Öl. Trotzdem, ich bin nicht überzeugt.

„Aber das ist doch keine Sache, die man so nüchtern entscheidet. Bumm, die passt zu mir, die will ich haben! Das klingt voll nach Vernunftehe."

Er schiebt sich ein Stück Pizza in den Mund und überlegt. „Ja, vielleicht. Was ist denn so schlimm daran, wenn man eine Beziehung auf Vertrauen und Freundschaft aufbaut?"

Autsch.

Es ist irgendwie ernüchternd, das so pragmatisch aus seinem Mund zu hören. Nach allem, was er mir bisher gesagt hat, dachte ich vielleicht ein klitzekleines bisschen, dass er auch was für mich empfindet. Aber nein, er hat wirklich nur eine Vernunftentscheidung getroffen.

„Tut mir leid, aber das ist keine Basis, auf der ich eine Beziehung aufbauen will.“

„Wieso denn nicht?“, fragt er mich auch noch. Ich bin langsam genervt.

Missmutig klappe ich den Deckel meines Pizzakartons zu.

„Ach, Lennart, so löblich deine Überlegungen auch sind, so sinnlos sind sie, wenn keine Gefühle da sind!“

„Aber es sind Gefühle da!“, widerspricht er mir, und mein Herz macht einen kleinen Hüpfer. „Ich mag dich, vertraue dir und bin mir sicher, wir würden uns super ergänzen ...“

Meine Güte. Das kann doch nicht sein Ernst sein!

„O Mann, echt. Das wird mir jetzt irgendwie zu verrückt. Können wir nicht einfach befreundet sein, so wie früher?“

„Früher ist lange her.“

„Allerdings. Was ist denn in dich gefahren, dass du so verzweifelt eine Frau suchst? Also, ich meine, eine Frau zu finden ist dir ja noch nie schwergefallen, aber ...“

„Ich habe genug von dieser oberflächlichen Scheiße!“, unterbricht er mich. „Ich will endlich eine Familie, Kinder, ein Zuhause. Ich will nicht mehr abends in eine leere Wohnung nach Hause kommen und mein Geld für wilde Partys und sinnlosen Müll ausgeben!“

„Das ist ja alles schön und gut, aber so einfach ist die Sache nicht. Jedenfalls brauche ich für eine Beziehung Liebe“, erkläre ich ihm. Um dem Nachdruck zu verleihen, stehe ich vom Steg auf und klopfe meine Hosenbeine ab, falls ich Blätter oder anderen Schmutz daran hängen haben sollte.

Er scheint zu grübeln, sagt einen Moment nichts, bis er resigniert seufzt: „Na gut, Marie. Ich verstehe dich, aber ich glaube, du verstehst mich nicht richtig. Wie soll ich dir nur klarmachen, dass ich *dich* will und nicht irgendeine andere Frau?“

Ich lache.

„Du bist echt unverbesserlich. Also, ich sage dir, wie du mich *nicht* bekommst, mein Lieber: Indem du mir einen Heiratsantrag aus dem Nichts heraus machst. Da gehört schon mehr dazu. Denk mal darüber nach. Gute Nacht."

Beinahe erwarte ich eine ausführliche Antwort, aber ganz offensichtlich macht Lennart nie das, was man von ihm erwartet. Er gibt mir knapp, aber sehr sanft zurück: „Mache ich. Schlaf schön."

Ich bin seltsam aufgewühlt, als ich um die Ecke biege. Ich muss einfach mit jemandem reden und gehe noch bei Nicole vorbei. Anstatt zu klingeln, laufe ich ums Haus herum und klopfe an die Scheibe zum Wohnzimmer. Ich sehe, wie Nicole auf dem Sofa zusammenzuckt und sich panisch umsieht. Hoffentlich holt sie nicht das Nudelholz, denke ich und lache mich beinahe tot, als sie mich endlich erkennt und mit zusammengepressten Lippen auf mich zukommt. Sie öffnet das bodentiefe Fenster, um mich reinzulassen.

„Mein Gott, du hast mich zu Tode erschreckt! Du hast Glück!"

„Hallo Nicole, ich freue mich, dich zu sehen!", lache ich. „Dein Gesichtsausdruck – zum beömmeln!"

„Dir geb' ich gleich *beömmeln*. Kommst du jetzt rein oder wolltest du mich nur kurz umbringen und dann nach Hause zu Mutti rennen?"

Ich schlüpfe aus meinen Stiefeln, nehme sie in die Hand, gebe ihr ein Küsschen und trete ins Wohnzimmer.

„Wo ist Daniel?", frage ich, ohne weiter auf ihr Gezeter einzugehen.

„Der ist oben. Karla hat so laut geweint und er versucht, sie zu beruhigen."

„Du hast ja Glück mit deinem Mann."

„Ja, hab' ich. Aber das sind auch seine Kinder, er kann auch mal ran."

„Stimmt natürlich. Trotzdem machen das nicht alle Männer, oder?“

„Nee, richtig. Aber bist du hier, um mir das zu sagen? Was ist los? Du hast eine ganz rote Nasenspitze. Willst du Tee?“

„Es ist kalt draußen, meine Beste. Tee nehm’ ich gern.“

„Dann komm mal mit.“

„Ich muss einfach mit jemandem reden. Lennart hilft mir mit dem Adventsmarkt.“

„Ach!“, entfährt es ihr. Ich folge Nicole in die Küche, wo sie den Wasserkocher anstellt.

„Ja, ich hab dir ja erzählt, dass er mir nach dem Abitreffen so einen komischen Antrag gemacht hat. Und er hört einfach nicht damit auf. Ich weiß einfach nicht, was das soll. Heute habe ich ihn darauf angesprochen, warum er das macht ...“

„Und?“

„Also, Punkt eins: Er will sein Playboy-Dasein an den Nagel hängen. Und er denkt, ich wäre die Richtige, die ihm dabei helfen kann.“

„Ähm. Ja. Wie kommt er darauf?“

„Ja, *das* hab ich ihn auch gefragt. Gefühle stecken jedenfalls nicht dahinter.“

Mein Herz tut ein bisschen weh, jetzt, da ich die Wahrheit vor Nicole ausspreche. Dumm wie ich bin, habe ich natürlich gehofft, dass doch mehr hinter seinen Avancen steckt.

Nicole holt zwei Tassen aus dem Schrank und hängt Teebeutel hinein.

„Früchte oder Schwarz?“

Ich zucke mit den Achseln. „Mir egal.“

„‚Egal‘ hab ich nicht. Dann gibt’s Früchte. Gefühle Fehlanzeige, sagst du?“

Sie wirft mir einen Blick über die Schulter zu. Es mir noch mal durch den Kopf gehen zu lassen, ist irgendwie ... scheiße.

„Ja. Er meint, er mag mich. Hallo? Ich mag meine Oma auch! Mochte, meine ich.“

„Was sagt er denn zu dem Kuss?“

Der Kuss. Hach, die Küsse waren himmlisch. Seufz.

„Danach hab’ ich ihn nicht gefragt.“

Weil ich Angst vor der Wahrheit habe. Gott, ich bin so blöd.

„O Mann. Wieso denn nicht?“ Ich behalte für mich, dass ich mich so was von in Lennart verknallt habe. Stattdessen setze ich ein möglichst gelangweiltes Gesicht auf.

Warum ich das mache? Meine Freundin ist sonst imstande und erzählt Lennart brühwarm was Sache ist, weil sie helfen will. Das will ich nicht riskieren. Auf keinen Fall.

„Keine Ahnung. Wir waren gerade so im Thema Vernunftehe, da hat das einfach nicht gepasst.“

„Würdest du ihn denn wollen?“ Das Wasser kocht und sie übergießt die Teebeutel damit, dann sieht sie mich an. Ich trete von einem Fuß auf den anderen und setze mich schließlich an den Esstisch, bevor ich antworte: „Hm, na ja, irgendwie schon. Aber nicht so!“

„Ja“, seufzt sie. „Wer würde bei Lennart schon Nein sagen?“ Okay, jetzt weiß sie es. In einer abgeschwächten Form, aber immerhin.

„Eben! Er will mich nur, weil ich eine sichere Anlage bin. Wir haben uns immer gut verstanden, und jetzt meint er, das wäre genug für eine Beziehung.“

„Das ist schon extrem *strange,* muss ich sagen“, gibt Nicole mit zusammengekniffenen Augen zu.

„Was soll ich machen?“ Meine Stimme klingt ein wenig alarmiert. Man hört, dass mich die Situation überfordert, irgendwie.

„Ich weiß auch nicht … Schlaf doch mal mit ihm, ob es sich lohnt!“, schlägt mir meine beste Freundin vor.

Das ist so typisch Nicole. Pragmatisch ohne Ende. Aber was erwarte ich von einer Frau, die ihr Brautkleid nach dem Wiederverkaufswert ausgesucht hat? Sie ist halt, wie sie ist.

„Nicole! Sei doch nicht so … so …“, mir fällt keine passende Vokabel ein. Meine Mundwinkel wandern wie von selbst nach oben.

„Was denn? Du bist ungebunden, er sieht gut aus ...“, erklärt sie mir mit einem anzüglichen Grinsen.

„Aber das macht doch alles kaputt“, versuche ich ihr zu erklären, warum genau das keine so gute Idee wäre, obwohl ...

Mein Gott, Sex mit ihm würde mich – im wahrsten Sinne des Wortes – ins Verderben stürzen. Wenn ich nach ein paar Küssen schon so hin und weg bin ...

„Ja, oder auch nicht“, meint sie trocken.

Sie lässt nicht locker, aber sie hat ja auch gut reden. *Ich* bin die Frau mit den Stricknadeln, die das mit den Männern nicht gebacken bekommt. Nicole ist glücklich verheiratet und hat zwei Kinder. Sie kann gar nicht mitreden – eigentlich.

„Am Ende bin ich die mit dem gebrochenen Herzen und er vögelt die Nächste“, rechtfertige ich meine Zweifel vor ihr.

„Das ist ein berechtigter Einwand. So ist das aber für alle am Anfang. Hey, die Liebe ist ein Risiko!“

Sie schiebt mir die Tasse rüber und setzt sich selbst an den Tisch.

„…das ich nicht eingehen will“, ergänze ich.

„Das ist dann deine Entscheidung. Dann warte doch einfach ab, ob er dir noch weiter hinterherläuft wie ein Hündchen. Auf dem Abitreffen hat er mit der Ersteigerung ja ’ne ganz schöne Welle gemacht.“

„Erinnere mich nicht daran! Warum ist das mit der Liebe nur so kompliziert?“, stöhne ich und ziehe den Teebeutel aus der Tasse, lasse ihn abtropfen und lege ihn anschließend auf die Untertasse.

„Schätzchen, ich weiß es nicht. Vielleicht machst du es komplizierter, als es ist.“

Was soll denn der Scheiß jetzt? Ich will gerade protestieren, als ich Schritte auf der Treppe höre.

„Hey, hallo!“ Daniel steckt seinen Kopf in die Küche. „Sie schläft wieder“, richtet er das Wort an Nicole.

„Danke, bist ein Schatz!“

„Hi Daniel“, sage ich und winke ihm zu.

„Ich lass’ euch mal in Ruhe quatschen“, verkündet er und verschwindet.

„Der ist sicher oben selbst eingeschlafen und will jetzt direkt hier unten auf dem Sofa weiterschlummern. Frühschicht“, klärt sie mich auf.

„Es ist ja auch schon spät. Ich wollte nur mal kurz meine Gedanken sortieren.“ Ich nehme einen Schluck Tee, aber er ist noch zu heiß und ich verbrenne mir die Zunge daran.

„Und was ist jetzt dein Plan?“, fragt Nicole mich.

„Keine Ahnung. Ich warte darauf, dass er erkennt, dass seine Idee bescheuert ist, und dann freue ich mich, dass ich mein Herz nicht an ihn verloren habe.“

„Wenn das mal nur so einfach wäre ...“, murmelt sie in ihre Tasse und sieht mich vielsagend an.

Tja. Vielleicht hat sie recht. Klar hat sie recht. Ich kann es ja ruhig zugeben. Aber Selbsterkenntnis ist nicht unbedingt in jedem Fall der erste Schritt zur Besserung.

Natürlich wünsche ich mir, dass er sich in mich verliebt und wir auf immer und ewig zusammen sind. So sind wir Weiber nun mal. Und, hallo? Weihnachten steht quasi vor der Tür. Wer will da nicht mit seinem Freund unter der Daunendecke Liebe machen? Ich seufze leise und gequält auf.

„Aber mit der Brechstange geht’s wohl nicht“, gebe ich resigniert zu.

„Nee. Eher nicht.“

„Kacke!“, schlussfolgere ich.

„Schuss Rum in den Tee?“

„Ich liebe dich. Kann ich nicht dich heiraten?“

Wir lachen und ich frage sie, bevor ich nach Hause gehe, noch ein bisschen über die Kinder und ihre Pläne aus, wieder in ihrem alten Beruf einzusteigen. Wir verabreden uns für den nächsten Abend zum Zumba. Sie meint, ohne mich würde sie die Stunde sausen lassen und ihr Diätplan wäre wieder völlig ruiniert. Natürlich komme ich da als gute Freundin gerne mit. Ist ja nicht so, dass ich sonst viele Pläne hätte ...

Kapitel 6

Ich habe schlecht geschlafen. Diese lächerliche Situation stört mich, aber ich habe mir vorgenommen, kein Wort mehr darüber zu verlieren. Früher oder später wird es Lennart ohnehin zu blöd mit mir werden und er wird es sein lassen. Dann ist es besser, wir sind noch Freunde und nicht so voneinander genervt, dass man die Straßenseite wechseln muss, wenn man sich mal begegnet. Trotzdem habe ich ein bisschen Angst, wie er drauf sein wird, wenn er heute zum Helfen aufschlägt. Umso mehr überrascht es mich, dass er schon im Kirchengemeindehaus ist, als ich um fünf vor neun ankomme.

„Wow, da ist aber jemand motiviert! Guten Morgen!“, rufe ich möglichst fröhlich und vor allem unverbindlich.

„Hi Summer. Schöne Träume gehabt?“

Er strahlt mich an und ich lächele zurück.

Wir können normale Freunde sein. Kein Problem. Ging ja früher auch.

Boah. Ich bin so eine extrem schlechte Lügnerin – sogar vor mir selbst.

„Du bist schon fleißig?“

„Noch nicht, aber ich dachte, wir stellen erst mal die Tische auf, holen dann die Girlanden und das Zeug aus dem Baumarkt und nutzen den Tag heute, um soweit alles vorzubereiten, bevor morgen die Getränke und alles geliefert werden.“

„Ui, da hast du dir ja Gedanken gemacht.“

„Ja, habe ich.“ Er sieht mich schon wieder so eindringlich an, dass mir ganz schwindelig wird. Aber vielleicht versteh ich ja absichtlich alles zweideutig und er meint es nicht so.

„Sehr gut“, antworte ich knapp und zieh meinen Anorak endlich aus, um ihm zur Hand zu gehen.

Es ist total angenehm, mit ihm zu arbeiten, und wir brauchen kaum Worte, um uns zu verständigen.

Eine schnelle Currywurst als spätes Mittagessen vor dem Baumarkt gibt uns Kraft für den zweiten Teil des Tages. Mit zwei Einkaufswagen bepackt, fahren wir die bezahlten Waren zum Pickup. Zum Glück regnet es heute nicht, denn die Ladefläche ist offen.

„Meinst du nicht, dass uns die Sachen davonfliegen?“

„Ich habe eine Plane, damit decken wir alles ab. Dann passiert nichts.“

„Ich staune immer wieder, wie vorausschauend du bist.“

Er hebt eine Augenbraue und sieht mich schief an, sagt aber nichts. Natürlich denkt er das Gleiche wie ich. Obwohl es keiner anspricht, schwebt das Thema doch über uns. Ich sehe zu, wie er die Waren auflädt, und überlege, ob ich nicht doch einfach mal mit ihm ins Bett gehen sollte. Danach würde ich wenigstens wissen, ob ich mir diese Anziehungskraft einfach nur einrede oder ob da etwas dran ist.

„Träumst du?“, holt er mich in die Realität zurück.

„Äh, was?“, stammele ich.

„Ich habe dich gebeten, mir die Kugeln zu reichen, die noch in deinem Wagen liegen.“

„Oh. Entschuldige bitte.“

Hastig gebe ich ihm, wonach er verlangt hat.

„Macht ja nix.“ Sein Lächeln ist süß.

Ich bin mir sicher, dass ich morgen total verspannt sein werde, nachdem wir stundenlang tannengrüne Girlanden, rote Schleifen und glänzende rote Weihnachtskugeln im Gemeindehaus aufgehängt haben. Jetzt sieht der sonst relativ nüchterne Bau viel freundlicher und wärmer aus. Die Wände sind nicht mehr nackt weiß, weil wir noch ein paar Bilder der Weihnachtsgeschichte aufgehängt haben. Zusammen mit dem Grün der Girlanden und dem Rot der Kugeln ergibt das eine tolle Atmosphäre für das Wochenende. Es ist ein schönes Gefühl, so viel geschafft zu haben, und so langsam komme selbst ich echt in

Weihnachtsstimmung. Es könnte aber auch daran liegen, dass wir am Nachmittag bei der Arbeit über *Spotify* die ganze Zeit Weihnachtssongs gehört haben. Oder an der Kombination aus beidem vielleicht.

„Sieht schön aus, oder?“, frage ich Lennart selig lächelnd.

„Frauen!“, lacht er.

Mir liegt die Bemerkung auf der Zunge, dass er es mit Gefühlen wohl nicht so hat, aber ich schlucke sie hinunter. Plötzlich zieht er mich zu sich rüber.

„Sieh mal nach oben!“, fordert er mich auf.

Ich sehe hoch und entdecke den Grund, warum er sich freut wie ein Kind.

„Ein Mistelzweig?“, frage ich ungläubig.

„Gut erkannt. Und was passiert jetzt?“

Ich bemerke zu spät, dass er viel zu dicht bei mir steht, um ihm noch entkommen zu können. Er will mich tatsächlich mit so einer billigen Masche rumkriegen. Also echt!

„Ein bisschen mehr Stil hätte ich dir schon zugetraut.“

„Ist das nicht romantisch?“

„Nein“, antworte ich, aber mein Körper straft mich einmal mehr Lügen.

Mein Puls rast und mein Atem geht flach, weiß ich doch allzu gut, wie es sich anfühlt, von Lennart geküsst zu werden.

Anscheinend wirke ich ziemlich abweisend, denn seine Stimme klingt entschuldigend, als er meint: „Komm schon, Marie, ich dachte, das wäre lustig.“

„Ach, ich dachte, wir hätten das geklärt. Ich will nicht!“

Resigniert lässt er die Schultern hängen und gibt mich frei. Bevor er antwortet, vergräbt er die Hände in den Taschen seiner Jeans.

„Na gut. Dann sind wir wohl fertig für heute.“

„Ja, danke für deine Hilfe.“

„Schon gut. Was habe ich dir eigentlich getan, dass du mir keine einzige kleine Chance gibst? Ich weiß, ich habe einen

Ruf als Frauenheld, aber ich habe mich verändert. Warum willst du das nicht sehen? Dabei spüre ich, dass da etwas zwischen uns ist! Ich bin doch nicht bescheuert."

Er dreht sich um und geht, ohne ein weiteres Wort und ohne eine Antwort abzuwarten.

Seine Worte hallen noch lange in mir nach.

Warum, verdammt, fühle *ich* mich jetzt schuldig und gemein? Als ob ich diejenige wäre, die hier etwas falsch macht.

„Argh!", entfährt es mir. Ich reiße den verdammten Mistelzweig vom Türbogen und schmeiße ihn auf den Boden. Dann lösche ich die Lichter und gehe.

Auch nach der Zumba-Stunde weiß ich nichts mit mir anzufangen. Ich weiß einfach nicht, wie ich Lennart klarmachen soll, dass seine Idee irrwitzig und bescheuert ist, ohne unsere Freundschaft zu zerstören. Er wird niemals in diesem Dorf bleiben, wo er doch schon die ganze Welt gesehen hat. Er hat Geld, sieht gut aus, und ihm wird es hier eher früher als später langweilig werden.

Am nächsten Morgen habe ich mir hundertfach zurechtgelegt, was ich ihm sagen will, und doch erscheint mir alles platt und hirnverbrannt. Um zehn ist von Lennart immer noch keine Spur zu sehen. Gegen elf werden die Getränke geliefert, und ich bin froh, dass die Mitarbeiter der Firma sehr hilfsbereit sind, mir unter die Arme greifen und erst wieder gehen, als alles passt. Arno hat sich mehrfach lobend über die tolle Arbeit geäußert. Eigentlich ist alles fertig: Die Tassen, das Geschirr und die Gläser sind bereits in der Küche gestapelt, Kerzen stehen auf den Tischen. Es fehlen nur noch die Waren zum Verkauf und die Kuchen, Torten und Würstchen. Die Preise für die Tombola sind aufgereiht und die Schilder für den Losverkauf hängen. Alles andere steht ebenfalls und ich könnte nach Hause gehen, weil am Freitagnachmittag nicht mehr viel passiert und ich einige Überstunden geschoben habe. Dass Lennart sich nicht mehr blicken lässt, nagt an mir, und ich schicke ihm eine Nachricht: *Ist alles okay?*

Ziemlich dämlich, aber mir fällt nichts Besseres ein.

Ich fahre zum Haus meiner Mutter und stelle den Wagen ab. Im Haus ist es still; meine Mutter ist noch nicht zurück. Weil ich unruhig und unausgeglichen bin, gehe ich eine Runde laufen. Überraschenderweise finde ich Lennart am Steg, wo er sitzt und angelt. Anscheinend ist das sein Rückzugsort, selbst wenn es eisig kalt ist. Wahrscheinlich sind auch die Fische im Winterschlaf, aber ihm geht es bei seinen Sit-ins auf dem Steg wohl nicht ums Angeln an sich.

„Hey“, sage ich.

„Hey“, antwortet er sanft.

„Hast du was gefangen?“

„Noch nicht. Ich glaube, die sind alle eingefroren.“

„Möglich.“

„Willst du dich setzen?“

„Wieso nicht.“

Er steht kurz auf und klappt einen zweiten Gartenstuhl auf.

„Hast du auf mich gewartet?“

„Kann sein.“

„Woher wusstest du, dass ich joggen gehe?“

„Das machst du doch jeden Freitag.“

Tatsächlich?

„Und du weißt das so genau, weil ...?“

„Ach, Marie, können wir nicht noch mal von vorne anfangen?“, gibt er leise zurück.

„Ich weiß es nicht. Ich habe einfach nur Angst, einen Freund zu verlieren.“

So, jetzt ist es raus.

„Du könntest aber auch einen Liebhaber dazugewinnen“, versucht er, mich zu überzeugen.

„Das ist es ja, was mir Angst macht: Dass es nicht klappt zwischen uns. Dann ist alles andere auch kaputt.“

Ich zittere, da ich nur meine Laufklamotten trage, die nicht dafür gemacht sind, sich bei winterlichen Temperaturen ohne Bewegung draußen aufzuhalten. Lennart nimmt meine kalte Hand und zieht mich zu sich auf den Schoß.

„Keine Angst, ich begrapsche dich schon nicht, ich will dich nur wärmen."

„Schon gut", sage ich und lasse die Nähe zu. Es ist schön, so dicht bei ihm zu sein.

O Mann. Und er riecht auch noch so gut.

„Wo warst du heute?", frage ich.

„Ich wollte dir deinen Freiraum lassen. Ich hatte das Gefühl, ich erdrücke dich."

Ich lasse das auf mich wirken, spüre seine athletischen Oberschenkel unter mir und schließe für einen Moment die Augen. Was wäre wenn ...?

„Kann ich dir etwas zeigen?", höre ich ihn fragen.

„Natürlich."

„Gut, dann komm."

Er hebt mich aus dem Stuhl und zieht mich mit sich. Dabei hält er meine Hand, was sich schön und richtig anfühlt. Nach wenigen Metern ahne ich, wohin er mich bringt. Er will mir sein Haus zeigen, das ich nur aus den Zeiten kenne, als seine Oma noch gelebt hat.

Die Tür ist nicht verschlossen. Ich trete nach ihm ein, während er das Licht anknipst. Im Flur laufen wir auf dem blanken Estrich. Er ist schon sehr weit mit der Entkernung. Wir gehen ins ehemalige Wohnzimmer, wo er die Wand zur Küche bereits durchgebrochen hat.

„Wow, das ist ... ziemlich beeindruckend, was du in der kurzen Zeit geschafft hast."

Ich lächele ihn an und es kommt mir vor, als würden wir uns gerade neu kennenlernen.

„Danke." Er nickt zufrieden. „Und jetzt komm mal kurz zu mir."

Ich folge seiner Aufforderung und bleibe vor ihm stehen. Das Zimmer wird nur von einer nackten Glühbirne beleuchtet, die Heizung ist abgedreht, aber es ist perfekt so, wie es ist. Lennart nimmt meine Hände und hält sie fest. Seine warmen braunen Augen suchen meinen Blick. Mein Magen zieht sich erwartungsvoll zusammen.

„Marie, ich will, dass du mir endlich glaubst. Als ich dich gesehen habe, wie du die Aula betreten hast, da hat es einfach Klick bei mir gemacht. Ich weiß nicht, wieso ich es früher nicht gesehen habe, aber du bist die Sonne, um die sich alles dreht. Nicht ohne Grund warst du schon immer Summer und ich Naughty. Ich bin nur einfach zu dumm, manche Dinge gleich zu begreifen ..."

Mein Puls rast, meine Hände werden feucht. Das hört sich fast an wie ...

„… Als ich gesagt habe, es sei eine Vernunftsache, da habe ich gelogen." Ich muss schlucken. Er grinst mich verlegen an. „…Das ist jetzt nicht einfach für mich, weißt du?" Ich muss lächeln und nicke. „Aber, Marie, ich glaube, mich hat es total erwischt. Noch nie hat es bei mir so eingeschlagen wie neulich ... Du erinnerst dich? Ich hätte für dich mein ganzes Vermögen hingeblättert; der Preis für das Date erscheint mir heute immer noch lächerlich." Ich will gerade protestieren, da legt er mir einen Finger auf die Lippen. „Psst. Ich bin noch nicht fertig, Miss Ungeduldig! Ach was soll's, ich zeig dir einfach, was ich fühle …"

Und dann küsst er mich. Seine verführerischen Lippen legen sich auf meine und Lennarts Zunge erforscht meinen Mund. Mir ist noch ganz schwindelig von den Dingen, die er mir offenbart hat, und ich werde weich wie Wachs in seinen Händen. Es fühlt sich so gut an. Er fühlt sich so gut an! Seine Lippen sind zum Küssen wie gemacht. Sinnlich und voll. Sein Atem vermischt sich mit meinem und wir werden eins.

Wieso habe ich Idiotin nur so lange gewartet?

Meine Zweifel sind ausgeräumt und mein Verstand ist ausgeschaltet, wenn er mich so dicht an sich drückt wie jetzt. Seine harten Muskeln fühlen sich göttlich an. Plötzlich löst er seinen Mund von mir, und mein Körper reagiert, als ob man einen wichtigen Teil amputiert hätte.

Gerade will ich protestieren, da streift ein Atemhauch mein Ohr: „Ich bin verrückt nach dir!"

Dieser Satz macht mich glücklich. Sehr glücklich. Er hätte es nicht schöner formulieren können, denn ich empfinde das Gleiche. Bevor ich etwas erwidern kann, küsst er mich noch einmal. Diesmal fordernder, stürmischer, auf der Erkundungsreise nach mehr. Was einst war, ist vergessen, und wir erfinden uns in diesem Moment neu. Erst jetzt lege ich meine Arme um seine Hüften und fahre vorsichtig mit meinen Händen unter sein Hemd. Ich spüre seine warme Haut unter meinen kühlen Fingern und verliere mich in diesem Kuss. Die Intensität der Eindrücke ist überwältigend und sein Keuchen an meinem Mund entfacht ein Feuer in mir, das mir beinahe den Boden unter den Füßen wegzieht.

„O Gott, Marie, ich will nicht, dass du denkst, mir geht es nur darum!"

Er ist so atemlos wie ich, seine Stimme klingt gequält.

„Schsch, es ist okay. Lass es uns tun!"

It is now or never, denke ich mir. *Scheiß auf die Konsequenzen*. Wenn ich nicht mit ihm schlafe, werde ich nie herausfinden, ob wir zusammengehören oder nicht.

„Gibt es denn kein einziges Möbelstück in dieser Bruchbude?", scherze ich, und seine dunklen Augen sehen mich verlangend an.

„Ich fürchte nein ... Jetzt habe ich so lange gewartet, da kommt es auf ein paar Minuten nicht an. Oder willst du gleich wieder davonlaufen?"

Er lässt mich gar nicht erst los, und ich habe auch nicht vor abzuhauen, im Gegenteil. Nur hier können wir kaum bleiben.

„Also, in mein Kinderzimmer nehme ich dich nicht mit“, kläre ich ihn auf.

„Ich habe eine eigene Wohnung im Haus meines Vaters, schon vergessen?“

Wir sehen uns an und sind im nächsten Moment schon auf dem Weg. Ich glaube, ich sprinte sonst langsamer, als wir jetzt laufen. Es ist nicht die Kälte, die uns zur Eile antreibt.

Lennart öffnet die Tür zur winzigen Einliegerwohnung. Es ist herrlich warm und riecht nach ihm.

„Herzlich willkommen in meinem derzeitigen Reich.“ Er zieht mich sanft in seine Arme und streicht über mein Haar. „Ich begehre dich.“ Dunkel und verführerisch hallt seine Stimme in mir nach.

Er hält mich jetzt noch enger umfangen, und ich kann spüren, dass er bereits hart vor Erregung ist. Etwas in mir zieht sich zusammen und lässt mich schneller atmen. Lennarts Pupillen sind beinahe schwarz, bevor er seine Augen schließt und sanft mit seiner Zunge über meine Lippen streicht. Dabei vergräbt er seine Hände in meinen Haaren und zieht das Haarband vorsichtig heraus. Wir stehen immer noch in der kleinen Diele, aber wir nehmen es nicht wahr. Keiner von uns kann sich lange beherrschen und nach wenigen, zärtlichen Küssen sind wir wie im Rausch. Es ist mir scheißegal, dass ich nicht frisch geduscht bin, dass ich in Sportklamotten vor ihm stehe und mich perfekt unperfekt fühle. Denn er lässt mich spüren, dass ich für ihn genau das bin, was er braucht. Das Gefühl ist so unbeschreiblich, dass ich den Boden unter mir kaum noch spüre. Meine Hände knöpfen langsam sein Hemd auf, und er schiebt mich, noch während er mit meiner Zunge spielt, in sein kleines Schlafzimmer. Ich lasse mich rücklings auf sein Bett fallen, während er davorsteht und sein Hemd achtlos zur Seite wirft. Er steht jetzt nur noch in Jeans vor mir und sieht dabei zum Anbeißen sexy aus. Kurzerhand schiebe ich meine Hand in den Bund der Hose und ziehe ihn zu mir herunter.

„Küss mich endlich, Naughty“, necke ich ihn und streiche über die Ausbuchtung seiner Hose, was ihn aufstöhnen lässt.

„Keine Sorge, ich kümmere mich ausgiebig um dich, Summer.“

Quälend langsam schiebt er mein Shirt hoch und küsst dabei jeden Zentimeter der soeben freigelegten Haut. Seine Zunge hinterlässt heiße Spuren darauf und ich biege den Rücken durch. Wie lange kann es dauern, mir diese scheiß Klamotten auszuziehen? Der Mann macht mich verrückt! Er scheint es zu genießen, aber ich habe genug gewartet. Kurzerhand drücke ich ihn auf den Rücken und setze mich rittlings auf ihn.

„Schöner Sixpack“, sagt er zu mir und streicht anerkennend über meinen Bauch.

Meine guten Gene unterstütze ich regelmäßig mit Situps, das zahlt sich jetzt aus. Ich genieße, dass ich ihm gefalle, und lasse meinen Sport-BH auf den Boden fallen. Er schnappt nach Luft und seine Augen werden noch größer, als ich mich auf ihn lege und wir unsere nackte Haut aneinander spüren können. Ich reibe mich lasziv an ihm und er stöhnt.

„Du wirst mich gleich fertig machen und ich komme in meiner Hose wie ein Zwölfjähriger.“

„Das glaube ich kaum“, lache ich, aber es turnt mich an, zu sehen, wie er auf mich reagiert. „Ich bin nicht so erfahren wie du“, teile ich ihm zögernd mit.

O Gott. Er hat sicher schon hunderte von Frauen im Bett gehabt. Erwartet er vielleicht exotische Spielchen von mir? Ich habe keine Ahnung und leichte Panik macht sich in mir breit.

Er dreht mich auf die Seite und wir liegen nun nebeneinander auf dem Bett. Sein Anblick und wie er mich anschaut genügen, um mich ein wenig zu beruhigen.

„Hör auf mit dem Quatsch. Ich wünschte, ich wäre dein Erster, aber da komme ich wohl ein wenig zu spät. Du erregst mich so sehr, dass ich überhaupt nicht mehr klar denken kann!“

Er presst seinen hungrigen Mund auf meinen, während ich die Jeans aufknöpfe und sie ihm mit einem Bein abstreife.

„Zieh mich endlich aus“, bitte ich ihn, und er kommt meiner Aufforderung sofort nach. „Hast du vielleicht Kondome?“

Er nickt und zieht die Schublade seines Nachttisches auf.

„Bist du dir auch sicher?“, fragt er mich.

„Jetzt hast du mich so lange heißgemacht ...“, necke ich ihn, aber meine Stimme zittert.

Ich bin aufgeregt. Was ist, wenn er den Sex mit mir langweilig findet? Er scheint meine Unsicherheit zu spüren und legt sich wieder neben mich.

„Zieh mir die Shorts aus“, bittet er in rauem Ton. Ich komme seiner Aufforderung mit fahrigen Bewegungen nach. „Es ist so gut, dich zu spüren“, sagt er mit belegter Stimme.

Mir stockt der Atem, als er endlich nackt vor mir liegt und sein pochender Schwanz aufgerichtet in die Höhe ragt. Ich muss schlucken, so sehr erregt mich sein Anblick.

„Du bestimmst das Tempo, okay?“, sagt er zu mir und nimmt meine Hand in seine. „Ich glaube, ich war noch nie so aufgeregt wie heute, als ich mit einer Frau schlafen wollte.“

Ich jubiliere innerlich und bin unendlich erleichtert, das zu hören. Ich nicke aber nur und küsse ihn, dabei streiche ich sanft über seinen Bauch und taste mich langsam in tiefere Regionen vor. Natürlich habe ich vor ihm schon mal einen erigierten Penis angefasst, aber das erste Mal ist doch immer etwas ganz Besonderes. Er zieht zischend die Luft ein, als ich die samtige Haut berühre und beginne, ihn dort sanft zu streicheln. Seine Hand greift nach meiner.

„Du musst das lassen, Marie!“

„Wieso?“, frage ich und lecke mir dabei über die Lippen.

„Du kleines Luder! Tust so unschuldig, dabei hast du es faustdick hinter den Ohren!“

Im nächsten Moment spüre ich ihn über mir. Er knabbert an meinem Hals, küsst jeden Zentimeter meiner brennenden

Haut, bis ich vor Vergnügen fast vergehe. Als er beginnt, an meiner intimsten Stelle zu saugen, schreie ich leise auf und wölbe mich ihm entgegen. Seine Zunge umkreist meine Perle, bis ich nur noch stoßweise atme und leise Seufzer aus meinem geöffneten Mund hauche. Meine Hände sind in seinem Haar vergraben und halten seinen Kopf genau dort, wo er ist. Ich zerfließe vor Lust, als seine Bewegungen schneller werden und er in mein gestutztes Schamhaar stöhnt. Die Wellen der Erregung schlagen immer höher und meine Fersen bohren sich in die Laken. Als er beginnt, rhythmisch mit einem Finger in mich einzudringen, kann ich mich nicht mehr zurückhalten und schreie seinen Namen, während der Orgasmus über meinen Körper hinwegfegt.

Ich atme schwer, als sein Kopf neben meinem erscheint und er glücklich lächelt.

„Hat es dir gefallen?“, fragt er mich unnötigerweise.

Ich schließe die Augen und bleibe matt liegen, während er mit den Fingern kleine Kreise um meinen Bauchnabel zieht. Es dauert nicht lange, bis ich neue Kraft geschöpft habe, denn seine sanften Berührungen sind elektrisierend. Ich werde mich nun mit voller Aufmerksamkeit seiner Lust widmen.

„Wie du mir, so ich dir“, erkläre ich ihm mit aufreizendem Augenaufschlag und drücke ihn in die Kissen. Er gibt sich mir hin und bittet mich mit dunklen Augen: „Sei gnädig zu mir!“

Als Erstes umfasse ich seinen harten Schwanz und reibe mit meiner Hand auf und ab, bis ich höre, dass er schneller atmet und leise meinen Namen flüstert. Ich werde mutiger und lecke sanft über die feucht glänzende Spitze.

„Himmel!“, stöhnt er und hebt mir sein Becken entgegen.

Vorsichtig nehme ich ihn in den Mund auf und sauge und lecke sein hartes Glied, bis er mich knurrend von sich schiebt.

„Scheiße, das war knapp!“

Seine Stimme ist rau und dunkel vor Verlangen, während er aus der Schublade ein Kondom holt, das er mit den Zähnen aufreißt und sich mit einer einzigen, fließenden Bewegung überzieht. Er scheint sich einen Moment zu sammeln und fährt sich durch die Haare. Ich genieße es, ihn zu beobachten. Es hat mich selbst so erregt, ihm Lust zu spenden, dass ich die feuchte Hitze zwischen meinen Beinen deutlich spüre. Lennart legt sich neben mich und küsst mich. Seine Zunge kreist in einem sinnlichen Rhythmus, als er mit zwei Fingern in mich eindringt. „Gott, du bist so nass und bereit für mich!"

Ich will ihn endlich spüren und zerre ihn fast auf mich, während er kehlig lacht.

„Du bist so schön, Marie, so natürlich. Und ich bin so scharf, dass ich mich jetzt schon entschuldige, dass es nicht lange dauern wird, bis ich in dir kommen werde!"

Und dann dringt er mit einer geschmeidigen Bewegung in mich ein und verharrt einen Moment reglos, so dass ich mich an ihn gewöhnen kann. Aber ich will nicht warten. Ich hebe ihm meine Hüften entgegen und suche hungrig nach seinem Mund, als er endlich beginnt, quälend langsam in mich zu stoßen. Sein Rücken ist von einem leichten Schweißfilm bedeckt. Es kostet ihn augenscheinlich große Mühe, sich zu beherrschen. Seine Kiefer sind aufeinandergepresst und er atmet schwer. Ich bin vollständig ausgefüllt und giere nach mehr. Ich brenne innerlich und das Ziehen in meiner Mitte wird immer stärker.

Ungeduldig fordere ich ihn auf, sich schneller zu bewegen, weil ich nicht mehr warten will. Es ist, als würde eine Horde Ameisen über meinen Körper krabbeln. Ich bin überwältigt von der Lust, die ich schon wieder empfinde, und flüstere seinen Namen, sage ihm, dass ich mehr will. Er atmet gepresst, sein Körper versteift sich und er fordert mich auf: „Komm noch einmal für mich, Marie!" Ich umklammere seine Hüften mit meinen Oberschenkeln, um ihn noch tiefer in mir aufzunehmen. Seine Bewegungen werden schneller, immer öfter höre ich das Klatschen unserer schweißbedeckten Haut.

Ich explodiere mit einem kraftvollen Schrei, kralle mich an seinem Rücken fest, bis er zur gleichen Zeit Erlösung findet und in mir zuckt. Lennart ruft immer wieder meinen Namen, bis er und ich erschöpft in seinem Bett liegen und darauf warten, dass sich unsere Atmung wieder beruhigt.

„Das war ... der helle Wahnsinn“, flüstert er an meinem Ohr und knabbert sanft an meinem Ohrläppchen.

„Hätte ich gewusst, dass es so gut sein würde, wäre ich natürlich gleich nach dem Abitreffen mitgekommen“, necke ich ihn und zupfe an einem einzelnen Brusthaar auf seinem sonst glatten Oberkörper.

„Au! So, du willst mich also nur wegen dem Sex?“, provoziert er mich aufreizend.

Ich lege einen Finger an meine geschwollenen Lippen. „Hm, lass mich überlegen ...“

„Du bist ja ganz schön durchtrieben, Summer. Das hätte ich gar nicht gedacht!“

Er legt sich gespielt beleidigt auf den Rücken und sieht an die Decke, aber nach nur wenigen Sekunden wirft er sich auf mich und kitzelt mich. Ich bin so überrascht, dass die Luft mit einem lauten „Pff“ aus meinen Lungen entweicht. Er ist viel stärker als ich – ich habe keine Chance gegen ihn.

„Nimm es zurück, los, sag schon, dass du mehr von mir willst ...“, fordert er mich auf, während er mich weiter kitzelt und ich verzweifelt versuche, ihm zu entkommen. Ich lache und schreie und wehre mich mit Händen und Füßen. Kitzeln ist einfach fies.

„Na, hast du noch nicht genug?“, macht Lennart weiter. Ich kann nicht mehr und erschlaffe in seinen Armen.

„Ja, ja, ich gebe auf. Ich will mehr ... Ich will alles von dir!“, rufe ich leise, und es ist auch nicht gelogen. Ich fühle mich endlich komplett. Mit Lennart passt alles. Wir verstehen uns nicht nur offensichtlich gut im Bett; er ist alles, was ich mir je erträumt habe.

Jetzt weiß ich es also. Nach dem Sex mit ihm bin ich ihm absolut hoffnungslos und für immer verfallen.

„Siehst du? Geht doch!“ Er hält meine Handgelenke triumphierend über meinem Kopf fest und sieht mir tief in die Augen. Seine sonst so perfekt gestylten Haare sind zerzaust und er wirkt so entspannt und gelöst, dass ich nicht anders kann. „Ich liebe dich“, sage ich zu ihm und erstarre dann mitten in der Bewegung.

Einen Moment später habe ich Angst, dass es zu früh ist, dass er Angst bekommt und sich zurückzieht, aber nichts dergleichen passiert, sondern das Gegenteil. Lennarts Griff wird weicher, aber er sieht mich immer noch an. „Summer, ich liebe dich auch. Ich weiß jetzt, wie es sich anfühlt, wenn man alles hat, was man will. Und ich bin sehr glücklich darüber. Mit dir.“

Ich weiß noch nicht, wie mir geschieht. Seine Worte sind alles, was ich mir jemals wünschen kann, und im nächsten Moment küsst er mich. Sanft und zärtlich streifen seine Lippen meine. Aber es bleibt nicht lange so. Schnell wollen wir beide mehr.

Ich bin überrascht, als ich spüre, dass er schon wieder hart ist. Aber mir geht es nicht anders. Ich kann einfach nicht genug von ihm bekommen. Ich werde niemals genug von ihm bekommen. Dieses Mal lieben wir uns anders – quälend langsam und dennoch mit einer unglaublichen Intensität. Lennart und ich sind eins. Er füllt mich voll und ganz aus, und mein Herz quillt beinahe über vor Glück.

Es ist spät geworden und ich überlege, ob meine Mutter sich Sorgen um mich macht. Vielleicht schläft sie aber auch schon. Nach einer aufgewärmten Tiefkühllasagne, die wir im Bett mit zwei Gabeln aus einer Packung gegessen haben, denke ich, dass ich los muss. Wenn ich morgen früh nicht zuhause bin, wird meine Mutter wirklich Angst bekommen. Sie hat auch kein Handy, auf das ich ihr eine Textnachricht schicken könnte. Eine Tatsache, die mir nicht das erste Mal sauer aufstößt. Lennart liegt zwischen den Kissen, schläfrig und entspannt. Ich drücke ihm einen sanften Kuss auf die Nasenspitze. „Hör mal, meine Mutter hat keine Ahnung, wo ich bin. Wenn ich die ganze Nacht wegbleibe, wird sie sich fürchterliche Sorgen machen. Das will ich nicht."

„Hm ...", macht er nur. Dann wird ihm klar, was ich eben gesagt habe, und er öffnet die Augen. „Du willst mir nicht sagen, dass du mich hier alleine lässt?"

Ich verziehe meinen Mund. „Ich fürchte doch! Ich erzähle ihr morgen alles, dann ist es okay. Aber du weißt doch, wie sie ist. Wir haben eh ein bisschen Stress im Moment, da will ich nicht einfach ohne ein Wort über Nacht wegbleiben."

„Man könnte meinen, du wärst siebzehn", tadelt er mich.

„Ja, so fühle ich mich manchmal auch", gebe ich leise seufzend zu. „Unser Verhältnis ist manchmal, äh, etwas angespannt. Sie will, dass ich mir etwas Eigenes suche, und ich vermute, das will sie nur, weil sie einen Lover hat."

Lennart stützt sich auf seine sehnigen Unterarme. „Sie hat einen Lover?"

„Ja, aber ich weiß nicht, wer es ist."

„Sodom und Gomorrha!", lacht er und zieht mich in seine Arme. „Ich lass dich nicht gehen."

Ich schmiege mich an ihn und habe auch gar keine Lust, ihn alleine zu lassen.

„Komm schon, Marie, sie wird es gar nicht bemerken", lockt er mich und streicht sanft mit seinen starken Fingern über meine Wirbelsäule. Zu gerne würde ich die Nacht an ihn geschmiegt liegen bleiben ... Er schnurrt wie ein Katerchen neben mir und ich kuschele mich tiefer unter die Decke in seine Arme.

„Na gut ... Ich will ja auch gar nicht nach Hause", sage ich schließlich. Erleichterung macht sich in mir breit. Meine Mutter wird es sicher nicht mal bemerken ...

Kapitel 7

Es ist noch dunkel, als ich das erste Mal meine Augen öffne. Lennart schnarcht leise neben mir. Seinen linken Arm hat er besitzergreifend über meinen Bauch gelegt, er selbst liegt bäuchlings auf der Matratze und sein Gesicht ist mir zugewandt. Schlaftrunken taste ich nach meinem Smartphone, um nach der Uhrzeit zu sehen. Es ist gerade mal kurz nach sieben. Eigentlich würde ich gerne noch eine Runde schlafen, immerhin ist Samstag, aber das schlechte Gewissen meiner Mutter gegenüber siegt. Vorsichtig hebe ich seinen Arm von mir und schiebe mich aus dem Bett. Lennart grunzt kurz, dreht sich aber auf die andere Seite und schläft weiter.

Gott, er ist so ein Traum – obwohl er schnarcht!

Ich drücke ihm einen Kuss aufs Schulterblatt und schlüpfe anschließend in meine Klamotten vom Vortag. Leise schleiche ich mich in die Küche. Dort greife ich mir einen alten Zettel aus dem Papierkorb, drehe ihn um und schreibe mit einem Kugelschreiber, der in einem Plastikbecher neben anderen Stiften steckt, eine Nachricht an ihn.

Guten Morgen, gehe kurz nach Hause, damit meine Mutter nicht durchdreht. Ruf mich an, wenn du wach bist.
xxx, Marie

Schnell kritzele ich noch meine Nummer darunter, bevor ich den Zettel auf meinem Kopfkissen platziere, damit er ihn auch nicht übersehen kann.

Eisige Kälte schlägt mir entgegen, als ich die Einliegerwohnung der Familie Wolf verlasse. Schnell ziehe ich die Kapuze über den Kopf und marschiere los, nachdem ich die Tür sanft ins Schloss gezogen habe. Das Gras ist mit Raureif überzogen, die Autoscheiben mit einer dünnen Eisschicht. Die

Straßenlaternen leuchten mir den Weg und vor mir überquert eine Katze die Straße.

„Wer hat dich denn bei der Kälte rausgejagt?“, murmele ich und ziehe meine Schultern hoch, weil ich müde bin und friere wie ein Schneider. Als ich um die Ecke zu unserem Haus biege, sehe ich, wie meine Mutter die Straße überquert. Wir erreichen die Tür fast zur gleichen Zeit; sie ist nur ein paar Sekunden vor mir da. Ich schüttele den Kopf.

Schon wieder! Sie war also selbst die ganze Nacht nicht da? Ich fasse es nicht und ärgere mich, dass ich mir so viele Gedanken gemacht habe, dass sie sich um mich sorgen könnte. Sie hat mich noch nicht bemerkt. Als ich „Guten Morgen“ rufe, zuckt sie zusammen und dreht sich um, nachdem sie die Hintertür aufgeschlossen hat.

„Marie!“, ruft sie sichtlich verwirrt. „Was machst du hier draußen?“

„Das Gleiche könnte ich dich fragen!“

„Ich war eine Runde spazieren“, lügt sie kackdreist.

„Ich fasse es nicht! *Ich* habe Joggingklamotten an, also nach was sieht es aus?“, blaffe ich und stürze an ihr vorbei in mein Zimmer. Dort lasse ich mich erst mal auf mein Bett sinken, die Turnschuhe noch an den Füßen. Ich spüre den Vibrationsalarm meines Handys. Lennart!

„Hi“, beantworte ich und mein Herz macht einen Hüpfer.

„Komm wieder her“, höre ich seine samtige Stimme schlaftrunken an meinem Ohr. Schauer jagen über meinen Körper.

„Schlaf noch ein bisschen, ich bin in einer Stunde mit frischen Brötchen bei dir.“

„Hmmm, aber mach schnell“, sagt er und legt auf.

Glückselig lächelnd ziehe ich die Turnschuhe aus. Ich werde erst mal ausgiebig duschen gehen, mir etwas Frisches anziehen und dann meiner Mutter sagen, dass ich enttäuscht von ihr bin und die nächsten Nächte nicht hier schlafen werde. Soll sie sich mit ihrem Gigolo doch hier austoben!

Na toll. Jetzt bin ich doch wieder sauer. Schnell denke ich an die Nacht mit Lennart zurück und fühle mich gleich besser. Unter der Dusche rasiere ich noch mal schnell alle Körperteile, die ich glatt und seidig haben möchte. Sicher ist sicher. Eine ordentliche Portion meines Apfelshampoos landet in meinem Haar. Das warme Wasser prasselt auf mich herunter und umschmeichelt mich wie ein warmer Sommerregen. Ich schließe die Augen und bin einfach nur glücklich.

Meine Mutter sitzt in der Küche und knabbert an einem Knäckebrot mit Marmelade, dazu trinkt sie – wie immer – schwarzen Tee mit Milch ohne Kluntje. Sie ist da ganz speziell. Schwarzen Tee *ohne* Zucker finde ich irgendwie eklig.

„Ich bin die nächsten Tage bei Lennart. Wenn was ist, weißt du ja, wie du mich erreichst."

Sie trinkt einen Schluck. „Bei Lennart?"

„Ja. Wir sind jetzt zusammen."

Ihre Augen werden groß. „Wirklich?"

„Was? Denkst du, ich bin nicht gut genug für ihn?", gifte ich sie an.

„Marie, was ist denn nur los mit dir? Du bist so komisch in letzter Zeit."

Mein leerer Magen krampft sich zusammen.

„*Ich* bin komisch? Das ist ja wohl lächerlich. Weißt du was, Mama? Ich denke, es ist wirklich an der Zeit, dass ich mir etwas Eigenes suche."

Ich kann kaum sprechen, so sehr rege ich mich auf. Meine Mutter seufzt und ist – auch wie immer – die Ruhe in Person. Ich dagegen habe vermutlich das aufbrausende Temperament meines Vaters geerbt. Kurz schweifen meine Gedanken zu ihm und seiner neuen Frau ab, was die Stimmung nicht gerade hebt, denn zwischen uns herrscht seitdem totale Funkstille.

„Du bist hier immer willkommen. Ich hoffe, das weißt du", sagt sie sanft.

„Klar, deswegen hast du auch keine Gelegenheit ausgelassen, mir zu sagen, dass ich mir eine Wohnung suchen soll. Ha, ha. Hörst du dir manchmal selbst zu?“ Ich bin versucht, wie ein trotziges Kind mit dem Fuß aufzustampfen, kann mich aber eben noch beherrschen. „Ich hätte nie gedacht, dass ich das sagen muss, Mama, aber ich bin enttäuscht, dass du mir so wenig vertraust, dass du mir nicht die Wahrheit sagen kannst. Ich bin deine erwachsene Tochter, verdammt!“

Damit lasse ich sie stehen, schnappe mir die gepackte Sporttasche und mache mich auf den Weg zu Lennart.

„Warte doch!“, ruft sie mir hinterher, aber ich brauche dringend Abstand zum Runterkommen.

Mit einer Tüte voller Brötchen und Croissants stehe ich kurz darauf vor Lennarts Tür und klopfe leise an. Keine Ahnung, warum ich nicht klingele, aber nach wenigen Sekunden öffnet er mir ... wie Gott ihn erschaffen hat. Ich sehe an ihm runter und muss schlucken.

„Da bin ich wieder“, sage ich und hebe meinen Blick.

„Gefällt dir, was du siehst?“, fragt er mich und verschränkt die Arme vor der Brust.

„Du bist ja gar nicht eingebildet“, lache ich.

Er ergreift meine Hand und zieht mich in die warme Stube.

„Es ist definitiv zu kalt, um nackt an der offenen Tür zu stehen, aber ich dachte, anziehen macht gar keinen Sinn ...“

Er streicht mir über den Hals und mein Körper antwortet mit einer Gänsehaut.

„Nix da. Erst Frühstück!“, tadele ich ihn und schiebe die Hand beiseite. „Wobei du zugegebenermaßen mindestens genauso knackig aussiehst wie diese Brötchen hier.“

Ich öffne die Tüte und halte sie ihm vor die Nase.

„Ahhh“, macht er. „Okay, überredet.“

Ich ziehe meine Jacke aus und stelle die Tasche ab, während er sich eine Jogginghose und ein ausgewaschenes Shirt anzieht. Wenn ich es nicht besser wüsste, würde ich nicht glauben, dass er ein Vermögen irgendwo auf dem Konto hat. Ich finde es toll, dass er trotz allem Erfolg nicht den Yuppie raushängen lässt.

Während er den Tisch deckt, versuche ich mich an der Kaffeemaschine, die wirklich schon bessere Tage gesehen hat. Viele Schränke gibt es in der winzigen Küche nicht, aber ich muss alle öffnen, bis ich Kaffeefilter und Pulver finde.

„Mein Gott!“, stöhne ich lachend, als ich das schwarze Gold in der hintersten Ecke ganz unten finde. „Trinkst du keinen Kaffee?“

„Doch schon“, gibt er zurück. „Aber meistens gehe ich zu Papa oder hole mir einen zusammen mit einem Brötchen beim Bäcker.“

„So, so. Kann man den hier überhaupt noch trinken?“

„Ja, keine Sorge. Der stand nicht neun Jahre offen im Schrank, falls du das meinst.“

„Puuh, ein Glück. Ohne Koffein bin ich nicht wirklich lebensfähig.“

Er zieht mich an meiner Hand zu sich, so dass ich an seiner Brust lande. Kurz streift er mein Haar mit seinen Fingern.

„Ich weiß so viel von dir und doch so wenig.“

„Das wird sich ändern. Ich habe mich mit Ma gestritten und ihr gesagt, dass ich die nächsten Tage bei dir bleibe.“ Lennart stockt kurz. „Was? Nicht gut?“, frage ich unsicher.

„Du musst dich mit deiner Mutter streiten, damit du bei mir bleibst?“

Gott sei Dank. Ich dachte schon, er hätte Panik bekommen, weil ich mich sofort bei ihm breitmache.

„Nein, so war das nicht gemeint. Ich meinte … nur dass du nicht denkst, ich will mich wie die Made im Speck einnisten.“

Er lacht und steckt mich mit seiner Fröhlichkeit an.

„Hier lebst du ganz sicher nicht wie die Made im Speck, Summer. Du hättest mal meine Wohnung in den Staaten sehen sollen ...“

Irgendwie gefällt mir der Gedanke nicht. Ich versteife mich in seinen Armen.

„Was?“, fragt er mich mit einem Stirnrunzeln.

„Ich weiß eigentlich nichts von dir“, sage ich.

„Du weißt alles, was du wissen musst“, erwidert er und küsst mich. Aber die Antwort stellt mich nicht zufrieden und ich schiebe ihn von mir.

„Ich mach jetzt erst mal Kaffee und dann erzählst du mir einen Schwank aus deinen Zwanzigern, ja?“

„Na gut. Aber bitte, frag mich nicht nach Frauen. Da waren viele, aber keine davon war wichtig.“

„Wie viele?“, frage ich kleinlaut und löffele sieben Portionen Kaffee in den Filter.

Er schnauft hörbar und fährt sich durch das zerzauste Haar.

„*Zu* viele. Aber mit dir ist es anders.“

Ich wünsche mir, dass es so ist. Aber was macht mich zu etwas anderem?

Er setzt sich auf einen der beiden wackeligen Küchenstühle und zieht mich auf seinen Schoß. Anscheinend merkt er, dass ich nicht weiß, was ich dazu sagen soll.

„Amerika ist toll, wirklich. Wir fahren mal gemeinsam hin. Aber im Land der unbegrenzten Möglichkeiten bedeutet ein ‚I love you‘ nicht das Gleiche wie bei uns. Jeder sagt es zu jedem. Du bist die Erste, bei der ich es auch wirklich so meine!“

„Warum bist du wieder zurückgekommen?“

Lennart spielt mit einer blonden Locke von mir und riecht daran. „Hm. Das beste Shampoo, das ich kenne.“

„Du Witzbold. Es kostet eins neunundneunzig und ist in jedem Supermarkt erhältlich.“

„Ist mir egal, weil du es bist, die danach riecht.“

Ich schmelze. Er ist so süß, wenn er so was sagt. Beinahe hätte er es geschafft, mich vom Thema abzulenken.

In der Küche breitet sich der Duft von frischem Kaffee aus, während die Maschine vor sich hin gurgelt.

„Sprich mit mir“, fordere ich ihn nochmals auf. „Ich muss das wissen, ansonsten glaube ich immer, dass du es dir in ein paar Wochen anders überlegst und wieder abhaust.“

Lennart schüttelt den Kopf. Jeglicher Schalk ist aus seinem Blick verschwunden.

„Als meine Mutter damals so unerwartet an einer Lungenembolie gestorben ist, bin ich einfach nicht mehr klargekommen. Nichts hat mehr Sinn gemacht. Ich war ein Feigling und bin davongelaufen.“

„Und dein Vater?“, frage ich. „Wie konntest du ihn hier zurücklassen?“ Lennarts Schmerz ist beinahe körperlich für mich spürbar. Zu gerne hätte ich ihn damals getröstet, aber er hat kein Wort darüber verloren und war dann auf einmal weg. Ohne Abschied. Ohne eine Nachricht. Aber wir waren ja auch nur Freunde, nicht mehr.

„Du weißt doch, wie weitläufig unsere Verwandtschaft hier ist. Alle haben sich um ihn gekümmert. Mich haben sie damit erdrückt. Ich konnte einfach nicht mit der Trauer umgehen. Ich habe einen Neustart gebraucht; schließlich war ich alt genug, um auf eigenen Beinen zu stehen.“

Ich zucke mit den Schultern. „Ja, schon. Aber wieso bist du jetzt wieder zurück? Wieso gerade jetzt?“

Er streichelt meine Wange und sieht mir tief in die Augen. „Weil jetzt der Zeitpunkt gekommen ist, wo ich nicht mehr davonlaufen will. Ich bin hier geboren, hier gehöre ich hin. Sie fehlt mir immer noch jeden Tag, aber ich habe es akzeptiert.“

Er sagt es, als wäre es Gesetz. In Stein gemeißelt.

„Deswegen der Umbau?“

„Ja, auch. Ich kann von den laufenden Einnahmen der Spiele-Apps gut leben, selbst wenn ich keine neuen mehr programmieren würde. Ich habe nach wie vor laufende Firmen in den USA, dort sitzt aber ein Geschäftsführer, der den Laden schmeißt und mir regelmäßig Bericht erstattet. Ich habe mich noch nicht entschieden, ob ich alles verkaufen will oder nicht.

Ich muss nicht im Land leben, um dort Geschäfte betreiben zu können."

Ich habe keine Ahnung von so was, daher nicke ich nur.

„Ich war schon immer geschickt mit meinen Händen. Mit einem Tischlermeister als Vater wurde mir das quasi in die Wiege gelegt. Vielleicht strecke ich beruflich noch mal meine Fühler in diese Richtung aus, keine Ahnung. In Rente gehe ich mit neunundzwanzig jedenfalls nicht, wenn du das meinst."

Ich muss lachen.

„Opi!"

Lennarts Hände fahren unter meinen Pullover und er hält mich am Rücken fest.

„Ich sehne mich nach einer liebevollen eigenen Familie wie der, in der ich aufgewachsen bin. Ich habe genug davon, mich nur um mich selbst zu drehen."

Bitte, lass ihn mir nicht wieder einen Heiratsantrag machen. Das geht mir alles zu schnell. Ich will ihn doch erst richtig kennenlernen, flehe ich lautlos.

„Gut, das ist, äh, nachvollziehbar."

„Wirklich?", fragt er mich hoffnungsvoll.

„Hm", mache ich.

„Was ist dann noch? Los, spuck es aus." Ich sehe auf sein Shirt und sammele ein paar nicht vorhandene Fussel. „Summer, ich warte!"

„Ooookay", beginne ich langgezogen. „Ich kapiere immer noch nicht, wieso du ausgerechnet mich … ausgewählt hast. Wieso ich? Du kannst doch hier jede haben. Auf der Abifeier haben alle unverheirateten Weiber gesabbert – und alle verheirateten auch!"

Ruckartig zieht er seine Hände zurück und sieht mich irritiert an.

„Gott, Marie! Ich dachte, das hätten wir längst geklärt? Warum glaubst du mir nicht, wenn ich dir sage, dass es bei mir Liebe auf den zweiten Blick war? Nach neun Jahren sehe ich dich wieder, und dann *Boom*. Mir war einfach klar, dass nur du die Eine bist."

Ich atme geräuschvoll aus. Es klingt alles toll, aber ein Stimmchen in meinem Kopf warnt mich. Wenn ich mich zu schnell mit Haut und Haaren auf ihn einlasse, werde ich tief fallen, wenn er aus seinem Prinzenfilm erwacht. Oder wie soll ich es sonst nennen? Dabei ist es längst zu spät. Viel zu spät. Für mich wird es keinen anderen mehr geben, jetzt, da ich mit Lennart zusammen bin. Die Intensität meiner eigenen Gefühle macht mir Angst.

„Zweifel nicht an meiner Liebe!", bittet er mich, und ich will ihm glauben.

„Das tue ich doch gar nicht", protestiere ich halbherzig.

„Wir lassen es langsam angehen, auch wenn es mir schwerfällt, ja?"

Ich nicke und suche seinen Blick. Ich habe Angst, dass er enttäuscht von mir ist, aber ich sehe zum Glück nichts als Wärme in seinen schönen braunen Augen.

„Langsam", bestätige ich.

„Gut, dann würde ich sagen, fangen wir mit einem Kaffee an, ja? Den brauche ich jetzt, Frau. Diskutierst du eigentlich immer so viel?", ärgert er mich, während er mich von seinem Schoß hebt und auf den zweiten Stuhl setzt.

„Ich? Ich diskutiere doch nicht."

Na ja. Ein bisschen vielleicht.

Lennart lacht und holt zwei Tassen aus dem Schrank.

„Sag einfach immer, was du denkst, dann haben wir kein Problem, Schatz."

Er hat mich Schatz genannt! Ich dreh ab!

Es ist total albern, aber das Kosewort aus seinem Mund zu hören, macht mich auf eine kitschige, blöde Art zur glücklichsten Frau der Welt.

„Ist was?", fragt er, als er mir die Tasse vor die Nase stellt und sich mir gegenüber hinsetzt.

„Nö“, trällere ich und schütte mir einen Schluck Milch in das dampfende Gebräu.

Mit Bärenhunger stürze ich mich auf die Brötchen. Als ich gerade mit meinem zweiten fertig bin, fällt mir auf, dass er mich beobachtet. Ich fahre mir mit der Hand durchs Gesicht.

„Hab’ ich da was hängen? Das wäre ja mal wieder typisch für mich ...“

„Nein, nein, ich habe mir nur gerade gedacht, was für ein Glück ich habe.“

Er hat Glück? Ich bin wohl im falschen Film. Den Jackpot habe doch ich geknackt! Kurz darauf pruste ich los und er verzieht missmutig das Gesicht.

„Lennart, darf ich dich vorsichtig darauf hinweisen, dass du der bestaussehende, reichste Junggeselle in der Gegend bist? Ich bin die kleine Loserin, die ihren Job verloren hat und deswegen wieder bei Mama einziehen musste.“ Das mit dem Ex und so lasse ich mal weg.

Er schiebt seinen Teller von sich und presst die Fingerspitzen flach auf den Tisch.

„Ich will so einen Quatsch nie wieder hören, ist das klar?“ Während er spricht, hebt er den Zeigefinger hoch. Huch? Was ist denn mit ihm auf einmal los? „Wenn es dir hilft, verschenke ich mein Vermögen. Dann haben wir beide nichts.“

Spinnt er?

„Was?“, frage ich.

„Mein Geld hat mir nur Oberflächlichkeit und falsche Freunde gebracht. Kein Geld der Welt hätte meine Mutter gerettet.“

„Es tut mir leid, ich wollte dich bestimmt nicht ... auf dein Geld reduzieren.“

„Bist du deswegen mit mir zusammen?“, fragt er mich.

Mir wird klar, dass er vielleicht nicht so cool ist, wie er immer vorgibt zu sein. Ich strecke meine Hand über den Tisch aus und nehme seine in meine.

„Bitte! Sehe ich etwa aus, als würde ich mir sonderlich viel aus Geld machen?“

Ich sehe an mir hinunter. Meine Beine stecken in einer ausgewaschenen Jeans von *Only* und den Pulli, den ich trage, habe ich in einem meiner berühmten Strickanfälle selbst gemacht. Nichts Besonderes, eine Mischung aus grauer und lodengrüner Wolle. Warum genau trage ich das alte Ding, wenn ich mit ihm zusammen bin? Es ist grässlich.

Aber Lennart reicht das offensichtlich nicht, deswegen füge ich noch hinzu: „Ich hätte dich auch damals schon genommen, bevor du Geld hattest. Aber du warst ja damit beschäftigt, eine nach der anderen flachzulegen ...“

Damit habe ich ihn überzeugt.

„Hättest du?“, fragt er mich, und der Anflug von Melancholie ist aus seinen Augen verschwunden, stattdessen funkeln sie dunkel und verheißungsvoll. Er kann doch nicht schon wieder ...? Meine Haut kribbelt und in mir beginnt alles erwartungsvoll zu vibrieren.

„Du hättest es nur einmal versuchen müssen ...“

„Ich habe dich immer nur als Freundin gesehen.“

Ich hebe eine Augenbraue.

„Eine Freundin mit einem verdammt heißen Sixpack und Knackarsch natürlich“, fügt er schnell hinzu, als er merkt, dass mir seine Antwort missfällt. „Apropos Knackarsch“, er umrundet den kleinen Tisch wie eine Raubkatze und zieht mich in seine Arme, „den werde ich mir jetzt noch einmal genauer ansehen ... ob ich auch recht habe ...“

Ich hauche nur ein gespieltes „Aber sei sanft zu mir!“, und lasse mich von ihm bereitwillig ins Schlafzimmer ziehen.

Als wir uns nackt auf seiner Matratze wälzen, treibe ich ihn zur Eile an. „Wir haben nur Zeit für einen Quickie ... der Weihnachtsbasar“, stöhne ich, während er an meiner linken Brustwarze saugt und mir das letzte bisschen Verstand ausknipst.

„Dein Wunsch sei mir Befehl ...“

Nachdem sich unser Liebesspiel etwas ausgedehnt hat, sind wir viel zu spät im Gemeindehaus und müssen ganz schön ranklotzen, bis alles steht. Zum Glück sind heute Helfer und Helferinnen aus der Kirchengemeinde da; so geht es am Ende doch ganz schnell. Meine Mutter ist auch da, aber nach dem „Hallo“ bin ich ihr aus dem Weg gegangen. Ich bin immer noch sauer und brauche eine Weile, bevor ich wieder normal mit ihr umgehen kann. Dann wäre da ja noch der Grund, warum wir uns gestritten haben. Ich will nicht darüber nachdenken und habe auch gar keine Zeit, denn jeder fragt mich, was er tun soll, und es ist gar nicht so leicht, den Überblick zu behalten. Gegen neunzehn Uhr ist so gut wie alles fertig, die meisten Helfer habe ich bereits nach Hause geschickt. Einzig der Bereich draußen muss morgen Früh noch fertig aufgebaut werden. Ich sammele zwei benutzte Kaffeebecher ein und gehe in die Küche, als mich fast der Schlag trifft.

Das gibt's doch nicht. Meine Augen müssen mir einen Streich spielen. In der Küche des Pfarrhauses stehen meine Mutter und unser Pastor Arno und knutschen.

Ich höre, wie die Tassen scheppernd zu Boden fallen und auf den kalten Fliesen zerbersten. Kaffeereste spritzen überall umher und das Liebespaar fährt auseinander. Ich beginne wieder zu atmen. Dann drehe ich mich um und laufe davon.

„Hast du einen Geist gesehen?“, scherzt Lennart, als er mich sieht.

„Komm, lass uns gehen.“

Ich schnappe mir meinen Anorak und stürme in die Schwärze des Novemberabends hinaus. Draußen warte ich auf ihn. Lennart erscheint nur wenige Sekunden nach mir an der Tür, seine Jacke in der Hand.

„Schatz, was ist los?“, fragt er mich und hält mich an den Schultern fest.

„Lass uns schnell weg von hier." Wir gehen ein paar Meter, dann erzähle ich ihm, warum ich so schockiert bin. „Ich habe meine Mutter in flagranti mit dem Pastor erwischt."

Lennart stockt.

„Was?!", entfährt es ihm, und nach einigen Sekunden beginnt er zu lachen.

„Hey, das ist absolut nicht lustig. Das ist widerlich!" Ich boxe ihn in die Seite.

„Ich bitte dich, deine Ma hat doch auch ein Recht auf ein Liebesleben."

„Spinnst du? Arno ist mein Chef. Soll ich dir das Wort buchstabieren? Das Ganze ist obermegapeinlich! Er hat mir den Job sicher nur gegeben, weil sie ihn darum gebeten hat. Gott, mir wird gleich schlecht. Das ist richtig ekelhaft."

Er legt mir seinen Arm um die Schulter und wir gehen einen Moment schweigend nebeneinander her.

„Welches Problem hast du damit genau?"

„Seit ich hier bin, lügt sie mich an. Mir war klar, dass sie jemanden hat. Ich dachte, sie macht so ein Geheimnis daraus, weil er verheiratet ist."

„Dann ist das doch eine gute Nachricht. Wie wir wissen, ist unser Pastor geschieden."

„Aber ich habe es dir doch schon gesagt: Er ist mein Chef! Gott, ich muss Lena anrufen."

„Wo steckt sie überhaupt? Von ihr hast du noch gar nichts erzählt."

„Sie studiert in München. Wir sehen uns, wenn überhaupt, sowieso nur an Feiertagen oder zu irgendwelchen wichtigen Geburtstagen. Ich denke mal, sie trudelt demnächst hier ein, wenn die Weihnachtsferien für sie anfangen."

„Glaubst du, sie hat ein Problem damit?"

„Lena?" Ich stoße pfeifend die Luft aus. „Garantiert nicht. Wenn an jemandem ein Hippie verloren gegangen ist, dann an ihr. Unser kleiner Schmetterling."

„Himmel, sie war noch ein Kind, als ich sie das letzte Mal gesehen habe."

„Muss ich mir Sorgen machen?"

„Sehr witzig. Gewöhn dir das gleich wieder ab, Schatz, ja? Du hast keinen Grund zur Eifersucht; wirst du nie haben."

„Versprochen?"

„Versprochen!", bestätigt er mir. Wir bleiben einen Moment stehen und küssen uns innig und heiß, bis mich das Brummen meines Handys ablenkt.

„Moment." Ich sehe aufs Display.

Unsere Nummer zuhause. War ja klar.

Genervt stecke ich das Telefon wieder ein.

„Willst du nicht mit ihr reden?", fragt er mich.

„Sieht es danach aus?"

„Du bist sturer als ein Esel."

„Na, vielen Dank auch. Wer hat denn den Bockmist gebaut, sie oder ich?"

„Sie will sich sicher entschuldigen und dir alles erklären."

„Was soll man da erklären? Sie bumst den Pfarrer."

„Marie", sagt er sanft und hält mich an der Schulter fest.

„Nein, lass mich sauer sein." Jetzt stampfe ich tatsächlich ein bisschen auf den Boden auf.

„Gut. Kann ich dich irgendwie glücklich machen?" Dabei fährt er mir mit einem Finger über die Wange.

Ich knabbere an meiner Unterlippe.

„Hmm. Vielleicht." Ich verflechte meine Hand mit seiner und wir spazieren weiter. „Hast du etwas Essbares zuhause?"

„Ich denke nicht, aber ich kann auch nicht kochen", klärt er mich auf.

„Hattest du einen Koch, oder wie?"

„Nein, aber eine Haushälterin. Außerdem kann ich ein Telefon bedienen und mir was beim Lieferservice bestellen."

„Willkommen auf dem Land … Hier gibt es entweder Pizza – von genau zwei verschiedenen Restaurants – oder Gyros."

„Ich muss mich eben erst noch umgewöhnen“, gibt er zu. „Kannst du kochen?“

„Hm, ja. Rührei und so was.“

„Dann passen wir ja zusammen. Lass uns eine Kochschule aufmachen.“

„Garantiert nicht.“

„Ich bin mir sicher, bei meinem Vater finden wir etwas im Kühlschrank.“

„Machst du das immer noch so?“

„Du etwa nicht?“

Ich überlege. Tatsächlich bin ich sogar noch schlimmer und sage meiner Mutter, was sie kochen soll – und das seit einigen Wochen und im gestandenen Alter von neunundzwanzig. Damit bekleckere ich mich auch nicht wirklich mit Ruhm.

„Keine Widerrede. Du musst meinem Papa sowieso Hallo sagen, wo du jetzt quasi in seinem Haus wohnst.“

„O Gott. Das ist mir irgendwie peinlich“, jammere ich.

„Wieso das denn?“

„Glaubst du, man hat was gehört?“

Ich denke an unseren wilden Sex von letzter Nacht und mir wird schrecklich heiß, mein Gesicht brennt wie Feuer.

„Mach dir mal keine Sorgen, Schatz. Alles wird gut.“

Und da sind wir auch schon. Mein Herz klopft so schnell, als hätte ich eben einen Sprint hingelegt, als wir die Küche von Herrn Wolf betreten. Dort brennt zwar Licht, aber er ist nicht zu sehen.

„Papa?“, ruft Lennart. Von irgendwo kommt eine gedämpfte Antwort. „Wohnzimmer“, klärt er mich auf. „Komm.“

„Können wir später?“, versuche ich mich rauszureden.

„Nichts da. Mitkommen.“ Er zieht mich mit sich und ich stolpere hinter ihm her.

„Papa, schau mal, ich habe Marie mitgebracht.“

Herr Wolf sitzt mit einem kleinen Schüsselchen voller Erdnüsse vor dem Fernseher, auf einem Beistelltisch steht ein

Glas Bier. Ich höre das Gedudel von einer Heimatmusik-Show. Keine Ahnung, wie das Duo heißt, das gerade vor sich hin jodelt, aber mir muss es ja auch nicht gefallen. Schlimmer als Helene Fischer ist es jedenfalls nicht.

„Oh, hallo Marie, schön dich zu sehen. Wie man hört, werden wir dich jetzt wieder öfter zu Gesicht bekommen?“

Woher weiß er …? Ich werfe Lennart einen Blick zu und er schenkt mir ein Augenzwinkern.

Herr Wolf steht auf, kommt auf mich zu und reicht mir die Hand zum Gruß. Ich erwidere den Händedruck und spüre die Schwielen seiner Tischler-Hände. Er ist ein ganzes Stück kleiner als sein Sohn, hat aber die gleichen Augen. Die beiden sehen sich ähnlich – bis auf den Altersunterschied natürlich.

„Hallo Herr Wolf“, sage ich schließlich.

„Wir plündern vielleicht etwas den Kühlschrank“, informiert der Sohn den Vater, der nur lacht und wieder in seinem Ohrensessel Platz nimmt.

„Macht nur, wenn ihr was findet ...“

Wir haben Glück. Es gibt noch ein paar gekochte Kartoffeln, Speck und eine Salatgurke. Daraus zaubere ich Küchenfee Bratkartoffeln und einen Gurkensalat. Das ist so einfach, das kann sogar ich zubereiten, ohne Schaden anzurichten.

„Das hat doch schon mal ganz gut geschmeckt“, lobt mich Lennart, als er die letzten Bröckchen mit den Fingern aus der Pfanne fischt und sich diese genüsslich ableckt.

Obwohl ich früher öfter hier war, fühle ich mich noch nicht wirklich wohl in den vier Wänden seines Vaters und bin froh, als wir wieder in Lennarts kleiner Einliegerwohnung sind. Genüsslich strecke ich die Beine von mir, als es an der Tür klingelt. Lennart sieht mich kurz an und geht dann nachsehen, wer da ist.

„Schatz? Kommst du mal?“

Ich ahne schon, wer da was von mir will, aber ich bin müde und habe keine Lust, mit meiner Mutter zu kommunizieren.

Vor allem nicht, weil ich eben mit Lena telefoniert habe und sie meinte, sie wisse schon seit mehr als einem Monat, dass Mama was mit Arno hat.

„Marie?“, ruft Lennart noch mal. Ich stehe augenrollend auf und dackele wie gefordert zur Haustür. „Deine Mutter möchte mit dir reden. Willst du sie nicht reinbitten?“ Was ist das denn für eine bescheuerte Frage? Ich hebe eine Augenbraue.

„Nein.“

Ich sehe meiner Mutter direkt ins Gesicht, sie schaut mich bittend an. Die Gläser ihrer schwarzen Brille sind von der warmen Luft, die aus der Tür nach draußen strömt, leicht beschlagen.

„Bitte, ich will mit dir reden. Lass es mich erklären.“ Sie kommt herein, weil Lennart sie sanft an der Schulter ins Haus schiebt und die Tür hinter ihr schließt. Ich habe die Arme vor meiner Brust verschränkt. „Mama, ich bin echt ziemlich enttäuscht von dir. Wochenlang leben wir unter einem Dach und du sagst mir nichts, schleichst dich raus und lügst mich an. Wahrscheinlich hast du mir den Job auch in der Horizontalen besorgt, oder wie?“

Ich kann nicht so schnell reagieren, wie sie mir eine klatscht. Noch nie im Leben hat sie die Hand gegen mich erhoben. Da musste ich erst mal neunundzwanzig werden, bis ich das erleben durfte.

Ich hätte gerne darauf verzichtet.

Beschämt halte ich mir die brennende Wange. Meine Mutter sieht beinahe noch erschrockener aus als ich. Einzig Lennart scheint noch klar denken zu können, denn er stellt sich zwischen uns. „Wir beruhigen uns jetzt alle erst einmal. Soll ich einen Tee kochen?“

„Nein“, rufen wir beide wie aus einem Mund und starren uns in die Augen wie zwei Kämpfer.

Mir scheint, ich habe mein Temperament doch nicht so ganz allein meinem Vater zu verdanken.

„Ihr zwei setzt euch jetzt in die Küche und klärt das wie zwei erwachsene Menschen. Das kann ja wohl nicht sein!“, erklärt uns Lennart energisch. „Ich wünschte, ich könnte mit meiner Mutter noch reden, und ihr vertragt euch gefälligst unter meinem Dach!“

Ich muss schlucken. Er hat natürlich recht.

„Frau Janssen, ziehen Sie die Jacke aus und geben Sie sie mir, dann bitte dort entlang.“ Er zeigt ihr den Weg und sie kommt seiner Aufforderung stumm nach, die Lippen aufeinandergepresst.

„Schatz, du auch, bitte. In die Küche.“

Ich atme hörbar aus, folge aber seiner Aufforderung.

Ich gehe also voran und lasse mich, um ein Zeichen zu setzen, mit verschränkten Armen auf einen der beiden Stühle nieder. Lennart setzt Wasser auf und nimmt drei Tassen aus dem Schrank. Er hat also nicht vor, uns alleine zu lassen. Ein schlaues Kerlchen ist er, mein Freund.

„Ich würde vorschlagen, Frau Janssen, Sie fangen mal damit an, Marie zu erklären, warum Sie sie angelogen haben.“

Meine Mutter rückt ihre Brille zurecht und faltet dann die Hände wie zum Gebet. Ich möchte auflachen, dass sie sich das scheinheilige Getue sparen kann, aber Lennarts Blick hält mich zurück.

Sie atmet tief durch und fängt dann an: „Marie, also … Ich wollte es dir gleich sagen, als du hier angekommen bist, aber du warst so fertig, so traurig und verletzt. Ich dachte, wenn ich dir von meinem Glück erzähle, würde dich das noch unglücklicher machen.“

Sie sieht mich an und ich glaube ihr sogar.

„Es ist aber etwas anderes, etwas nicht zu erzählen, als jemanden bewusst anzulügen.“

Ich bin nach wie vor sauer und enttäuscht.

„Was hätte ich denn tun sollen?“

„Wie wäre es mit der Wahrheit?“

„Marie, du hast sowieso schon den ganzen Tag wie ein Schluck Wasser in der Kurve dagesessen und mit deinen Stricknadeln geklappert."

Tja. Da hat sie nicht ganz unrecht. Mir ist es unangenehm, dass Lennart hört, was ich für ein Schlappschwanz bin.

„Warum sollte ich dir dein Glück nicht gönnen? Wie lange seid ihr überhaupt zusammen? Arno kann doch nicht gewollt haben, dass du mich anschwindelst! Oder warum macht ihr so ein Geheimnis daraus und knutscht dann im Gemeindehaus in der Küche?!"

„Er wollte ja, dass ich dir alles erzähle, aber ich habe ihn gebeten, dir Zeit zu geben."

„Ja, und Lena kannst du es aber sagen, oder wie?"

Tränen glitzern in meinen Augen. Ich weiß es, weil sie brennen, und wenn ich das nächste Mal blinzele, werden sie auf den Tisch tropfen. Deshalb blinzele ich also nicht mehr.

Lennart stellt zwei dampfende Tassen vor uns und ich bin so froh, dass er da ist.

„Sie wohnt weit weg, und ja, am Telefon fand ich es einfacher, zu erzählen, dass es einen neuen Mann in meinem Leben gibt. Ich wusste ja nicht, wie ihr reagiert."

Ich nehme mir zwei Kluntje und werfe sie in meine Tasse, dann gieße ich Milch hinein.

„Bitte, wie soll ich denn reagieren? Ich bin nicht mehr zwölf! Es hat mich ohnehin gewundert, dass du so lange alleine geblieben bist." Ich nehme mir einen der Teelöffel vom Tisch und rühre damit geräuschvoll in meinem Schwarztee. „Aber ich fühle mich mehr als verarscht, wenn sich meine eigene Mutter morgens wie ein Dieb ins Haus schleicht, mich anlügt und hintergeht. Das soll eine respektvolle Beziehung sein, wie du sie uns immer gepredigt hast, als ich ein Teenager war? Von wegen gutes Beispiel und so", jammere ich.

„Ich weiß auch nicht … Es war einfach schwierig für mich."

„Na toll“, gebe ich trotzig zurück. „Arno ist mein Chef!“, füge ich noch hinzu.

Lennart mischt sich nun ein: „Das sollte wohl nicht das Problem sein, Schatz. Er hat deine Arbeit schon mehrfach gelobt, und jeder weiß, was du für einen tollen Job machst.“

„Pah“, mache ich.

„Nun sagen Sie ihr schon, dass es Ihnen leidtut und dass Sie sie lieben, damit wir uns alle wieder gern haben können“, stöhnt Lennart, der offenbar langsam die Geduld mit uns verliert. Ich beobachte, wie meine Mutter ihre Finger knetet.

„Es tut mir leid, Marie. Ich wollte dich nicht anschwindeln. Ich dachte, es wäre zu deinem Besten.“

Ich lache ironisch auf. „Super.“

„Summer!“, ermahnt mich Lennart. Dafür, dass wir noch nicht mal vierundzwanzig Stunden ein Paar sind, nimmt er sich ganz schön was raus. Aber gut, ich bin wirklich erschöpft und müde und habe auch nicht vor, den Rest meines Lebens auf meine Mutter böse zu sein. Dafür habe ich ja noch meinen verlogenen Vater ...

„Okay, aber lüg mich ja nie wieder an ... und knutscht nicht vor meinen Augen. Das ist ... na ja.“ Mehr kann und will ich ihr im Moment nicht entgegenkommen.

„Halleluja!“, ruft mein Freund und klatscht in die Hände. „Jetzt drückt euch und morgen essen wir gemeinsam zu Abend.“

Ich werfe ihm einen vernichtenden Blick zu. Geht das nicht etwas zu weit?

„Na, ich weiß nicht, morgen ist doch der Adventsmarkt.“

„Dann eben *nächsten* Sonntag!“, ruft meine Mutter und steht auf. „Komm her, Marie.“

Ich stehe widerwillig auf und gehe einen Schritt auf meine Mutter zu, die mich in die Arme nimmt und an ihren weichen Körper drückt. Obwohl ich möchte, kann ich die Umarmung einfach nicht erwidern – so was dauert bei mir leider immer ein bisschen. Aber ich schätze mal, meine Mutter kennt mich so gut, dass sie es richtig interpretiert.

„Ja, äh, gut“, sie lässt mich endlich los, „dann hätten wir das ja geklärt. Kommst du dann wieder nach Hause?“, fragt sie mich noch.

„Nein“, sagen Lennart und ich wie aus einem Munde, und wir fangen alle an zu lachen.

„Ist ja gut, ich habe verstanden. Dann will ich euch nicht länger stören, ihr habt ja sicher ein paar Jahre aufzuholen ...“

Ich sehe Lennart verliebt in die Augen und das Strahlen in seinem Gesicht lässt mein Herz höher schlagen.

„Tschüss Mama“, sage ich versöhnlicher, als sie ihre Tasse in die Spüle stellt, wo sich noch das Geschirr vom Frühstück stapelt. Eine Spülmaschine gibt es hier nämlich nicht.

„Bis morgen dann, Frau Janssen. Wir sehen uns sicher beim Adventsmarkt.“

Ich verdrehe die Augen und hoffe, meine Gebärerin kann ihre Finger bei sich behalten und knutscht nicht öffentlich unseren Pastor ab. Lennart bringt sie – höflich und gut erzogen wie er ist – noch zur Tür und kommt in die Küche zurück, wo ich wieder am Tisch sitze und in meine leere Tasse starre.

„Das war doch gar nicht so schlimm“, höre ich seine samtige Stimme.

„Pff. Das sagst du.“

Er lacht und ich muss auch kichern.

„Nachtragend wie ein Elefant“, presst er mit tränenden Augen hervor.

„Schön, dass du Spaß auf meine Kosten hast!“

Kapitel 8

Nach einer Nacht mit verdammt wenig Schlaf und sehr viel Sex schauen wir kurz auf der Baustelle vorbei. Lennart erklärt mir, wie er sich sein zukünftiges Haus vorstellt.

„Vor allem wünsche ich mir, dass du mit mir einziehst", sagt er, als wir in der ehemaligen Küche stehen. „Du sollst hier mitbestimmen, weil es auch dein Zuhause sein wird."

Ich bin sprachlos. Und bekomme gleichzeitig auch ein bisschen Angst.

„Aber wir sind doch gerade mal zwei Tage zusammen!"

„Schatz, ich glaube, wir legen eine Kasse an, und jedes Mal, wenn du mir sagst, dass wir erst so kurz zusammen sind, zahlst du fünfzig Cent ein."

Ich grinse.

„Schätze, dann wirst du wirklich reich."

Er nickt und nimmt meine Hand. „Sieht so aus. Also, sagst du mir nun, was du von meinen Ideen hältst? Deswegen bin ich an manchen Ecken noch nicht so recht weitergekommen. Ich habe zwar schon das Parkett gekauft, bin aber überfordert mit allem anderen. Was hättest du gern für ein Badezimmer?"

„Na, auf jeden Fall nicht mintgrün", lache ich und werfe mich in seine Arme. „Wann willst du hier denn einziehen?"

„So schnell wie möglich."

Ich sehe mich um. „Was heißt das bei dir?"

„So, wie ich das im Moment sehe, werde ich immer, wenn du bei der Arbeit bist, hier weiterwerkeln. Alles kann ich ja auch nicht selbst machen. Ich brauche einen Elektriker, Rohrleger, Fliesenleger. Alles, was mit Holz zu tun hat, kann ich mit meinem Vater machen, und Malern ist natürlich auch kein Problem. Ich würde sagen, im Sommer steigt eine fette Einweihungsparty."

„Das ist ein ehrgeiziges Projekt."

„Ich will so schnell wie möglich hier einziehen."
„Ja, das sagtest du bereits."
Ich finde es trotzdem komisch, dass bei ihm alles so schnell gehen muss. Unwillkürlich frage ich mich, wovor er davonläuft. Normal ist das jedenfalls nicht.
„Hey, schau nicht so bedröppelt. Ich überstürze hier nichts. Mir kommt es nur so vor, als hätte ich die letzten Jahre irgendwie auf Stand-by gelebt. Als wäre alles, was ich in den USA erlebt habe, verschwommen und unwichtig gewesen. Was so nicht stimmt, denn es hat mich auch zu dem gemacht, der ich heute bin. Aber richtig glücklich war ich dort nie. Irgendwas hat mir immer gefehlt."
„Es ist ja gut. Ich bin einfach nicht so schnell wie du. Ein ICE ist ja nichts gegen dich ..."
Er packt mich und wirbelt mich einmal durch die Luft. „Ich weiß, aber deswegen liebst du mich doch! Du denkst nicht mehr an deinen Ex, oder?"
„An meinen Ex? Bist du wahnsinnig?"
„Ich meine ja nur … Als wir ihn in Hamburg getroffen haben, warst du ziemlich mitgenommen. Und ihr seid ja erst so frisch getrennt ..."
„So ein Quatsch, bestimmt nicht. Ich würde ja gerne noch mit dir plaudern, aber jetzt muss ich ins Pfarrhaus."
Und ich will die Diskussion über Holger auch nicht vertiefen, denn der Kerl ist definitiv Geschichte. Außerdem hat er mich abserviert und nicht ich ihn, aber das weiß Lennart alles. Warum fragt er mich schon wieder nach ihm?
„Schon klar, ich fahr dich hin und helfe mit."
„Das musst du doch nicht. Die paar Meter laufe ich."
„Ich will aber. Außerdem will ich jede Sekunde in deiner Nähe sein."
Seine Worte tun mir gut und ich möchte auch, dass er bei mir ist. Also drücke ich ihm einen keuschen Kuss auf den Mund und nicke lächelnd.

Ab elf ist die Hölle los. Wir verkaufen so viel Kuchen und Bratwürste, dass ich Angst habe, dass es nicht reicht. Aber der Metzger versichert mir, dass er genügend Würstchen dabei hat – ansonsten könne man aus der Metzgerei Nachschub holen. Das beruhigt mich ein wenig.

Lennart ist voller Tatkraft dabei, und ich bin überrascht, wie viele der Gemeindemitglieder er kennt, obwohl er erst seit wenigen Wochen wieder hier ist. Es scheint, als ob er wirklich seinen Platz gefunden hat, so wie er behauptet. Aber ein Kommunikationsmuffel war er tatsächlich noch nie. Zu meinem Entsetzen marschiert Elke Joost in diesem Moment in den Raum ... und steuert direkt auf Lennart zu. Mir schnürt es den Hals zu. Wenn sie sich ihm jetzt noch in die Arme wirft, drehe ich durch.

Schon geschehen.

„Hör auf, den Kuchen zu malträtieren“, sagt meine Mutter zu mir, die gerade dabei ist, sich einen Kaffee zu kaufen. Sie folgt meinem Blick und dreht sich wieder zu mir um.

„Nicht ärgern“, fügt sie noch hinzu, aber ich kann nicht sprechen, denn meine Zähne mahlen aufeinander.

Dieses Miststück.

Lennart ist höflich wie zu jedem anderen auch. Er lächelt sie sogar an, während sie jetzt ihre Hand besitzergreifend auf seinen Arm legt und ihren Kopf lachend in den Nacken wirft. Das muss ich mir nicht länger mit ansehen. Ich drücke meiner Mutter das Messer in die Hand. „Damit kein Unglück geschieht. Ich brauche frische Luft.“

Ich meinte, damit ich die Schlampe nicht ersteche, aber das wollte ich so nicht sagen.

Meine Mutter nickt mir zu. „Er weiß schon, was er tut, und du brauchst dir keine Sorgen machen. Er ist doch nur höflich.“

„Pff“, mache ich und rausche nach draußen.

Bratwurstgeruch schlägt mir entgegen und mir wird übel davon. Dabei bin ich eigentlich nicht der eifersüchtige Typ.

Anscheinend sitzt es doch tiefer bei mir, dass mein Vater seine Familie für eine Jüngere verlassen und mich auch noch Holger wahrscheinlich monatelang betrogen hat. Mein Vertrauen in die Männerwelt ist momentan nicht besonders groß, und obwohl mir Lennart keinen Anlass dazu gibt, ihm zu misstrauen, glaube ich nach wie vor: Gelegenheit macht Diebe.

In diesem Moment umarmt mich jemand von hinten und ich weiß genau, dass er es ist. Erleichterung durchflutet meinen Körper.

„Da steckst du also. Was machst du hier in der Kälte? Ohne Jacke? Du wirst dir eine Grippe holen!"

Ich werde ihm bestimmt nicht stecken, dass ich abgehauen bin, weil ich Elke und ihn nicht zusammen ertragen konnte.

„Ich habe die robuste Gesundheit einer Kuh – oder wie sagt man?", versuche ich mich rauszureden. „Brauchte etwas frische Luft."

„So, so", grinst er. „Glühwein?"

„Den brauche ich eigentlich, aber ich muss noch ein paar Stunden hier arbeiten ..."

„Na gut. Aber später, okay?" Er gibt mir einen Kuss und ich schmiege mich an seinen sexy Körper.

„Später", schnurre ich.

„Dann komm jetzt wieder mit rein."

„Marie, du hast wirklich genug getan. Du hast jetzt offiziell Feierabend und nimmst dir morgen frei", sagt Arno zu mir. Ich lächele ihn erschöpft an.

„Ich mache das doch gerne, wirklich."

„Aber jeder hat mal eine Pause verdient, und jetzt bist du dran."

„Ja, aber –"

„Nichts *‚aber'*. Du hast Feierabend, und wenn ich dich morgen hier sehe, bringe ich dich persönlich nach Hau…, äh, zu Lennart."

Er gibt das erste Mal zu erkennen, dass er Bescheid weiß, obwohl er mich wahrscheinlich besser kennt als ich ihn. Aber auf Arno war ich nie sauer. Unser Pastor ist so ein netter, für sein Alter gutaussehender Kerl, dass ich mich für meine Mutter freue. Er strahlt diese absolute Ruhe und Gelassenheit aus, die ihn zu einem Fels in der Brandung macht. Ich verstehe, was meiner Mutter an ihm gefällt. Vor allem nach einem Choleriker, wie mein Vater es war.

„Nun geh schon“, sagt er noch einmal sanft.

„Gut, dann werde ich mir mal Glühwein genehmigen.“

„Das solltest du!“

„Danke.“

„Na, ich danke!“

Also marschiere ich davon und finde Lennart, der mit Nicole plaudert.

„Hey, meine Süße!“, ruft meine beste Freundin mir zu und umarmt mich. Sie hat eine leichte Glühweinfahne, und auch Lennart sieht etwas angestrahlt aus.

„Steht ihr schon länger da?“, frage ich, aber mein Freund hat sich schon auf den Weg gemacht, mir ein Getränk zu besorgen, also antwortet Nicole. „Bin schon zwei Tassen da“, sagt sie und kichert über ihren wenig geistreichen Witz.

Ich bin absolut zu nüchtern, um mitlachen zu können, aber das wird sich hoffentlich schnell ändern.

„Hier, Schatz, mit Schuss.“ Ich bin ihm dankbar und werfe ihm eine Kusshand zu.

„Das ging ja doch schnell mit euch beiden. Ich müsste eigentlich sauer sein, dass du mir nicht Bescheid gegeben hast.“

Das schlechte Gewissen überfällt mich sofort. Sie hat absolut recht, aber ich war so im Liebestaumel, dass ich einfach nicht daran gedacht habe, mich bei ihr zu melden.

„Liebste Nicole, sorry, aber ich hatte etwas absolut Wichtigeres zu tun ...“ Ich grinse anzüglich und Lennart wird ein bisschen rot. Das ist ja niedlich.

„Du Luder!“, ruft sie und hält mir die Hand zum Abklatschen hoch. „Freut mich für dich!“

Ich schlage ein und wir lachen beide. Lennart stöhnt auf.

„Ich glaube, ich lasse euch Frauen mal kurz alleine.“

Er küsst mich auf den Scheitel und verschwindet ins Haus. Vielleicht muss er auch einfach mal.

„Wo sind die Kids?“

„Oma-und-Opa-Tag.“

„Du Glückliche“, sage ich.

Zwei Tassen später dreht sich alles bei mir, weil ich seit Stunden nichts gegessen habe und Alkohol dann immer besonders heftig wirkt.

„Wo is eigentlich dein Süßer?“, kichert meine Freundin, die noch mehr Schlagseite hat als ich.

Ich tippe eine Nachricht an Lennart, wo er steckt, danach sehe ich, dass ich aus ‚steckst‘ ein ‚stechst‘ gemacht habe. Koordination geht nicht mehr so gut. Aber kurz darauf kommt er mit Nicoles Mann nach draußen. Er sieht wieder nüchtern aus – er hat ja auch viel mehr Masse als ich, wohin sich die ganzen Promille verteilen können. Ich winke ihm lächelnd zu und auf seinem Gesicht erscheint ein breites Grinsen.

„Hey Daniel“, rufe ich Nicoles Mann zu. Seine Frau wirfst sich in seine Arme. „Bring mich heim, ich kann nich mehr ...“

„Besser ist das!“

Er lacht. Die beiden sind schon so lange ein Paar, dass sie nichts mehr erschüttern kann. Ich hoffe, dass es mit mir und Lennart auch so wird. Lennart legt derweil einen Arm um meine Schulter und ich lehne mich an ihn. Nach einer kurzen Verabschiedung beschließen wir, ebenfalls zu gehen.

„Ich weiß nich, ob ich gehen kann!“, sage ich.

„Meine Güte, wie viel habt ihr gebechert, während ich Kaffee trinken war?“

„Zwei oder drei?“, frage ich mich selbst. „Ich hab’ nix gegessen“, verteidige ich mich.

„Ach Gott. Na, dann komm.“

Er klemmt mich beinahe unter seine Arme und wir gehen los. Wann ist es eigentlich dunkel geworden?

„Wann is‘ denn die Pute Elke gegangen?“, frage ich stattdessen.

Verdammt.

„Pute?“

„Hab’ ich nicht gesagt.“

„Hast du doch!“

„Nee.“

„Du bist eifersüchtig!“ Lennarts Stimme klingt amüsiert.

„Nein.“ Er ist so gemein.

„Du bist niedlich, wenn du beschwipst bist.“

Ach, eigentlich ist er gar nicht gemein, sondern verdammt süß. Und ich bin betrunken. In diesem Moment stolpere ich und wäre gefallen, wenn er mich nicht aufgefangen hätte.

„Soll ich dich tragen?“, bietet er mir an.

„Würdest du das tun?“

Mit einer schnellen Bewegung stellt er sich vor mich.

„Spring auf.“

„Oh, mein Lieber, dich werde ich gleich noch so richtig bespringen ...“

„Du wirst ganz schön versaut, wenn du betrunken bist.“

„Ich habe eben viele Quali-dingsbungs“, nuschele ich, während ich versuche, auf seinen Rücken zu klettern, was mir schließlich nach einigen Versuchen auch gelingt.

Die Wärme seiner Wohnung gibt mir wenig später den Rest und ich sinke schachmatt aufs Sofa. Ich muss dringend schlafen, und noch bevor er mir ein Glas Wasser geholt hat, bin ich eingenickt. So viel also zum Thema ‚versaut‘.

Ich kuschele mich tiefer in die Daunenkissen und drehe mich noch einmal um. Moment mal.

Daunenkissen?

Vorsichtig öffne ich meine Augen. Neben mir schnarcht der Mann meiner Träume leise. Es ist fast dunkel; nur der Mondschein, der durch den Vorhang ins Zimmer fällt, beleuchtet einen schmalen Streifen Teppich. Wie bin ich denn hier hingekommen? Ein Griff unter die Bettdecke ... Ich trage nur noch meinen String. Wenn ich Sex mit ihm gehabt hätte, wüsste ich das hoffentlich noch. Ich muss mir dringend wieder die Pille besorgen, diese ätzenden Kondome nerven mich schon nach drei Tagen. Aber jetzt habe ich ein akuteres Problem: Ich bin am Verdursten. Vorsichtig steige ich aus dem Bett und schleiche in die Küche, wo ich mir ein Glas Leitungswasser einlasse. Wasser hat mir selten besser geschmeckt als in diesem Moment.

„Komm wieder ins Bett, Schnapsdrossel, es ist noch mitten in der Nacht“, höre ich vom Schlafzimmer aus den weltbesten Freund rufen. Erstaunlicherweise habe ich keine Kopfschmerzen, dafür aber einen Bärenhunger. Klar, Mittag- und Abendessen sind gestern ausgefallen. Der Kühlschrank gibt nicht viel her, aber besser als nichts. Ich nehme mir zwei Scheiben Salami und schließe die Tür wieder, bevor ich zu Lennart ins Bett zurückkehre.

Er zieht mich in seine Arme und hält mich fest. „Es ist fünf Uhr, Schatz, und du isst Salami? Also, ich hoffe ja, dass du bald schwanger wirst, aber das wäre absoluter Rekord ...“

Er will, dass wir ein Kind bekommen?

Ich bin perplex.

„Du bist doch nicht von ihm schwanger?!“, fragt er mich plötzlich mit einem alarmierten Unterton in der Stimme. Mit ‚ihm‘ meint er natürlich Holger. Das wird ja langsam zur Manie bei ihm.

„Also bitte, natürlich nicht!“, gebe ich vehement zurück.

„Habt ihr mit Kondomen verhütet?“, bohrt er weiter.

„Lieber Gott! Wie du gesagt hast: Es ist fünf Uhr früh, da fragt man nicht nach dem Sexleben mit einem Expartner.“

„Doch, genau dann“, insistiert er, und ich glaube, er meint es tatsächlich ernst. Mir ist es für eine derart tiefgreifende Diskussion definitiv zu früh, und ohne Kaffee geht bei mir so was grundsätzlich nicht. Aber ich weiß, dass er nicht lockerlassen wird, deswegen antworte ich – hoffentlich zufriedenstellend –, damit ich gleich weiterschlafen kann: „Wir hatten so gut wie überhaupt keinen Sex mehr in den letzten Monaten, und vor zwei Wochen hatte ich meine Tage. Bist du also zufrieden, du Nervensäge, damit ich jetzt noch mal eine Runde schlafen kann?“

„Puh, Gott sei Dank. Ich hätte dich natürlich trotzdem nicht verlassen ...“, fährt er fort.

„Lass es einfach gut sein, okay?“, antworte ich energisch und schmiege mich an ihn.

„Gut.“

Ich bin gerade dabei einzudösen, als er flüstert: „Marie?“

„Was denn?“

„Ich kann nicht mehr schlafen.“

Ich rolle in der Dunkelheit mit den Augen, auch wenn das total sinnlos ist. Ich muss irgendwie rauslassen, was mir in diesem Moment durch den Kopf geht.

Außerdem will ich meine Ruhe.

„Lennart, steh auf, mach Sport, was weiß ich … Ich hab heute frei und wollte ausschlafen!“

„Ist ja schon gut, Schatz. Ich halte die Klappe.“

Er küsst mich aufs Haar und meine Mundwinkel biegen sich nach oben. Er kann eine Nervensäge sein, aber eine ganz schön sexy Nervensäge. Na fein, jetzt bin ich also auch wirklich, wirklich wach.

„Dann lass uns halt aufstehen, ich war ja wohl früh im Bett. Wie bin ich da überhaupt hineingekommen?“

Er knipst die Nachttischlampe an.

„Na, wie wohl, du Superhirn“, lacht er. „Ich habe dich ausgezogen und hingelegt.“

„Hast du das, ja?“

„Weil ich ein liebender, fürsorglicher Freund bin.“

„Ein Traum von einem Mann“, fahre ich fort und beschließe, dass wir den Tag auch einmal ganz ohne Kaffee beginnen können ...

Wir nehmen uns den ganzen Montag Zeit, gehen spazieren und kochen gemeinsam. Es werden nur Spaghetti mit Pesto daraus, aber immerhin ein Anfang. Nach dem Abendessen schauen wir uns einen Film an, der im Fernsehen läuft.

„Sag mal“, frage ich ihn in einer Werbepause, „was wünschst du dir zu Weihnachten? Die Zeit rast und der erste Advent ist ja nun auch schon vorbei!“

Er legt die Chipstüte zur Seite. „Ich wünsche mir gar nichts Materielles von dir, davon hatte ich im Leben genug. Keine Ahnung, sei kreativ.“ Er zupft an meinem Wollpullover. „Strick mir etwas.“

Oh. Wenn er nur wüsste! Ich habe zuhause mindestens zehn Schals, aus denen ich ihm einen auswählen könnte. Aber vielleicht wäre ja ein Pulli etwas, das ich für ihn stricken könnte.

„Ich habe dich noch nie einen Wollpullover tragen gesehen“, wende ich ein.

„Vielleicht, weil ich keinen habe“, ärgert er mich und pikst mich in den Oberschenkel.

„Autsch, da werde ich einen blauen Fleck bekommen!“

„Ich habe dich Angriffsbälle abwehren sehen, die härter geschlagen waren, als man es sich vorstellen kann. So schnell bekommst du keine blauen Flecke, Schatz.“

„Na schön. Lass mich Maß nehmen.“

Sofort bin ich Feuer und Flamme für meine Idee. Vielleicht können wir ja auch ein Spiel daraus machen ...

„Zieh dich aus“, fordere ich ihn auf.

„Äh, ja, gerne. Immer für dich.“ Er wackelt anzüglich mit den Augenbrauen.

Ich sehe schon, wir verstehen uns.

Mit einem Ruck ziehe ich Lennart auf die Beine, bis mir einfällt, dass ich kein Maßband habe. Aber wo wir schon einmal dabei sind und er den Knopf seiner Hose bereits geöffnet hat, denke ich, dass wir den Film erst mal sausen lassen, um uns spannenderen Dingen zu widmen.

Kapitel 9

Im Radio läuft Weihnachtsmusik rauf und runter, auf meinem Tisch stehen Lebkuchen und in meinem Wareneinkaufskorb habe ich über einen Premiumversand die Wolle bestellt, mit der ich das Geschenk für Lennart stricken möchte. Obwohl ich noch im Pfarrhaus sitze, bin ich gedanklich schon beim Feierabend. Gestern hatte ich zwar frei, aber ich bin trotzdem müde nach dem ganzen Vorbereitungsstress. Glücklicherweise haben fleißige Helfer bereits die ausgeliehenen Garnituren zurückgebracht. Das Leergut und die nicht verkauften Getränke werden morgen abgeholt und der Gemeinderaum sieht beinahe schon wieder aus wie vorher – abgesehen von ein paar vereinzelten Girlanden und Weihnachtskugeln, die Arno noch bis zum sechsten Januar hängen lassen möchte.

Mein Handy piept und ich verziehe meinen Mund. Das wird sicher mein liebestoller Freund sein, denn er hat mir über den ganzen Tag verteilt mindestens zweihundert Nachrichten geschickt. Als ich nachschaue, was er diesmal will, bleibt mein Herz kurz stehen: Die Nachricht ist von Holger. Er fragt, wie es mir geht und wohin er die Post nachsenden soll, die er für mich gesammelt hat.

Uff. Damit habe ich jetzt echt nicht gerechnet. Im gleichen Moment kommt eine neue SMS von Lennart. Er fragt mich, wo ich bleibe.

Kurzangebunden antworte ich Holger, indem ich ihm die Adresse meiner Mutter schicke, ohne Anrede oder Gruß, – mit dem bin ich nämlich fertig – und dann lösche ich den Gesprächsverlauf. Nur zur Sicherheit. Lennart scheint eher der eifersüchtige Typ zu sein, und ich will nicht, dass er irgendwas missversteht, wo es nichts zu missverstehen gibt. Jetzt ist mir aber ganz schön warm geworden. Schnell schließe ich den Internetbrowser und fahre den PC runter, um dann im Eiltempo mit meinem Twingo zur Baustelle zu fahren, wo Lennart schon auf mich wartet. Als ich durch die offenstehende Tür eintrete, spricht er gerade mit einem Handwerker, winkt mir aber fröhlich zu.

„Hi Schatz! Komm doch mal her, das ist Herr Munkebo, unser Elektriker.“

Unser Elektriker?

„Äh, hallo“, sage ich und erwidere den Händedruck von Herrn Munkebo.

„Hallo Frau Wolf“, begrüßt mich dieser, und ich will ihn gerade korrigieren, als mir Lennart einen Kuss auf die Lippen drückt, um mir auf seine Weise „Hallo“ zu sagen.

Okay, was geht denn hier ab? Ich fühle mich ein wenig überfahren. Aber was soll's, es ist nur ein Name. Herr Munkebo wird schon noch mitbekommen, dass ich Frau Janssen bin und nicht Frau Wolf. Wir leben schließlich nicht mehr im Mittelalter.

„Alles klar, dann sind wir so weit ja auch durch. Ich fange dann nächsten Montag mit den Elektrikarbeiten an. Auf Wiedersehen“, höre ich den Elektriker sagen. Wir schütteln noch mal kräftig die Hände und dann verlässt er die Baustelle.

„Frau Wolf. Ernsthaft?“, frage ich Lennart. Er zuckt mit den Schultern.

„Ich hab' das nicht gesagt!“, redet er sich grinsend raus.

„Ist ja auch egal.“

„Komm mit, ich muss noch ein paar Sachen mit dir besprechen. Ich habe heute zwar schon einige Kataloge gewälzt, aber ich brauche deine Meinung dazu ...“

Er zieht mich mit sich in die zukünftige Küche. Dort steht ein Tapeziertisch, auf dem gefühlte hundert Fliesenmuster liegen.

„Das ist die Vorauswahl. Ich dachte, das könnte deinem Stil entsprechen.“

„Meinem Stil?“, wiederhole ich wie ein Papagei.

„Ja, schau mal die hier“, er hält eine quadratische cremefarbene Fliese hoch, „oder die?“

Jetzt zeigt er mir so ziemlich das Gegenteil, eine anthrazitfarbene, rechteckige Riesenfliese.

„Ich finde beide schön.“

Mehr fällt mir zu dem Thema irgendwie nicht ein. Ich habe keine Ahnung, was für einen Bodenbelag er in seiner Küche haben will. Außerdem habe ich mich noch nie mit derartigen Einrichtungsfragen befassen müssen. In meinem bisherigen Leben musste ich immer nehmen, was in der Mietwohnung vorhanden war, und es hat mich nie besonders gestört, wenn die Fliesen nicht hundertprozentig meinem Geschmack entsprochen haben. Ich bin weder ein Trendsetter noch ein Schöner-Wohnen-Freak.

Lennart hält nun ein Terrakotta-Modell in die Höhe.

„Das wäre schön mediterran, was denkst du?“

„Mediterran? Ja.“

„Also dann diese?“

Er dreht und wendet sie, als ob er es nicht glauben könnte.

„Ja, wenn sie dir gefällt. Ich weiß nicht. Hast du denn schon eine Küche bestellt?“, frage ich und füge hinzu: „Das sollte doch zusammenpassen.“

„Schatz“, er sieht mich leicht irritiert an, „mein Vater ist Tischler. Er baut die Küche hier natürlich nach Maß ein, das wird nicht so ein Standard-Ding.“

„Ah, ja“, mache ich.

So allmählich wird mir das alles ein bisschen zu viel. Ich habe das Gefühl, wir haben die ganze Frischverliebtenzeit übersprungen und sind schon beim Nestbautrieb angekommen. Bei dem Affentempo, das Lennart vorlegt, kann ich einfach nicht mithalten.

„Was ist, Schatz?“

Ich sehe ihn an und weiß nicht, wie ich es sagen soll. Ich liebe ihn und will ihn nicht vor den Kopf stoßen.

„Dir gefällt keines von den Mustern, die ich heute geholt habe?“, fragt er mich und legt seine Stirn in Falten. „Aber das macht doch nichts, dann gehen wir einfach zusammen hin und du suchst was aus!“

Als ob das die Lösung des Rätsels wäre. Ich gehe einen Schritt auf ihn zu, nehme ihm die Terrakotta-Fliese aus den Händen und lege sie auf den Tapeziertisch zurück.

„Lennart, ich, äh, also ich finde es schön, wie du mich einbeziehst, aber es ist doch dein Haus. Ich habe keine Ahnung von solchen Dingen und es soll auch deine Entscheidung sein, wie du das alles hier einrichtest.“

„Es soll doch *unser* Heim werden“, gibt er zu bedenken.

„Ich finde den Gedanken ja auch schön und kann mir gut vorstellen, mit dir hier zu wohnen ...“

„Was ist dann das Problem, verdammt noch mal?“ Zwischen seinen sonst so sanften braunen Augen erscheint eine Zornesfalte und seine Stimme zittert.

„Es ist *dein* Haus, Lennart. Wir sind gerade mal ein paar Tage zusammen, da kann ich doch nicht schon die Inneneinrichtung auswählen!“

„Es ist doch vollkommen egal, ob wir vier Tage oder vier Jahre zusammen sind, wenn die Gefühle stimmen!“

Er versteht es also wirklich nicht. Aber ich kann seine Meinung in diesem Punkt einfach nicht teilen.

„Was ist, wenn es nicht funktioniert mit uns? Dann hast du vielleicht Fliesen, die ich ausgesucht habe, aber am Ende magst du sie gar nicht.“

Er sieht auf einmal fünf Jahre älter aus, als er tatsächlich ist. Lennart tritt einen Schritt zurück und atmet tief durch.

„Du hast also Zweifel an unserer Beziehung? Du bist also doch noch nicht über deinen Ex hinweg? Okay, also wenn das so ist … Tut mir leid, Marie.“

„Nein, das stimmt doch gar nicht! Aber, Himmelherrgott noch mal, so rosarot wie du kann man doch nicht durch die

Gegend gehen! Lass es uns doch bitte langsam angehen. Ein Schritt nach dem anderen.“

Er schüttelt den Kopf.

„Ich fürchte, dass das nicht der wahre Grund für dein Zögern ist.“

„Was soll das denn jetzt wieder heißen?“, frage ich und meine Stimme klingt schrill.

„Vielleicht bist du noch nicht bereit, dich wieder auf etwas Festes einzulassen. Bin ich nur ein Sprungbrett, raus aus der alten Beziehung?“

„Das ist doch Bullshit. Mit Holger war Schluss, bevor wir uns wiedergetroffen haben.“

„Ja, aber emotional hängst du noch an ihm.“

„Jetzt gehst du einfach zu weit, Lennart! Nur weil ich nicht deine verdammten Fliesen aussuchen will?“

„Es sollte unser Haus werden!“ Seine Stimme ist leise geworden, aber dass er sich am Tisch festhält und seine Fingerknöchel weiß hervortreten, zeigt mir, wie aufgewühlt er tatsächlich ist.

„Ich glaube, ich sollte heute mal eine Nacht bei meiner Mutter bleiben, bis sich alles wieder ein wenig beruhigt hat. Ich unterstütze dich gerne dabei, dein Haus einzurichten, in das ich – obwohl wir erst seit Freitag zusammen sind – gerne mit dir einziehen werde. Aber das alles als *‚meins‘* zu bezeichnen, ist mir einfach zu früh. Bitt versteh mich doch!“, flehe ich ihn beinahe an.

Er atmet tief durch, schaut auf seine Hände, bevor er mir in die Augen sieht. Er ist traurig, das kann ich sehen, aber ich bin auch betroffen. Wie kann es sein, dass wir uns so toll verstehen, aber in diesem Punkt einfach total unterschiedlicher Meinung sind?

„Wie du möchtest, Marie. Du kannst dich ja dann bei mir melden, wenn du Zeit hast. Wo ich bin, weißt du ja.“

Okay. Da ist er. Unser erster richtiger Streit.

Es fühlt sich scheiße an. Ich bin innerlich zerrissen. Einerseits möchte ich auf ihn zugehen, ihn küssen und ihm sagen, dass ich ihn liebe. Andererseits muss ich ihm endlich mal klarmachen, dass er mich mit seinen Plänen nicht überfahren kann. Hausbau hin oder her.

„Gut. Dann geh ich jetzt mal."

„Ja."

Wir schweigen uns an. Ich knete meine Hände, er streicht unsichtbaren Staub vom Feinsteinzeug. Dann drehe ich mich um und verlasse Lennarts Haus mit einem bleiernen Gefühl im Magen.

„Kacke", flüstere ich, als ich die Tür zu meinem Twingo öffne und die paar hundert Meter zu meiner Mutter im ersten Gang fahre, weil ich zu benommen bin, um zu bemerken, dass der Motor heult.

Meine Mutter ist nicht zuhause, und ich bin ganz froh darum, jetzt ein bisschen alleine zu sein. Vorsichtshalber lege ich einen Zettel auf den Küchentisch: „Bin in meinem Zimmer. Marie", damit meine Mutter sich nicht erschreckt, falls sie doch noch heimkommt. Möglicherweise übernachtet sie aber auch bei Arno. Was auch immer.

Matt setze ich Wasser für einen Tee auf. Ich bin zu aufgewühlt, um mit jemandem zu sprechen, und Nicole habe ich wirklich genug mit meinem Gejammer in den letzten Wochen belästigt. Also nehme ich meine Tasse Tee mit nach oben, ziehe mir einen Schlafanzug über und verkrieche mich in mein Kinderzimmer. Der spärliche Schein meiner Nachttischlampe beleuchtet den pinken Raum nur wenig, aber ich starre sowieso nur die Wand an. Dafür benötigt man nicht viel Licht.

Mein Tee ist getrunken, aber ich halte die Tasse immer noch mit beiden Händen umklammert, als ob das die eisige Kälte in meinem Inneren vertreiben könnte. Ich habe keine Ahnung, wie spät es ist, aber plötzlich werde ich total müde und mir fallen die Augen zu.

Ein rhythmisches Klackern weckt mich. Mein Handy ist es nicht, der Vibrationsalarm klingt anders. Es fliegt andauernd etwas gegen meine Scheibe.

Mit einem Satz bin ich aus dem Bett, die Tasse kullert dabei zu Boden. Die habe ich total vergessen. Ich sehe hinaus. Unten steht Lennart und wirft kleine Kiesel nach oben. Mein Herz setzt einen Schlag aus und ich freue mich wie ein Kind, ihn zu sehen. Das Fenster habe ich schneller geöffnet, als ich denken kann, und der nächste Stein trifft mich am Kopf.

„Au!“, rufe ich leise und sehe nach unten.

„Schatz! Ich dachte schon, du machst nie auf, dachte, du möchtest nicht mit mir reden ...“, gibt er zerknirscht zu.

„Warum hast du nicht angerufen?“

„Ich finde das romantischer“, grinst er und bringt damit mein Herz zum Tanzen.

„Willst du raufklettern wie ein Einbrecher oder soll ich dir die Tür öffnen?“

„In Anbetracht meines fortgeschrittenen Alters nehme ich lieber die Tür, danke!“, lacht er, und ich bin schon auf dem Weg nach unten. Es ist mir egal, dass ich einen gepunkteten Pyjama trage, der seine besten Tage seit Jahren hinter sich hat, als ich Lennart reinlasse.

Er drückt mich an sich und vergräbt seine Nase in meinem Haar.

„Tut mir leid, Schatz“, flüstert er in meine blonden Locken. „Ich will doch einfach nur alles richtig machen. Für mich ist das auch alles neu.“

„Schon okay, mir tut es auch leid. Natürlich helfe ich dir dabei, Fliesen auszusuchen. Manchmal kann ich einfach noch nicht glauben, dass das alles passiert.“

Seine Hände liegen auf meinen Wangen und er sieht mir tief in die Augen, bevor er mich hingebungsvoll küsst. Mit einer gekonnten Fußbewegung kicke ich die Tür ins Schloss und benutze meine Hände, um unter sein Shirt zu fahren.

„Zu mir oder zu dir?“, frage ich atemlos, als er meine Lippen für einen Moment freigibt.

Sein Blick ist verhangen und seine Stimme klingt rau: „Also, jetzt, wo ich schon mal da bin ...“

Ich ergreife seine Hand und ziehe ihn nach oben. Er stockt einen Moment, als er nach mir in mein Kinderzimmer tritt.

„Hier ist definitiv die Zeit stehen geblieben ...“

Ich drehe mich zu ihm um, werfe auch diese Tür ins Schloss und helfe ihm aus der Jacke.

„Also, wenn es dich stört, dann breite ich dir eine Matratze vor meinem Bett aus, auf der du züchtig nächtigen kannst ...“

Er reißt die Augen auf, bis er kapiert, dass ich ihn nur veralbere.

„Du bist ein ganz böses Mädchen, Summer“, sagt er und zieht am Oberteil meines Pyjamas, so dass ich zu ihm stolpere und an seiner breiten Brust lande.

„Lass mich böse zu dir sein“, provoziere ich ihn und zerre an seinen Jeans, denn jetzt kann es mir gar nicht mehr schnell genug gehen.

„Versöhnungssex?“, haucht er in mein Ohr und umfasst meinen Hintern mit beiden Händen, um mich an ihn zu ziehen.

„Auf jeden Fall!“, stimme ich ihm zu.

Hungrig fallen wir übereinander her, Zähne schlagen aufeinander, während wir uns die Kleider gegenseitig vom Leib reißen. Ich bin so erregt, dass ich fast vom reinen Gedanken an Sex mit ihm komme. Ich stöhne leise auf, als er zuerst die eine und dann die andere Brustwarze zwischen seine Zähne nimmt und leicht daran knabbert.

Das Pochen zwischen meinen Schenkeln wird unerträglich und ich will ihn endlich in mir spüren. Glücklicherweise hat er ein Kondom dabei, das ich ihm mit zittrigen Fingern über seinen harten Schwanz streife. Er zieht scharf die Luft ein, als ich ihn aufs Bett zurückdrücke und mich auf ihn setze, um ihn in mir aufzunehmen.

„Marie“, presst er zwischen zusammengebissenen Zähnen hervor, „du bist so heiß und nass!“

Ich fange an, mich über ihm zu bewegen, und Lust durchströmt meinen Körper, während er sich an meinen Hüften festhält und sich mir vollständig hingibt. Ich genieße es, das Tempo zu bestimmen, und sein abgehackter Atem verrät mir, dass er kurz vor dem Höhepunkt steht. Ich werfe meinen Kopf in den Nacken und schreie auf, als er beginnt, meine Perle mit seinem Daumen in leicht kreisenden Bewegungen zu berühren. Wellen der Lust schlagen über mir zusammen, als mir klar wird, dass ich es nicht mehr aufhalten kann. Dabei wollte ich den Moment viel länger auskosten.

„Lennart“, stöhne ich seinen Namen, und dann versteift sich mein Körper. Ich kralle meine Hände in die Laken, um nach Halt zu suchen. Meine Muskeln ziehen sich um seinen pochenden Schwanz zusammen und alles in mir explodiert in tausend Farben. Ich bekomme noch mit, wie Lennart sich unter mir in die Matratze drückt und seinen Orgasmus mit einem lauten Aufschrei genießt. Ich bleibe erschöpft auf ihm liegen, spüre noch immer seine Zuckungen in mir und kann mich selbst nicht mehr rühren.

„Gott sei Dank ist meine Mutter nicht hier“, sage ich wenig später zu ihm, nachdem er das Kondom verknotet und auf den Boden geworfen hat.

„Ist sie nicht?“

„Na, ich hoffe nicht.“

„Wäre es dir denn peinlich, wenn sie ...?“

„O mein Gott! Dir nicht?“

„Doch schon, klar. Aber ich dachte ... Also ich habe gar nichts mehr gedacht, um ehrlich zu sein“, gibt er zu, und ich bin glücklich über die Wirkung, die ich auf ihn habe.

Der Sex mit ihm ist fantastisch und so anders, als ich ihn bisher erlebt habe. Alles ist viel ekstatischer und intensiver, wenn ich mit Lennart zusammen bin.

„Das ist gut ...“, flüstere ich und schließe meine Augen.

„Nicht schlecht, so ein kleines Bett, da kann man sich immer schön nahe sein.“ Er streicht über meine Schulter und zieht die Decke ein Stück höher. „Aber morgen schlafen wir wieder bei mir, okay? Ich will eher nicht, dass uns deine Mutter beim Sex erwischt.“

„Ich auch nicht“, lache ich. „Schlaf gut.“

„Du auch.“

Und so schlafen wir aneinandergekuschelt in meinem Zimmer, bis der Handywecker uns am nächsten Morgen viel zu früh weckt.

„Nein, ich kann nicht“, jammere ich und will noch einmal auf ‚Snooze‘ drücken, aber mein unerbittlicher Freund treibt mich auf die Beine.

„Los, du musst raus, es ist schon kurz vor acht.“

„Mir egal. Es ist noch fast dunkel.“

Mit einem Ruck zieht er uns die Decke weg, und ich frage mich, wo diese sadistische Anwandlung auf einmal herkommt. Widerwillig füge ich mich meinem Schicksal, stehe auf und schlurfe ins Bad, um kurz zu duschen.

Ich höre ihn in der Küche klappern, als ich, mit einem Handtuch umwickelt, über den Flur husche, um mich anzuziehen. Zum Glück hat meine Mutter noch ein paar Ersatzzahnbürsten im Bad. Ein Vorteil, wenn man eine Zahnarzthelferin in der Familie hat. Denen geht Zahnhygiene über alles, denke ich mit einem kleinen Lachen, während ich eine Hose aus dem Schrank ziehe.

Am Freitagabend sitzen wir im Pickup und unterhalten uns über Wochenendplanungen. Das Thema ‚Fliesen‘ haben wir vorsichtshalber erst mal für ein paar Tage auf Eis gelegt. Wir wissen wohl beide, dass seine Zukunftsplanung zum jetzigen Zeitpunkt dünnes Eis ist, das wir nach unserem Streit lieber nicht gleich wieder betreten. Für Sonntag ist ein Abendessen mit Arno, Lennart, meiner Mutter und mir geplant. Wir haben sogar ein *plus one*, da sich meine kleine Schwester Lena überraschenderweise früher für ihren Weihnachtsurlaub zuhause angekündigt hat. Das ist mir auch recht; ich habe sie schon ewig nicht mehr gesehen, außerdem wird es dann hoffentlich nicht so steif, denn Lena ist total quirlig und unterhaltsam. Wenn jemand der geborene Entertainer ist, dann sie.

„Wir sind da“, verkündet Lennart, als er seinen Pickup auf dem Baumarktparkplatz abstellt.

„Aber ich dachte, wir wollten etwas Essen gehen?“, frage ich und bin mir plötzlich nicht mehr so sicher, ob er kapiert hat, wie heikel das Thema ‚Hausbau‘ ist.

„Gehen wir auch, ich muss nur noch ganz kurz ein paar Eimer Farbe holen.“

Ich hoffe, er hat sich schon auf einen Farbton festgelegt, sonst endet das womöglich wieder wie am Dienstag, dabei läuft es gerade so gut. Ich hätte nie gedacht, dass ich mal mit jemandem zusammen sein könnte, der genauso tickt wie ich – bis auf diese Sache eben. Na ja.

„Steigst du aus oder nicht, Schatz?“, fragt er mich, nachdem er mir die Tür geöffnet hat. Eigentlich würde ich lieber im Wagen warten.

„Nun komm schon, es ist doch kalt hier draußen.“

„Wir haben Dezember, natürlich ist es kalt.“

Aber ich setze mich in Bewegung und gehe neben ihm her, nachdem er einen der großen Einkaufswagen geholt hat. Ich sehe das Strahlen in seinen Augen, als wir den Baumarkt betreten.

Willkommen im Spielzeugland für erwachsene Jungs, denke ich und muss schmunzeln.

„Ich kann dich auch in der Geräteabteilung abgeben und später wieder abholen. Der große Lennart ist jetzt fertig und möchte wieder zu seiner Freundin“, witzele ich, und er kneift mir aus Rache in den Hintern.

„Du Macho!“, tadele ich ihn und klopfe ihm spielerisch auf die Finger.

„Da wären wir“, sagt er schließlich, als wir in Gang zwölf zum Stehen kommen.

„Super“, erwidere ich wenig begeistert und sehe mich gelangweilt um.

Lennart zieht eine Farbmusterkarte aus einem durchsichtigen Plastikständer und wedelt damit vor meiner Nase herum.

„Schau doch bitte kurz. Welche würdest du für das Wohnzimmer nehmen? Denk dran, wir haben Eiche natur, lasiert.“

„Was?“

„Der Boden“, erinnert er mich. „Das Parkett ist Eiche natur, lasiert.“

„Ach so.“

„Und? Was meinst du?“

„Äh. Wie wäre es mit Weiß?“, frage ich.

„Komm schon, Schatz. Du bist echt die einzige Frau der Welt, die ich kenne, die keinen Spaß daran hat, Farben für die Wände auszusuchen!“

Ich presse die Lippen aufeinander.

„Na und? Mir sind die Wände halt nicht so wichtig.“

„Aber ich will es schön haben.“

„Bitte, Lennart, dann nimm doch eine Farbe, die dir gefällt. Nicht weiß? Was ist dann damit?“ Ich zeige auf einen Roséton, den ich ganz ansprechend finde.

„Schweinchenrosa?“ Dabei sieht er mich an, als ob ich plemplem wäre. „Was meinst du denn zu dem hier?“ Er tippt auf einen Braunton.

„Kackbraun?“, frage ich und kräusele die Nase.

„Der sieht doch gut aus!“

„Dann nimm den doch.“

„Aber wenn er dir doch nicht gefällt? Es soll doch uns beiden gefallen.“

„Ach, Lennart, wir hatten das Thema bereits.“

Ich seufze leise und lasse meine Schultern hängen.

„Na gut. Dann … Was meinst du hierzu?“ Er zeigt mir eine andere Farbkarte eines weiteren Herstellers. Aber ich habe wirklich keine Lust, mit ihm über etwas zu diskutieren, das für mich einfach zu abstrakt ist.

„Kauf halt den Braunton, mal eine Wand an und dann sehen wir weiter.“

„Ja, meinst du?“, fragt er und seine Miene hellt sich auf.

„Ja“, presse ich gespielt fröhlich hervor.

„Du hast einfach keinen Bock und sagst jetzt was, damit ich aufhöre, dich zu nerven.“

„Das ist jetzt unfair. Eigentlich war abgesprochen, dass wir das Thema ‚Nestbau‘ ein wenig langsamer angehen und heute gemütlich ausgehen!“

Er rollt mit den Augen und steckt die Farbkarten zurück.

„Toll. Ganz toll. Dann kaufen wir eben *keine* Farbe.“

„Du benimmst dich wie eine Zicke“, sage ich und muss mir das Lachen verkneifen.

„Und du wie ein alter Sack mit Bierbauch“, kontert er.

„Essen gehen?“, frage ich und nehme seine Hand.

„Na gut. Aber ich wollte eigentlich morgen mit dem Streichen anfangen ...“

Ich stöhne gequält auf.

„Kompromiss, Lennart. Nimm Schweinchenrosa und Kackbraun. Male zwei Wände an, und dann entscheiden wir uns am Ende für Weiß.“

Er sieht mich an und tippt sich an die Stirn.

„Du bist ein hoffnungsloser Fall, Schatz.“

„Ja, vielleicht.“

Trotzdem lädt er genau das ein, was ich vorgeschlagen habe. Dazu zwei Farbrollen und noch allerhand Zusatzequipment wie Kreppband, Malerfolie und so weiter. Ich habe von vielen Dingen keine Ahnung und bin froh, dass wir nach vierzig Minuten endlich diesen bescheuerten Baumarkt verlassen.

Nachdem er alles auf der Ladefläche verstaut hat, fragt er mich: „Wollen wir noch auf dem Weihnachtsmarkt einen Glühwein trinken?“

„Puh, Glühwein, nach letztem Sonntag ... nee.“

„Aber das ist doch so romantisch!“, sagt er.

„Bist du sicher, dass an dir nicht eine Frau verloren gegangen ist?“, necke ich ihn.

Lennart sieht mich eindringlich an und mir wird schlagartig heiß und kalt. Seine Pupillen verdunkeln sich, als er einen Schritt auf mich zukommt, mich an sich zieht und ich seinen herben Duft erschnuppern kann. Er zieht meine Hand an seine Hose und ich schnaufe laut aus. „Fühlt sich das nach einer Frau an?“, fragt er mich. Ich muss schlucken.

„Macht es dich an, wenn ich dich ärgere?“, frage ich ihn mit kokettem Augenaufschlag und reibe mich an ihm, weil mir das Spiel irgendwie gefällt.

„Alles an dir macht mich an. Ich will dich immer, zu jeder Zeit. Ich kann einfach nicht genug von dir bekommen.“

Er presst seinen Mund hungrig auf meinen. Vergessen sind Hunger, Farbeimer und Fliesen, und ich will eigentlich nur noch, dass wir so schnell wie möglich nach Hause fahren und uns in seinem Bett wälzen. Als er mich loslässt, sind meine Knie weich und mein Puls rast.

„Steig ein, Weib. Jetzt wird erst mal gegessen.“

Ich schnappe nach Luft, als er mich so im Regen stehen lässt. „Du Mistkerl! Erst machst du mich heißt und dann ...“

Er lacht heiser.

„Ich leide sicher ebenso wie du, aber ich habe Hunger! Danach widme ich mich ausgiebig deinem unersättlichen Körper, bis dir Hören und Sehen vergeht.“

„Ich bitte darum!“

Kapitel 10

Gestern habe ich festgestellt, dass ich für Malerarbeiten ungefähr so viel Talent besitze wie Lennart fürs Stricken. Endlich mal wieder ein Klischee, das ich erfülle. Jedenfalls habe ich aufgegeben, nachdem ich das zehnte Mal mit der Rolle abgerutscht bin und Lennart die ganze Wand noch einmal überstreichen musste.

„Jeder hat seine Qualitäten", meinte er nur und hat mir mit Schweinchenrosa einen Tupfer auf die Nasenspitze gemalt.

Obwohl wir beide über das Thema scherzen, ist immer ein Funke Wahrheit in jedem unserer blöden Sprüche enthalten, und die Spannung ist beinahe greifbar. Im Bett verstehen wir uns ohne Worte, aber die Nestbaublase hängt über uns. Dabei kann ich nicht mal genau definieren, was mich so daran stört, dass er mich in jede Entscheidung einbeziehen will. Eigentlich erträumt sich das doch jede Frau. Oder etwa nicht? Es hat mich jedenfalls sehr getroffen, dass er mir vorgeworfen hat, ich wäre nur nicht mit vollem Eifer bei der Sache, weil ich immer noch meinem Ex hinterherweinen würde. Denn das ist definitiv nicht der Fall. Ich habe seit über einer Woche nicht mehr sein Facebook-Profil angesehen. Seit ich mit Lennart zusammen bin, habe ich – bis auf die Beantwortung von Holgers SMS – keinen Gedanken an meinen ehemaligen Freund verschwendet. Dennoch habe ich auch bei diesem Thema den Eindruck, dass Lennart mir nicht glaubt und dass das der eigentliche Grund dafür ist, warum er mich so sehr in sein Bauprojekt miteinbezieht. Er will alles so schnell wie möglich abhaken, weil er sich in den Kopf gesetzt hat, eine Familie gründen zu müssen. Wenn ich ganz ehrlich bin, zweifele ich in diesen Momenten manchmal, ob wirklich ich die Frau bin, die er mit jeder Faser seines Körpers will, oder nur ein Mittel zum Zweck. Frau, Haus, Familie. Da liegt es doch nahe, sich in mich zu verlieben – alleine aus praktischen Gründen. Oder etwa nicht? Aber die kleinen Berührungen, die vielen zärtlichen Liebkosungen, dass er mich mitten in der Nacht an sich zieht, um mich so dicht wie möglich bei sich zu haben – so was kann man doch nicht spielen. Nein, Lennart liebt mich, und ich liebe ihn. Und diese albernen Differenzen wegen des Bauprojekts werden wir in den kommenden Monaten auch überwinden. Wenn ich ehrlich bin, fühle ich mich geschmeichelt, dass er so viel von meiner Meinung hält. Dabei habe ich gar keine Ahnung von Einrichtung und schicken Sachen.

„Marie, willst du die Zwiebel zu Püree verarbeiten?", fragt mich meine Mutter.

Ich sehe sie verwirrt an, dann begreife ich.

„Entschuldige."

Ich habe gar nicht bemerkt, dass ich in den letzten Minuten die Zwiebelwürfel in Mikrowürfel verwandelt habe.

„Na, gib schon her. Die werden dem Braten schon nicht schaden, nur weil sie jetzt Brei anstatt Würfel sind. Mag Lennart Krustenbraten überhaupt?"

Ich habe keinen blassen Schimmer. Wir ernähren uns bisher hauptsächlich von Nudeln oder gehen aus.

„Sicher", gebe ich achselzuckend zurück. Ich erwarte jetzt eigentlich einen Kommentar von meiner Schwester. Sie hat sich kein bisschen verändert. Noch bevor sie bei ihrer Ankunft zur Tür rein war, hat sie bemerkt, dass mit mir „etwas nicht stimmt". Kaum hat sie ihre Reisetasche in die Ecke geworfen, und noch ehe sie ihre Jacke abgelegt hat, wurde ich bereits einer schwesterlichen Inquisition unterzogen. Sie kann ganz schön fordernd und intensiv sein, dabei ist sie die Jüngere von uns beiden. Komisch eigentlich, dass sie keinen Freund hat.

„Mama, Marie hat sicher Besseres zu tun, als mit ihrem heißen Feger Krustenbraten zu essen."

Lena zuckt mit den Augenbrauen und macht anzügliche Bewegungen mit den Händen.

Na klar, als ob das nicht zu erwarten gewesen wäre. Ich bin versucht, ihr mit meinen Zwiebelhänden in die Haare zu fahren, lasse es aber.

„Du bist so nervig, kleine Schwester", zicke ich sie nur an. „Vielleicht hätte ich dich damals einfach im Teich ersaufen lassen sollen. Stattdessen habe ich dich gerettet, und das ist nun der Dank dafür."

Tatsächlich habe ich mein Schwesterherz einmal aus dem Teich meiner Großeltern gezogen – aber der war nur knietief und sie war weit davon entfernt, wirklich darin zu ertrinken. Den Witz bringe ich trotzdem ganz gerne immer mal wieder, vor allem, weil das Schlimmste für Lena damals war, dass ihr die ganze Entengrütze im Haar hing. Sie wirft mir einen giftigen Blick zu.

Ja, ich kann's noch!

„Wann kommt er überhaupt?", fragt meine Mutter, und mit einem Seitenblick fügt sie hinzu: „Streitet euch nicht!"

„Ja, wie kommt Lennart denn?", wiederholt meine Schwester mit einer eindeutigen Handbewegung, als ob der Unterton nicht genug verdeutlichen würde, dass sie etwas ganz anderes meint als meine Mutter.

„Gegen eins wollte er da sein. Oder ist das Essen früher fertig?", gebe ich neutral zurück.

„Nein, nein, das passt. Es ist ja gerade mal Viertel vor."

In diesem Moment klingelt es an der Tür.

„Das wird er sicher sein!", sage ich, und Lena springt auf. „Ich geh' schon", flötet sie und rennt zur Tür. Blöde Kuh.

Ich mag meine kleine Schwester wirklich, aber mit ihrer zappeligen Art kann sie einem schon manchmal den letzten Nerv rauben.

„Marie! Es ist für dich! Komm mal her", ruft sie aus der Diele. Ich stöhne gequält auf.

„Was ist denn? Du kannst ihn schon reinl..." Mir bleibt das letzte Wort im Hals stecken, als ich sehe, dass nicht Lennart, sondern mein Ex mit einem Strauß roter Baccararosen in der Tür steht. Mein Kreislauf sackt ab und ich habe das Bedürfnis, mich zu setzen.

„Was willst du denn hier?“, frage ich mit leiser Stimme.

„Soll ich ihn wegschicken?“, mischt sich Lena ein.

Es ist sehr löblich von ihr, dass sie mich beschützen will, aber ich glaube, dass ich das selbst regeln muss. Ich bin ja kein Baby mehr.

„Nein. Geh in die Küche, ich mache das schon.“

Lena sieht mich zweifelnd an, nickt dann und geht an mir vorbei zurück in die Küche, deren Tür sie – ausnahmsweise diskret – hinter sich schließt.

„Hallo Marie!“ Holger sieht mich mit glühenden Augen an.

Was wird das denn hier?, frage ich mich und weiß gar nicht, wie mir geschieht.

„Wieso bist du hier?“, spreche ich aus, was mir auf der Zunge brennt. Mein Herz klopft mir bis zum Hals. Logisch gedacht, kann es nur bedeuten, dass ...

„Ich vermisse dich“, sagt er. Ich atme gepresst. Das kann doch alles gar nicht sein. „Darf ich reinkommen?“, fügt er noch hinzu.

„Ich weiß nicht ... Alles, was passiert ist ...“, stammele ich und halte mich am unteren Geländer der Treppe fest.

„Ich habe mit Sarina Schluss gemacht.“

Seinen Strauß Rosen hält er immer noch wie einen Schutzschild vor sich. Sarina heißt die Schlampe also. Auf ihrem Facebook-Profil stand natürlich nicht ihr richtiger Name. Ist ja jetzt voll im Trend, sich etwas aus dem Namen zu basteln, das nur Insider kennen.

„Ja, und was hat das mit mir zu tun?“, gebe ich fast ein wenig genervt zurück.

„Du fehlst mir, Marie. Wir hatten doch so eine schöne Zeit zusammen.“

Die du kaputtgemacht hast, du Arsch.

„Schön war es doch schon lange nicht mehr zwischen uns.“

„Aber es könnte wieder alles so werden wie früher!“, gibt er zu bedenken.

Für einen Moment überlege ich, denke an die guten Momente, die wir hatten. Die gab es wirklich; gerade die ersten zwei Jahre waren toll. Aber dann hat sich langsam und schleichend alles verändert. Wir haben uns verändert – in entgegengesetzte Richtungen. Und dann wäre da ja noch der Betrug ...

„Ich habe jemanden kennengelernt“, sage ich, wobei ‚kennengelernt‘ nicht ganz das richtige Wort ist.

Holger sieht mich bestürzt an, seine graublauen Augen wirken trüb und leer.

„Dann komme ich also zu spät und das mit dem Kerl in der Bar ist was Ernsthaftes? Ich dachte, du wolltest mich nur eifersüchtig machen“, spricht er seine Gedanken aus.

Der hat sie ja wohl nicht mehr alle! Als ob ich ... Okay, er kennt mich eben.

Ich atme hörbar aus, und in diesem Atemzug liegt so vieles, das ich sagen könnte, aber nicht will. Ich bin nicht mehr sauer auf ihn; wir wären ohnehin nicht glücklich geworden.

„Wir können Freunde bleiben, aber das mit uns … das ist vorbei!“, höre ich mich sagen, aber ich weiß, es ist nur eine abgedroschene Floskel.

„Klar“, antwortet er müde. „Ich leg die Post dann hier hin.“

Holger zieht ein Bündel Briefe aus seiner Jacke und legt es auf die unterste Treppenstufe, zusammen mit den Rosen.

„Darf ich dich noch mal in den Arm nehmen? Ein letztes Mal?“, fragt er mich, und aus einem Impuls heraus nicke ich und gehe auf ihn zu.

Wir umarmen uns und ich schließe die Augen. Es ist nicht unangenehm, mit ihm hier zu stehen. Wir waren zu lange ein Paar, als dass ich sagen könnte, wir wären nicht vertraut miteinander. Holger streicht über meine frischgewaschenen Locken und drückt mich fest an sich. Für mich ist es ein Abschied, ein letzter schöner Moment. Aber unsere gemeinsame Zeit ist vorbei und ich habe jetzt eine andere Zukunft mit Lennart vor mir, auf die ich mich freue. Trotzdem rollt eine Träne über meine Wange, denn vier Jahre gehen nicht spurlos an einem vorüber.

„Was ist denn hier los?“, höre ich Lennarts schneidende Stimme, zucke zusammen und reiße die Augen auf. Sein Blick ist auf die Rosen geheftet und wandert dann zurück zu mir, wie ich mit Holger in einer innigen Umarmung dastehe.

Ach du schöne Scheiße. Er denkt sicher das Falsche.

„Lennart ...“, sage ich und winde mich aus Holgers Umarmung, der sofort checkt, wer oder was genau Lennart ist. Außerdem hat er ihn ja in Hamburg getroffen.

Ich schaue meinen Freund an und sehe die Enttäuschung in seinen braunen Augen. Er schluckt, bevor er weiterspricht.

„Dann bin ich wohl fehl am Platz hier“, sagt er und geht.

„Warte, es ist nicht so … Er hat sich nur verabschiedet ...“, rufe ich und will ihm hinterher, aber ich bin auf Strümpfen. Noch während ich meine Schuhe mit zitternden Händen anziehen will, hält mich Holger an der Schulter fest. „Bist du dir sicher?“, fragt er mich. Ich werde sauer.

„Das hast du ja toll hingekriegt, echt. Ich bin mir sicher, und jetzt geh bitte endlich!“

Er zieht seine Hand zurück und hebt sie abwehrend.

„Okay, wenn du den Loser mir vorziehst.“

„Geh, ehe ich ausfällig werde. Du hast mir genug angetan.“

„Hast du sie nicht gehört, Holger?“, tönt die Stimme meiner Mutter hinter mir. Ich sehe zu ihr, und da stehen meine Mutter und Lena mit feindseligen Mienen im Türbogen zur Küche.

Ich steige endlich in meine Stiefel und ziehe den Reißverschluss hoch.

„Ich muss hinterher“, informiere ich meine Mutter, reiße meine Jacke vom Haken und stürme davon. Was aus Holger wird, ist mir ... egal.

Lennarts Pickup steht nicht in der Auffahrt, er öffnet mir nicht die Tür und ans Handy geht er auch nicht. Ich bin außer mir, weil er die letzte Umarmung in den falschen Hals bekommen hat, und auch, weil ich so dumm war, sie zuzulassen.

„Verfluchte Scheiße!", schreie ich und kicke einen Stein davon.

Ich laufe zur Baustelle und finde ihn schließlich dort, wie er wie ein Irrer im Farbeimer rührt, als gäbe es kein Morgen.

„Lennart", beginne ich vorsichtig.

„Was willst du hier, Marie?", fragt er mich und sieht mich nicht an.

„Ich will dir erklären, was das eben war."

Lennart hält in seiner Bewegung inne und sein kalter Blick trifft mich mitten ins Herz.

„Ich habe alles gesehen, was ich wissen muss."

„Nein." Ich gehe einen Schritt auf ihn zu, aber etwas in seinem Gesichtsausdruck lässt mich innehalten. „Er hat mir die Post gebracht und ...", ich weiß selbst, dass es lahm klingt, „er wollte mich zurück, aber ich liebe ihn nicht mehr. Ich will mit dir zusammen sein!"

Lennart seufzt und fährt sich durch die Haare, bevor er sich aufrichtet.

„Ich weiß jetzt, dass du mich nicht so willst wie ich dich. Vielleicht hätten wir einfach Freunde bleiben sollen."

„Was? Nein!"

„Ich glaube, es ist besser, wenn du jetzt gehst. Ich bringe dir deine Sachen dann später vorbei."

Ich zittere am ganzen Körper.

Nein! Das kann er doch nicht wirklich wollen!

Mein Herz klopft wild in meiner Brust. Ich habe so viel zu sagen, aber nichts kommt aus meinem Mund.

„Lennart ...", flüstere ich nur. Dabei liegt so viel Unausgesprochenes darin, wie ich seinen Namen sage.

„Es tut mir leid, Marie. Ich hab mich da in etwas verrannt."

Der Schmerz, als mein Herz zerbricht, ist so groß, dass ich schreien möchte, aber nur ein lautloser Atemhauch kommt aus meinem Mund. Wie in Trance nicke ich und drehe mich langsam um. An der Tür sehe ich mich noch einmal zu ihm um, aber er hat mir den Rücken zugewandt und beginnt damit, die rosafarbene Wand mit der dunkleren Farbe zu übermalen.

Der Traum ist ausgeträumt.

Es ist vorbei.

Mit Tränen in den Augen trete ich hinaus in die kühle Dezemberluft. Ein Windhauch streift meine Wangen und ich gehe davon. Ich kann nicht nach Hause, ich muss nachdenken. Stundenlang wandere ich am Kanal entlang, bis ich meine Füße nicht mehr spüre und es sicher schon mitten in der Nacht ist. Zuhause warten meine Mutter und Lena auf mich. Meine Sachen stehen am Fuß der Treppe.

Er konnte mich also gar nicht schnell genug aus seinem Leben entfernen. Wie konnte ich nur so dumm sein, zu glauben, dass er es ernst mit mir meint? Natürlich ist ihm klargeworden, dass eine Beziehung, ein Heim und eine Frau doch nicht das sind, was er möchte.

„Marie ...“, fängt meine Mutter an und hilft mir aus den Schuhen, weil meine Finger zu steif sind, um den Reißverschluss hinunterzuziehen.

„Ist schon okay, Mama“, sage ich matt und eine Träne tropft auf die hellen Fliesen.

In den nächsten Tagen sitze ich wie in Watte gepackt vor meinem Schreibtisch und bekomme nichts geregelt. Ich habe ein paarmal versucht, Lennart anzurufen, habe ihm Nachrichten geschrieben und ihm erklärt, warum Holger hier war. Aber sein Facebook-Account ist stillgelegt und meine Anrufe beantwortet er nicht. Ich fühle mich, als hätte mich jemand betäubt, und verstehe einfach nicht, wie Lennart seine Gefühle so schnell ausknipsen kann ... Es sei denn natürlich, er hatte nie welche. Es tut so unbeschreiblich weh. Noch nie habe ich mich so schrecklich gefühlt wie jetzt.

Am Abend stricke ich an Lennarts Pullover, obwohl ich weiß, dass er ihn niemals tragen wird. Ich weiß auch nicht, wieso ich mir das antue, aber es ist wie ein Zwang.

Nicole sitzt mit einem Glas Wein neben mir und redet schon seit einer Stunde auf mich ein, aber ich höre nur mit halbem Ohr zu.

„Ich verstehe den Kerl nicht. Das kann er doch nicht machen!“, wiederholt sie nun schon zum hundertsten Mal.

„Nicole, er hat gesagt, er hat sich da in was verrannt. Und als er mich mit Holger gesehen hat, ist ihm wohl klargeworden, dass das mit mir doch nicht das ist, was er geglaubt hat. Ende.“ Die Worte zerreißen mir das Herz noch einmal. Aber es ist die Wahrheit. Lennart liebt mich nicht.

„Das gibt’s doch nicht. Ihr wart so süß zusammen.“ Sie gießt damit Öl ins Feuer, aber ich habe nicht die Kraft, sie davon abzuhalten. Vielleicht brauche ich den Schmerz ja auch, um nicht komplett durchzudrehen.

„Ja, eine ganze Woche lang. Und schon nach vier Tagen hat es ordentlich gekracht. Wir passen eben nicht zusammen“, erkläre ich es ihr noch einmal – vielleicht auch, damit ich es endlich selbst glaube.

„Hmpf. Nee, ihr passt super zusammen.“

„Genau. Deswegen sitze ich hier und stricke.“ Meine Stimme trieft vor Sarkasmus, aber Nicole wischt meinen Satz mit einer Handbewegung fort.

„Es muss einen anderen Grund haben“, teilt sie mir trocken mit, und am liebsten würde ich sie schütteln, damit sie aufhört, mir Hoffnung zu machen, wo keine ist.

„Und der wäre?“, frage ich höchst irritiert.

„Weiß ich auch nicht.“ Sie zuckt mit den Schultern, und ich schnaube laut, bevor ich sehr barsch antworte: „Dann erspar mir das. Das Letzte, was ich brauche, ist neue Hoffnung. Ich sehe mir nächste Woche ein paar Wohnungen an, obwohl ich nicht weiß, ob ich hierbleiben soll."

„Was? Du willst doch nicht wieder zurück zu Holger?" Sie sieht mich an, als wäre ich geistesgestört.

„Nein, aber Hamburg ist schon schön."

„Aber dein Job hier?"

„Ja, wer hätte das gedacht? Im Moment ist das der einzige Grund, warum ich möglicherweise in diesem Kaff wohnen möchte."

„Danke, das ist liebenswürdig", gibt sie beleidigt zurück.

„Und du natürlich", füge ich matt lächelnd hinzu.

„Gerade noch die Kurve gekriegt! Du, ich muss jetzt los, aber übermorgen gehen wir auf den Weihnachtsmarkt."

Nein, ganz sicher nicht. Sie hat ja wirklich einen Dachschaden, wenn sie glaubt, dass ich mir das antue. Weihnachtssongs, Duft nach gebratenen Mandeln und Gebäck und massenweise Glühwein, der meine Melancholie nur verdreifachen würde. Ich bin vielleicht angeschlagen, aber noch nicht lebensmüde.

„Ich gehe garantiert auf keinen Weihnachtsmarkt!", sage ich deshalb mit Nachdruck.

„O doch. Lena kommt auch mit, die hab' ich schon gefragt." Nicole verschränkt ihre Arme vor der Brust. Ich kenne sie, sie duldet keinen Widerspruch, aber das ist mir egal.

„Nein", sage ich deshalb noch einmal.

„Du musst mal raus hier."

Ich fühle mich pudelwohl im Haus meiner Mutter. Ich muss nirgendwohin gehen. Okay, ‚pudelwohl' ist nicht korrekt, aber hier fühle ich mich geborgen. Da draußen in der Welt ... Nein, ich bin noch nicht bereit dafür.

„Das ist ja wohl ganz alleine meine Entscheidung, wann ich wohin gehe."

„Das werden wir ja sehen." Diese Drohung erinnert mich an die Aktion vor dem Abitreffen und ich ahne, dass sie mich notfalls fesseln und knebeln wird, nur um mich zu diesem vermaledeiten Weihnachtsmarkt bringen zu können.

Natürlich stehe ich zwei Tage später lustlos auf dem Weihnachtsmarkt unserer Kreisstadt und klammere mich an einer Tasse Glühwein mit Schuss fest. Vielleicht hilft Alkohol ja, ihn zu vergessen.

„Prost!“ Lena stößt ihr Glas an meines und Nicoles.

Ich verschlucke mich fast, als ich nicht weit entfernt Lennart in einer Gruppe von ehemaligen Mitschülern entdecke.

„Scheiße“, entfährt es mir.

Ich vergrabe mich tiefer in meinem Schal. Genau das habe ich durchs Zuhausebleiben vermeiden wollen. Es zerreißt mir das Herz, ihn zu sehen. Gott, ich liebe ihn. Es tut so weh zu merken, dass er mit seinem Leben weitermacht, als wäre nichts gewesen. Nicole sieht sich um und schüttelt den Kopf.

„Na, der verfällt ja schnell wieder in alte Muster. So ein Arsch. Hätte ihm mehr zugetraut.“

Ich zucke mit den Schultern, während ich mit den Tränen ringe. Ich will nicht hier vor allen Leuten zusammenbrechen. Lena umarmt mich kurz, was nicht gerade hilft. Meine Augen brennen und ich sehe alles nur noch ganz verschwommen.

„Schwesterchen, alles im Leben ist für etwas gut ...“

Komischerweise zeigen diese Worte Wirkung, berühren etwas tief in mir drin. Ja, sie hat recht. Und wenn diese Affäre mit Lennart für eines gut war, dann dafür, dass ich weiß, dass man so nicht mit mir umgehen darf. Niemand. Auch kein Lennart. Ich weiß nicht, woher ich diese Kraft so plötzlich nehme, aber ich schiebe Lena ein Stück von mir. „Erspar mir deinen Eso-Kram, bitte“, unterbreche ich sie unwirsch und stapfe zu meinem Exfreund, um ihm die Meinung zu geigen. Der kann sich jetzt mal warm anziehen.

Lennart sieht mich überrascht an – neben ihm steht die Jahrgangsschlampe Elke. War ja klar, dass er direkt mit der nächsten alten Liebe weitermacht. In mir tobt ein Orkan und es fehlt nicht viel, damit er losbricht. Aber ich beherrsche mich, fasse mir ein Herz und bin froh, dass meine Stimme klar und sicher klingt. ‚Schneidend' ist das treffende Wort. „Etwas mehr Geschmack hätte ich dir schon zugetraut. Das ist ja peinlich!", fahre ich ihn an.

„Was willst du, Marie? Eifersüchtig?", lacht er und legt seinen Arm um Elke.

Das ist ja wohl die Höhe. Hat der Kerl denn gar keinen Anstand? Wo ist der Lennart hin, den ich kannte, den ich mochte und, ja, den ich geliebt habe?

Ich spüre, wie mir die Luft wegbleibt, und balle meine Hände zu Fäusten.

„Fick doch, wen du willst! Aber pass auf, Elke macht hier ja gerne für jeden die Beine breit." Alle starren mich spätestens jetzt an. Aber ich habe gewonnen. Der Triumph ist auf meiner Seite. Lennarts Kinnlade klappt nach unten, aber noch bevor er etwas erwidern kann, drehe ich mich auf dem Absatz um und stolziere mit gestrafftem Rücken davon. Adrenalin pumpt durch meine Adern und verleiht mir die nötige Kraft und hoffentlich Eleganz.

Nicole und Lena warten mit großen Augen auf mich. Als ich mich noch einmal umdrehe, sehe ich, wie Lennart Elke seine Zunge in den Hals steckt, und mir wird übel.

So ein Arschloch. Aber was habe ich erwartet? Sicher nicht, dass er mir hinterherläuft und sich entschuldigt. So naiv bin nicht mal ich. Nicht mehr, wohlgemerkt. Endlich habe ich kapiert, wie der Hase läuft.

„Lasst uns gehen!"

Lena zieht mich und Nicole weg. Die Tassen stellen wir, ohne uns das Pfand zu holen, auf den Tresen der Bude und flüchten uns nach Hause.

Im Auto laufen mir die Tränen über die Wangen. Das müssen die Hormone sein; als Frau hat man es nicht leicht. Zeitgleich mit dem Abbau des Adrenalins sind alle Dämme gebrochen und ich heule wie ein Schlosshund. Aber zum Glück bekommt niemand etwas davon mit. Außer Lena und Nicole natürlich, aber bei ihnen muss ich keine Angst haben, meine Gefühle zu zeigen.

„Ich hasse ihn", schluchze ich und schnäuze mich lautstark.

„Ach, Süße", versucht Lena mich zu trösten, „ich glaube, Lennart weiß selbst nicht, was er will. So, wie er dich angesehen hat, als du auf ihn zugekommen bist, sind da noch Gefühle für dich."

Ich schüttele den Kopf.

„Aber die falschen!", heule ich. „Vielleicht, wenn ich die Fliesen ausgesucht hätte ..."

Okay, jetzt wird es übel. In diesem Stadium des Liebeskummers kann ich für nichts mehr garantieren. Ich weiß, dass ich nur noch Stuss rede, aber mir fehlt die Kraft, mich zurückzuhalten.

„Bitte!", unterbricht mich Nicole, die fährt. „Sei nicht albern. Du hast alles richtig gemacht. Derjenige, der ein Problem hat, das ist Lennart."

„Ich hasse Weihnachten!", schreie ich jetzt und sehe aus dem Fenster. Ich fühle mich so hilflos, verarscht und verdammt ungeliebt.

Kapitel 11

In dieser Nacht finde ich einfach keinen Schlaf. Immer wieder sehe ich Lennart vor mir, wie er mit der Dorfschlampe knutscht. Womöglich liegt er jetzt mit ihr in seinem Bett und ... Nein, ich will einfach nicht daran denken. Aber das ist leichter gesagt als getan. Das wissen wir alle. Es ist ein bisschen so, als würde man versuchen, eine Woche auf Schokolade zu verzichten. Kurz nachdem man den Entschluss gefasst hat, sieht man plötzlich nur noch süße Verlockungen um sich herum, bis man es nicht mehr aushält und sich die ganze Tafel auf einmal reinhaut. Wenn die Sache mit Lennart nur so einfach wäre! Aber auch eine Überdosis würde mich nicht heilen, im Gegenteil. Es ist hoffnungslos.

Sein Pulli ist längst fertig. Er liegt ganz unten in meinem Schrank. Vielleicht sollte ich ihn symbolisch verbrennen. Stattdessen gehe ich hin, ziehe ihn mir über und mache einen Spaziergang durch die Nacht. Ich bin so sauer, wütend und enttäuscht und verstehe ihn einfach nicht. Warum macht er erst so einen Aufstand, so ein Aufhebens um mich – von wegen er will mich heiraten –, und dann gibt es ein kleines Missverständnis und alles hat sich geändert? Das kann doch nicht wahr sein, und wahrscheinlich ist das der Punkt, den ich am wenigsten verstehe.

So weit her kann es mit seiner Liebe jedenfalls nicht gewesen sein, wenn er sich so schnell einen Ersatz für mich sucht. Und was für einen Ersatz! Ich muss mich beinahe übergeben, wenn ich daran denke, dass er Elke vögelt. Er hätte sich jede krallen können, aber doch nicht diese Schlampe! Was zur Hölle sagt das eigentlich über seinen Geschmack aus?! Uah. Es ist widerlich und spricht nicht gerade für mich.

Aber halt! Es ist ganz sicher nicht meine Schuld – das muss ich mir einfach immer wieder sagen.

Lennart ist der Böse. Ich bin die Gute. Jawohl. Das ist ein Ansatz, mit dem ich leben kann. Er hat mich verarscht und nicht umgekehrt. Ich fühle mich gleich ein bisschen besser. Zwar nur ein mini-bisschen, aber immerhin. Es ist ein Anfang.

Beim Frühstück diskutiere ich das Ganze noch einmal mit Lena und meiner Mutter.

„Marie, Lennart ist mindestens so stur wie du. So hat er doch als Kind schon reagiert", sagt meine Mutter, und ich sehe sie an, als hätte sie gerade Japanisch mit mir gesprochen.

„Das ist doch Humbug!", fahre ich sie an.

So ein Quatsch aber auch. Mensch! „Was ist das denn für eine Reaktion? Schlussmachen und eine andere vögeln?", wiederhole ich die Sachlage noch einmal – nur für den Fall, dass sie es bei den ersten zwanzig Mal nicht mitbekommen haben.

„Du weißt doch gar nicht, ob er mit ihr im Bett war", wendet meine Schwester ein.

Seit wann ist sie eigentlich so naiv?, frage ich mich und sehe sie schief an.

„Ich *will* es auch gar nicht wissen. Er hat den Fehler gemacht. Ich habe nur mit Holger geredet", verteidige ich meine Position. Auf wessen Seite stehen die eigentlich?

„Man konnte es schon missverstehen!", sagt meine Mutter vorsichtig. „Rote Rosen, eine Umarmung ..."

Sag' ich's doch. Haben die sich auch noch gegen mich verschworen? Selbst wenn, ich wollte es Lennart erklären, aber er hat mich ja einfach eiskalt abgebügelt. „O Mann. Das kann ja sein, aber er hat sich nicht mal angehört, was ich dazu zu sagen habe. Ich kapiere das einfach nicht. Erst geht es ihm nicht schnell genug und dann will er nicht mal mehr mit mir reden?"

„Was ist, wenn er dich doch liebt, aber selbst Angst bekommen hat?", fragt mich Lena.

Ich kräusele die Nase und hole tief Luft. „Wovor zur Hölle soll er denn Angst haben?", blaffe ich sie an.

„Jetzt sei mal nicht so aggressiv, Marie, wir haben dir nichts getan. Lena meint sicher, dass er Verlustängste hat. Seine Mutter ist immerhin sehr plötzlich gestorben“, lenkt meine Mutter beschwichtigend ein.

Verlustängste? Lennart?

„Aber das ist etwas ganz anderes“, unterbreche ich sie.

„Na ja. Gewissermaßen war das eine Schlüsselsituation. Er hat in dem Moment gedacht, dass du dich für Holger entschieden hast. Das ist doch ganz klar.“

„Ja, und?“, hake ich nach.

„Was, wenn er Angst hat, dich zu verlieren?“, meint Lena.

Warum sollte er Angst haben, mich zu verlieren? Er ist doch der Hauptgewinn und ich die Kirchenangestellte.

„Ich verstehe nur Bahnhof. Echt.“

„Du, Marie, Männer sind manchmal so blöd“, klärt mich meine Schwester auf. „Ich kann mir vorstellen, nachdem bei euch doch dauernd die Fetzen wegen dieser Baustelle geflogen sind ...“

Also jetzt übertreibt sie aber. Dauernd. Pah.

„Wir haben uns *einmal* gestritten“, unterbreche ich sie ungeduldig.

„Ja, aber ihr habt ständig darüber diskutiert, dass es dir zu schnell geht und ihm nicht schnell genug.“

„Das ist richtig. Und weiter?“

Meine Mutter nimmt mir das Strickzeug aus der Hand.

„Er hat Angst, das erste Mal selbst sitzengelassen zu werden. Er glaubt nicht, dass du ihn liebst, deswegen hat er es beendet, bevor du ihm den Laufpass wegen Holger gibst.“

So ein Käse. Da haben sie sich ja was Schönes zusammengereimt.

„Das ist ja wohl der größte Stuss, den ich jemals gehört habe. In was für einer Schmonzette habt ihr den Kack gelesen?“, quake ich und verlasse das Wohnzimmer, um in meinem Zimmer lautstark Musik zu hören, dass die Wände wackeln.

Mir doch egal, ob es jemanden stört. Nicht mal meine Mutter und meine Schwester verstehen mich.

Weihnachten rückt mit großen Schritten näher. Um genau zu sein, ist morgen Heilig Abend, und ich wünschte, es wäre schon vorbei. Seit einer Woche wird bei uns jeden Tag darüber diskutiert, wie das Abendessen am vierundzwanzigsten Dezember genau ablaufen soll, weil wir ja jetzt, wo wir einen Pastor mit am Tisch haben, alle in die Kirche müssen. Und das, wo wir sonst nie zu einem Gottesdienst gehen.

Ich räume die Reste des Abendessens weg, als Nicole plötzlich hinter mir steht.

„Wer hat dich denn reingelassen?“, frage ich lachend.

„Wir gehen aus!“, teilt sie mir mit.

Gut, das erklärt ihren Aufzug.

„Du hast immer so tolle Ideen, aber ... nein danke.“

Ich drehe mich wieder zur Spülmaschine um, in der Hoffnung, dass sie mich dann in Ruhe lässt. Aber es ist eben Nicole, und die lässt nicht so leicht locker. Allerdings habe ich nicht das geringste Bedürfnis, einer ganz bestimmten Person über den Weg zu laufen. Dankeschön, ich bleibe zuhause. Einmal genügt.

„Doch. Hast du vergessen, dass es Tradition ist, dass wir uns am dreiundzwanzigsten im Central auf ein paar Drinks treffen?“, sagt sie hinter mir und zupft an meinem Pullover.

„Wie könnte ich das vergessen? Aber ich will da nicht hin. Lennart ist sicher auch da. Am besten noch mit Elke.“

„Zeig doch ein bisschen Haltung und Rückgrat.“

Autsch. Warum sind eigentlich alle so gemein zu mir?

„Ich will aber nicht“, gebe ich bockig zurück.

„Hör dir das an: ‚Ich will aber nicht‘“, äfft sie mich nach.

Wo sind eigentlich meine Mutter, Arno und Lena, wenn man sie mal braucht?

„Was muss ich tun, damit ich dich loswerde?“

Ich kann es auch gleich aufgeben. Nicole wird nicht lockerlassen, bevor wir in der Kneipe stehen. Mir ist das alles zu anstrengend. Ich kann nicht mehr. Der Weg des geringsten Widerstandes wird meiner sein – oder so ähnlich.

„Mitkommen. Ein Drink", sagt sie noch einmal.

Ich stöhne gequält auf und sehe flehentlich zur Decke, als ob mir da jemand helfen würde.

„Boah. Hat dir schon mal jemand gesagt, dass du nerviger bist als eine Klette?", jammere ich.

„Äh, nie", lacht sie und schiebt mich aus der Küche. Jetzt geht das wieder los. Umziehen, schminken ... ich hasse es. Aber ich habe auch meinen Stolz. Mit Augenringen und verdreckter Hose werde ich da nicht aufkreuzen.

Ich habe mich hübsch geschminkt und meine besten Klamotten rausgesucht. Ich trage natürlich wieder das schwarze Kleid, auch wenn ich weiß, dass es albern ist, mich so herauszuputzen. Aber so fühle ich mich besser gewappnet, falls ich *ihm* begegnen sollte. Nicole muntert mich auf und drückt meine Hand, bevor wir die Tür zum Central, unserer ehemaligen Stammkneipe, öffnen. Es ist schon gut was los, da auch die meisten anderen Jahrgänge die gleiche Tradition pflegen. So viele verschiedene tolle Kneipen stehen hier ja nicht zur Auswahl.

Wir bleiben kurz bei Petra stehen, mit der ich mich auch auf dem Abitreffen schon gut unterhalten habe, und gesellen uns zu zwei weiteren Frauen dazu, die aus einem Jahrgang unter uns stammen müssen. Petra kennt sie ganz gut, also klinken wir uns in die Unterhaltung mit ein.

Lennart ist schon da. Natürlich, das war ja zu erwarten. Es ist nicht so schlimm, ihn zu sehen, wie ich dachte. Ja, mein Herzschlag ist ungesund schnell, meine Hände sind feucht und eiskalt, aber ich schaffe es, nicht wie eine durchgeknallte Psychopathin keifend auf ihn loszurennen. Das ist doch schon mal eine Steigerung im Vergleich zum Weihnachtsmarkt. Ich mache also doch kleine Fortschritte.

Er sitzt mit ein paar Klassenkameraden an einem Tisch und trinkt Kurze. Gerade hebt er das Glas mit einem Klaren in die Höhe, während ein anderer einen Trinkspruch reißt und alle lachen und grölen, da sieht er mich und das Lächeln gefriert ihm im Gesicht. Ich weiß nicht, ob Sekunden oder Stunden vergehen – es kommt mir jedenfalls vor wie eine Ewigkeit.

Ich liebe seine braunen Augen, ich liebe ihn. Es ist leider so, auch wenn ich es gern anders hätte. Verdammt.

Plötzlich senkt er den Blick, kippt sich den Schnaps in den Hals und schüttelt sich kurz. Und dann ignoriert er mich.

Ich bin enttäuscht. Bitter enttäuscht. Jede Reaktion wäre mir lieber gewesen als gar keine. Aber es ist, wie es ist, und leider nicht zu ändern. So groß waren meine Fortschritte in puncto Lennart wohl doch nicht.

Ich atme tief durch und schlucke den Kloß hinunter, der sich in meinem Hals gebildet hat.

„Alles okay?“, flüstert Nicole. Ich schüttele nur den Kopf.

„Sollen wir gehen?“, fragt sie mich noch, und ich würde sie am liebsten dafür küssen. Aber das ist meine Sache. Mein Problem. Ich habe Nicole wirklich schon lange genug mit meinen Problemen genervt.

„Nein, ich muss da jetzt durch. Wenn ich hier wohnen bleibe, werde ich ihm wohl öfter über den Weg laufen. Aber ich geh mal kurz aufs Klo.“

„Soll ich mit?“, fragt sie mich noch.

„Nein. Bestell mir schon mal einen Hugo“, erwidere ich und meine Stimme zittert nur ganz leicht.

„Klar. Mach’ ich gerne.“

Ich schlängele mich durch die Menge und spüre plötzlich, wie eine Männerhand mich festhält und umdreht. Ich bin enttäuscht, als ich sehe, dass es Marc ist. Mit ihm hatte ich in der Elften was. Auf dem Abitreffen habe ich ihn nicht gesehen.

„Hey, Marie. Lange nicht gesehen!“, strahlt er mich an.

Er sieht nicht mal schlecht aus, aber ich sehe auch den Ring an seinem Finger.

„Hi Marc. Alles klar?“, gebe ich möglichst unverbindlich zurück.

„Na logo. Bist wieder hergezogen?“ Smalltalk. Könnte ich momentan gut drauf verzichten.

„Ja, ist schon eine Weile her. Und du?“, versuche ich, möglichst interessiert zu klingen.

„War nie weg, ha, ha.“

Puh. Das reicht.

Seine Augen sind glasig und er starrt mir öfter ins Dekolleté als in die Augen. Ich habe keine Lust auf so eine Nummer, entschuldige mich kurzerhand bei ihm und gehe weiter, bis ich endlich die Damentoilette erreiche. Ich schließe mich in eine der Kabinen ein und setze mich auf den geschlossenen Deckel. Am liebsten wäre ich jetzt zuhause, weit weg von alledem hier. Ich fühle mich schrecklich allein und einsam unter all den Leuten. In diesem Moment geht die Tür auf und zwei kichernde Weiber stolpern mit klackernden Absätzen herein.

„Sieht er nicht unfassbar gut aus?“, sagt eine helle Stimme.

„Echt knackig. Und Geld hat er auch. Anscheinend hat er in den USA in kurzer Zeit Millionen gemacht“, kommentiert die andere. „Was ist denn nun bei euch gelaufen?“

Sie reden über Lennart, ich weiß es. Über wen sonst?

Ich will es gar nicht hören, trotzdem recke ich meinen Kopf ein wenig höher, weil ich es auch nicht lassen kann.

„Er küsst so gut“, fährt die erste fort, und jetzt wird mir klar, dass es Elke sein muss, die sich die Lippen nachzieht – oder was auch immer.

Mir wird kotzübel. Gleichzeitig würde ich ihr liebend gerne die Augen auskratzen, aber es ist schlauer, mich einfach still zu verhalten, also rühre ich mich nicht vom Fleck.

„Und heute mache ich ihn klar“, spricht sie weiter.

Ich hasse dich, du blöde Kuh!

Meine Hände sind zu Fäusten geballt und ruhig weiterzuatmen, fällt mir schwer.

„Ihr habt nicht miteinander ...?“, quiekt nun die andere.

Mein Herz setzt einen Schlag aus. Sie haben noch *nicht* miteinander gevögelt?

Himmel. Gegen meinen Willen durchflutet mich Erleichterung. Unfassbar große Erleichterung. Die Vorstellung, wie Lennart mit ihr ... hat mich wirklich fast umgebracht.

„Nein. Nach dem Weihnachtsmarkt ist er sentimental geworden und hat sich dann nicht gemeldet. Aber jetzt ist er fällig!“, verkündet die Schlampe lauthals.

Ich starre die Klotür weiter von innen an und versuche zu verarbeiten, was Elke da gerade erzählt. Also hat es ihm doch etwas ausgemacht, mich zu sehen.

Auch wenn ich es nicht sollte, freue ich mich. Sehr sogar.

„Sentimental?“, höre ich die andere nachhaken.

„Frag nicht. Nach dem Kuss ist er jedenfalls abgehauen.“

Das geht runter wie Sahne. Juhuu! Er ist abgehauen!

Dann gibt es ja vielleicht doch noch eine Chance.

Nein, nein. Mach dir nicht schon wieder Hoffnungen, wo es nichts zu hoffen gibt, Marie, ermahne ich mich zur Ruhe.

Trotzdem. Mein Puls rast und ich bin aufgewühlt – sofern es noch eine Steigerung zu meinem ohnehin schon labilen psychischen Zustand gibt. Wann hauen die endlich ab? Ich muss raus hier!

„Komm schon, bist du jetzt fertig mit Näschen pudern?“

Na endlich!

„Warte, noch ein bisschen Parfum kann nicht schaden ...“

Am liebsten würde ich ihr den Flakon mit ihrem Duftwasser um die Ohren hauen, aber natürlich bleibe ich mucksmäuschenstill sitzen. Nur meine beschleunigte Atmung könnte mich verraten, aber die beiden haben mich bis jetzt nicht bemerkt, und das wird hoffentlich auch so bleiben.

Ich höre, wie der Reißverschluss einer Handtasche geöffnet wird. O mein Gott. Wie lange kann man eigentlich brauchen, um sich das Näschen zu pudern? Meine Güte!

Ich weiß noch nicht, was ich mit den neugewonnenen Informationen anfangen soll, als sie endlich verschwinden. Fast habe ich schon nicht mehr daran geglaubt, dass sie das Klo noch mal verlassen würden.

Ich bin tatsächlich wieder allein. Unschlüssig stehe ich auf und verlasse meine Kabine unverrichteter Dinge. Im Vorbeigehen werfe ich noch einen kurzen Blick in den Spiegel.

Ich sehe gut aus. Okay, vielleicht habe ich Augenringe und meine Schlüsselbeine stehen wegen meiner Appetitlosigkeit in den letzten Tagen ein wenig hervor, aber insgesamt bin ich objektiv gesehen hübsch. Aber das alleine wird nicht reichen.

Ohne eine Entscheidung gefällt zu haben, was ich nun tun werde, kehre ich zu Nicole, Petra und ihren beiden Freundinnen zurück, wo mich ein gut gekühlter Hugo erwartet.

„Danke“, sage ich und nippe an meinem Glas. Verstohlen werfe ich einen Blick zu dem Tisch, an dem Lennart noch sitzt. Sie sind immer noch mit Saufspielen beschäftigt, und Lennart verliert anscheinend sehr häufig, denn seine Koordination lässt mittlerweile ziemlich zu wünschen übrig. Sie spielen dieses schwachsinnige Klopfspiel, wo sich immer wieder die Richtung ändert, und er hat es nicht mehr drauf.

Mein Magen krampft sich zusammen, als sich unsere Blicke noch einmal treffen. Er schüttelt kaum merklich den Kopf und nimmt sich gleich zwei Kurze vom Tablett, die er hintereinander hinunterkippt.

Soll das heißen: ‚Vergiss es Marie? Es hat keinen Zweck?‘ Wahrscheinlich.

Kacke. Warum zur Hölle kann mein Leben nicht einfach mal gut sein?

Resigniert trinke ich von meinem Hugo. Der Unterhaltung rund um mich schenke ich keine Beachtung. Ich kann meinen

Blick einfach nicht von ihm abwenden. Jetzt steht er auf. Dabei schwankt er gefährlich, tritt zur Seite und reißt dabei einen Stuhl um. Gelächter. Seine Saufkumpanen johlen und Lennart schlingert in Richtung Toilette.

Glücklich sieht er auch nicht aus. Immerhin. Nützen tut es mir leider trotzdem nichts. Ich habe keine Lust mehr auf die Veranstaltung.

Ein Blick auf meine Armbanduhr zeigt mir, dass es gerade mal elf ist. Dafür ist Lennart wirklich schon ganz schön hacke. Ob ich ihm nachgehen soll? Ich würde ja gerne, aber gleichzeitig habe ich höllische Angst vor einer Konfrontation. Man sagt ja, Betrunkene und Kinder sagen die Wahrheit. *Aber kann ich die Wahrheit denn vertragen?*, frage ich mich. Was, wenn er nur lacht und mir sagt, dass ich mich verpissen soll?

Mein Todesurteil. Nein. Das könnte ich einfach nicht ertragen. Dieser Gedanke ernüchtert mich so sehr, dass ich das kleine bisschen Mut, das ich hatte, verliere. Unmerklich schüttele ich den Kopf.

„Sollen wir gehen?“, fragt mich Nicole zur gleichen Zeit. Klar, sie hat natürlich mitbekommen, dass ich Lennart angestarrt habe, als wäre er der Messias persönlich.

„Nein, lass mal, ich gehe allein. Ich nehme den Wagen. Ich hatte ja nur das eine Glas. Wie kommst du dann nach Hause?“

„Ich kann Daniel anrufen. Die Schwiegis haben die Kinder über Nacht.“

„Okay, Süße. Dann amüsiere dich, ja?“ Ich gebe ihr einen Schmatzer auf die Wange.

„Wir sehen uns morgen?“, fragt sie mich noch.

„Klar.“ Wen sollte ich auch sonst treffen?

Dann gehe ich, bevor Lennart zurückkommt und ich es mir anders überlege.

Heilig Abend. Weihnachtliche Stimmung ist bei mir bisher noch nicht aufgekommen, aber ich will meiner Familie nicht die Feier verderben. Ich hole die Geschenke für meine Mutter, Lena und Arno aus dem Schrank, da fällt Lennarts Pullover auf den Boden. Sein Geschenk habe ich ja auch noch.

Gott, jetzt heul bloß nicht gleich wieder los, ermahne ich mich leise.

Er fehlt mir, aber da er keinerlei Anstalten macht, sich bei mir zu melden, wird es Zeit, mir einzugestehen, dass es aus und vorbei ist. Endgültig.

Wir sind nun doppelt so lange getrennt, wie wir zusammen waren. Das will was heißen. Nur mein Herz scheint das nicht zu verstehen. Es ist zerbrochen, schlägt aber noch für ihn.

Ich schließe meine Augen für einen Moment und sammele Kraft für die bevorstehenden Stunden. Ich muss fröhlich sein, damit mich nicht alle ständig so mitleidig ansehen. Außerdem *will* ich glücklich sein. Einfacher gesagt als getan. Leider.

In einer halben Stunde gehen wir in die Kirche und ich platziere die Geschenke noch schnell unter dem Weihnachtsbaum. Schließlich soll es ja nachher schön sein, wenn wir von der Messe kommen. Überrascht entdecke ich, dass schon eine Reihe Geschenke darunter liegen. Da waren die anderen wohl schneller als ich. Ein Lächeln huscht über mein Gesicht. Vielleicht wird es ja doch ein ganz schöner Abend. Auch ohne ihn.

Ich seufze leise.

Eine gute halbe Stunde später sitze ich, gequetscht zwischen meine Mutter und Lena, auf einer der Kirchenbänke in der vierten Reihe. Ich sehe mich immer wieder verstohlen um, kann Lennart und seinen Vater jedoch nirgends entdecken. Irgendwie habe ich erwartet, sie hier zu sehen. Das ganze Dorf ist gefühlt anwesend und die uralte Kirche platzt aus allen Nähten.

Die Orgel beginnt zu spielen und eine Gänsehaut überzieht meinen Körper, weil es so schön klingt. Ich fühle mich als Teil von hier. Die Arbeit in der Kirchengemeinde hat mir so viel Gutes gegeben in den letzten Wochen, dass ich nicht mehr woanders leben möchte. Aber kann ich das, so nah bei Lennart und doch so fern?

Arno läuft an uns vorbei, geht die Stufen nach oben und begrüßt seine Schäfchen. Ich genieße den Gottesdienst, und so langsam kommt so etwas wie Weihnachtsstimmung bei mir auf. Ich bin fast enttäuscht, als am Ende das Lied zum Auszug ertönt und Arno an uns vorbei hinausgeht, um sich von allen zu verabschieden und jedem frohe Weihnachten zu wünschen.

Lena, meine Mutter und ich gehen mit den anderen hinaus. Hie und da ein Kopfnicken, der Austausch eines Lächelns mit Bekannten, Freunden und Menschen, die ich von meiner Arbeit her kenne. In der letzten Reihe entdecke ich dann doch noch Lennart und seinen Vater. Lennart hat den Blick gesenkt. Er sieht so jung und verletzlich aus.

Sicher, der Kerl muss einen Riesenkater haben, aber ich weiß auch, dass einem an Tagen wie diesem enge Verwandte ganz besonders schmerzlich fehlen. Er vermisst bestimmt seine Mutter.

In diesem Moment hebt er den Kopf und wir sehen uns an. Ich spüre einen Stich in der Magengegend, als ich seinen traurigen Blick auffange, der mir folgt, bis wir an ihnen vorbeigegangen sind.

Ich kapiere einfach nicht, warum. Es will einfach nicht in meinen Schädel.

Es hat sich so echt angefühlt mit Lennart. Sein Ausdruck eben war auf jeden Fall echt.

Aber wieso, verdammt, bin ich dann trotzdem alleine und unglücklich?

„Lasst uns nach Hause gehen“, sagt meine Mutter und hakt sich rechts und links bei Lena und mir ein. „Wir sehen Arno schließlich gleich.“

Ein paar einzelne Schneeflöckchen fliegen durch die Luft. Auch das noch. So viel Romantik hätte es heute nun wirklich nicht gebraucht.

Entgegen aller Tradition gibt es bei uns als Weihnachtsessen eine Lasagne. Alle außer mir waren dafür. Ich wollte Karpfen blau, wie jedes Jahr, aber meine Mutter und Lena meinten, es wäre „time for a change“, wie sie es so schön neudeutsch genannt haben. Ich habe mich also geschlagen gegeben und eingesehen, dass man nicht ein bestimmtes Essen braucht, um Weihnachten zu feiern.

„Arno, möchtest du noch einen Happen?“, frage ich.

Er streicht sich über den flachen Bauch.

„Nein, vielen Dank. Ich habe schon viel zu viel gegessen.“

„Ich nehm noch was“, ruft Lena und reißt mir den Löffel quasi aus der Hand.

„Mensch, du Gierschlund, ich hätte dir doch was gegeben!“, meckere ich.

„Zankt euch nicht“, tadelt meine Mutter. Lena und ich brechen in Gelächter aus. „Schon gut“, kommentiert Mama und gießt jedem noch etwas Wein nach.

„Sollen wir jetzt nicht endlich mal Geschenke auspacken?“

Lena kann es wie immer nicht erwarten. Ich verkneife mir ein Grinsen.

„Du wirst es noch bis zum Nachtisch aushalten müssen.“

„Ich will aber gar keinen Nachtisch!“

„Kein Wunder, bei der vielen Lasagne, die du in dich reingeschaufelt hast“, kichere ich.

„Na gut. Dann machen wir heute mal eine Ausnahme“, flötet meine Mutter, und ich runzele die Stirn.

Hier werden aber gerade verdammt viele Sitten und Bräuche über den Haufen geworfen. Mama steht auf, geht in die Küche und holt eine Flasche Sekt und vier Gläser.

„Zum Anstoßen“, klärt sie uns auf, als ob wir geistig umnachtet wären.

„Lass mich dir helfen, meine Liebe“, sagt Arno und nimmt ihr die Flasche aus der Hand. Die beiden werfen sich einen verliebten Blick zu und ich werde ganz traurig. Natürlich gönne ich meiner Mutter ihr Glück, aber in Momenten wie diesem werde ich einfach an Lennart und das, was ich nicht mehr habe, erinnert.

Der Sektkorken knallt und die Flasche schäumt über. Ein spitzer Schrei meiner Mutter, Lena kreischt. Arno versucht zu retten, was zu retten ist, und lässt den Schaum in die Gläser laufen. So stoßen wir gemeinsam an und wünschen uns mit Umarmungen und Küsschen frohe Weihnachten.

„Seht mal, es schneit!“, ruft Lena und rennt zum Fenster. „Die ganze Straße ist schon weiß!“

„Das glaube ich nicht. Als wir von der Kirche los sind, waren es doch nur ein paar vereinzelte Flöckchen!“, sage ich und presse meine Nase an die Scheibe.

Aber sie hat recht. Es schneit wie verrückt. Wahnsinn. Gut, dass ich nicht mehr aus dem Haus muss. Lena hat sich als erste von der Scheibe gelöst und rennt zum Weihnachtsbaum.

„Nun kommt schon!“, ruft sie und wedelt ungeduldig mit den Händen.

Noch so eine Tradition. Jeder bekommt nur ein Geschenk, dafür muss es von Herzen sein. Daher habe ich meiner Mutter ... Nein, ich habe ihr keinen Schal gestrickt! Für meine Mutter habe ich eine Collage unserer schönsten Momente – ohne Papa – erstellt und übers Internet auf eine Leinwand drucken lassen. Sie ist hin und weg und fällt mir schluchzend um den Hals. Lena bekommt eine handverlesene Kräutermischung für ihre Räuchersammlung. Zwar habe ich die Kräuter nicht selbst gesammelt, verlesen und getrocknet, aber ich habe jemanden gesucht, der dies mit Hingabe macht, und ein halbes Vermögen dafür hingeblättert. Da ich Arno noch nicht so lange kenne, ihn aber wirklich von Herzen mag, habe ich für ihn mein Lieblingsbuch, ‚Die Brücken am Fluss‘ von Robert James Waller, gekauft.

„Es ist zwar nicht die Bibel, aber auch eine ganz schöne Geschichte“, kläre ich ihn mit einem Augenzwinkern auf.

Damit will ich ihm zu verstehen geben, dass er in unserer Familie willkommen ist, dass ich – auch wenn ich sie vielleicht verloren habe – an die große Liebe glaube und ihm und meiner Mutter das Glück gönne, das sie gefunden haben. Genau das steht in meiner Widmung, die er nun vorliest und mir damit selbst schon wieder die Tränen in die Augen treibt.

Gott, was für ein sentimentales Wrack ich doch bin!

Meine Mutter fällt mir erneut um den Hals und schnieft mir auf die Bluse, aber das ist okay, schließlich weint sie aus Freude und nicht wie ich aus Selbstmitleid.

Arno schließt mich anschließend in seine Arme und streicht mir sanft über den Kopf.

„Ich danke dir, Marie. Aber ich glaube, *ein* Geschenk hast du noch nicht verteilt."

Ich sehe ihn verständnislos an, spüre zur gleichen Zeit die Blicke meiner Mutter und von Lena auf mir.

„Ich weiß doch, dass du etwas für Lennart hast. Es ist ein schwerer Tag für ihn, und ich bin mir sicher, er liebt dich genauso wie du ihn. Geh auf ihn zu, hilf ihm dabei, sich zu trauen, die Verlustangst zu überwinden."

Ich zögere. Woher will Arno das alles so genau wissen? „Was, wenn er nicht will?", frage ich mit rasendem Puls.

„Ich kenne den Jungen so lange. Und wie er dich ansieht, so sieht man nur jemanden an, den man über alles liebt. Er braucht vielleicht noch einen Schubs ..."

„Nun mach schon. Lauf!", ruft Lena und klatscht in die Hände.

Ich suche den Blick meiner Mutter und sie nickt mir zu.

„Geh schon!"

Damit wäre es einstimmig beschlossen. Großer Gott.

Kann ich das Risiko eingehen, abgewiesen zu werden? Was ist, wenn er mich eiskalt abblitzen lässt?

Ich stehe wie angewurzelt da.

Aber was ist, wenn er mich *doch* will?

Mein Herz schlägt ungesund schnell und meine Hände sind feucht. Okay. Es ist einen Versuch wert, schließlich ist heute Weihnachten!

Meine Finger zittern. Eigentlich zittert alles an mir, als ich mich mit dem Geschenk für Lennart durch den Schnee auf den Weg mache. Es knirscht unter meinen Füßen. Im Schein der Laternen wirbeln Millionen Schneeflocken umher. Aus fast allen Häusern fällt Licht nach draußen, überall wird gefeiert. Meine Schritte werden immer schneller und mein Herz schlägt so hart, dass es aus der Brust zu springen droht, als ich an Lennarts Wohnung ankomme, die im Dunkeln liegt. Sein Wagen steht vor der Tür. Ich traue mich nicht zu klingeln, bis mir einfällt, wo er sein könnte, wenn er nicht bei seinem Vater ist. Vielleicht versuche ich es zuerst dort.

Ich gehe ums Haus herum und sehe ihn schon von weitem in seinem Campingstuhl auf dem Steg sitzen. Eingemummelt in eine dicke Jacke und mit einer Decke auf den Beinen, hat er es sich gemütlich gemacht. Vor ihm steht ein Campingkocher, auf dem er irgendwas erwärmt.

Als ich nur noch wenige Meter von ihm entfernt bin, höre ich ihn sagen: „Ich dachte schon, du kommst nicht mehr."

Mir verschlägt es den Atem. Wie sehr ich seine dunkle Stimme liebe. Wie sehr ich diesen Mann liebe.

„Was?", frage ich.

Er steht auf, der Schein der Laterne erhellt sein Gesicht ein wenig. Sein Blick wird weich, als er meinen trifft, und ich weiß, dass ich endlich mal alles richtig gemacht habe.

„Merry Christmas, Naughty!", rufe ich und werfe mich in seine Arme, die er bereits für mich ausgebreitet hat.

So stehen wir eine ganze Weile da. Ich atme seinen unverwechselbaren Duft ein, spüre seinen Atem auf meiner Haut, bis er mich endlich langsam und zärtlich küsst.

„Woher wusstest du, dass ich komme?", frage ich später.

„Ich habe es nicht gewusst. Aber ich habe es gehofft.“

Verstehe einer die Männer. Also ich habe keine Ahnung, was er mir damit sagen will.

„Wieso bist du nicht auf mich zugekommen?“, hake ich noch einmal nach. Nicht, dass hier wieder ein Missverständnis zwischen uns hängt.

„Ich konnte einfach nicht. Als ich dich mit deinem Ex gesehen habe, wurde mir klar, wie fragil alles zwischen uns ist, und die Angst, dich zu verlieren, hat mich fertiggemacht.“

„Das ist doch total unlogisch.“

Lennart atmet zischend aus. Okay, ich muss mich etwas zusammenreißen.

„Seit wann ist Liebe logisch, Summer?“

Da hat er recht. Absolut. Wir sind das beste Beispiel dafür.

„Ich habe hier dein Geschenk“, wechsele ich das Thema. Ich will nicht mit ihm über das, was war, diskutieren, sondern viel lieber über das sprechen, was sein wird.

„Was ist es?“, höre ich ihn fragen.

„Du hast dir doch einen Wollpulli gewünscht“, erinnere ich ihn lächelnd.

Er nimmt mir das Geschenk aus der Hand und legt es auf den Campingstuhl, dann nimmt er meine Hände in seine und sieht mich an. Seine Augen wirken fast schwarz auf mich und ich verliere mich darin. Jetzt wird mir bewusst, dass ich ihn noch viel mehr liebe, als ich es mir eingestanden habe. Ich liebe diesen Kerl mit Haut und Haaren, mit Leib und Seele, mit jeder Faser meines Seins.

„Kannst du mir verzeihen, dass ich so dumm war? Ich habe dich überfahren mit meinen Vorstellungen, wollte dich verkrampft in ein Leben pressen, dass du vielleicht nicht willst. Meine Angst hat mich fertiggemacht ...“, erklärt er mir zögernd, und mein Herz läuft über vor Glück.

„Sch!“ Ich lege ihm einen Finger an die Lippen. „Jetzt bin ich ja da. Du brauchst keine Angst zu haben, dass ich irgendwas nicht will. Ich will *alles* mit dir.“

Lennart zieht mich ein Stück näher an sich heran, so dass ich einen Hauch seines Aftershaves wahrnehmen kann. Er riecht so gut.

„Ich liebe dich, Summer.“

Damit macht er mich zur glücklichsten Frau der Welt. Ich habe mich so sehr danach gesehnt, diese Worte nur noch einmal aus seinem Mund zu hören, und jetzt wird es Wirklichkeit. Ich kann mein Glück kaum fassen.

„Ich liebe dich, Naughty“, sage ich, aber ich liebe ihn viel mehr, als Worte es jemals beschreiben könnten.

Und dann küssen wir uns und nichts anderes ist mehr wichtig. Schneeflocken rieseln auf uns herunter, aber wir spüren es kaum.

Sehr. Viel. Später.

„Willst du einen Punsch?“, fragt er mich mit rauer Stimme.

„Kannst du schon wieder trinken?“, necke ich ihn.

„Ich habe zwar einen ganz schönen Kater, aber für dich tue ich alles“, klärt er mich schief grinsend auf.

„Oh. Wie gerne hätte ich dir in den letzten zwei Wochen eine verpasst! Ich habe so gelitten.“

„Denkst du, ich nicht?“

„Ist schon gut. Aber Elke, der Schlampe, kratze ich das nächste Mal die Augen aus, wenn ich sie sehe.“

Das muss einfach mal gesagt werden.

„Eifersüchtig?“

Ich höre den amüsierten Unterton in seiner Stimme und muss selbst grinsen.

„Das hast du mich schon mal gefragt. Und ja, ich bin eifersüchtig.“ Lügen wäre hier auch zwecklos.

„Das ist gut so. Ich bin nämlich auch sehr eifersüchtig.“

„Vergessen wir das, Lennart. Fangen wir noch mal neu an."

„Aber nicht, dass wir uns jetzt wieder über Fliesen und alles streiten", sagt er zu mir, während er zwei Blechtassen mit Punsch befüllt.

„Auf keinen Fall", stimme ich ihm zu.

„Sehr gut, ich habe nämlich schon alles bestellt."

Einen Moment stehe ich stocksteif da.

Er hat alles bestellt. Natürlich.

Gott sei Dank. Dann muss ich nichts mehr aussuchen.

Ich jubiliere still und leise.

„Kackbraun?", frage ich möglichst neutral.

„Unsere Wände werden Kackbraun und Schweinchenrosa."

Wir schweigen einen kurzen Moment, bis wir beide losprusten. Als wir uns wieder beruhigt haben, stoßen wir mit unserem Punsch an, bevor wir uns auf den einen klappprigen Campingstuhl setzen und unser eigenes kleines Weihnachtsfest feiern. Es hat mittlerweile aufgehört zu schneien. Es sieht wunderschön aus, wie der weiße Schnee glitzert und im Dunkeln strahlt.

Lennart erzählt mir, dass sein Vater bei Lennarts Tante feiert. Dort haben sie auch gemeinsam gegessen, aber er hat es nach dem Nachtisch nicht mehr ausgehalten.

„Es tut mir leid, dass deine Mutter nicht dabei sein kann."

Er versteift sich kurz, drückt dann aber meine Hand.

„Mir auch, Schatz. Aber es ist okay. Sie ist da oben", er zeigt in die Sterne, „und sieht uns zu."

So sitzen wir eine ganze Weile schweigend da, bis es uns doch zu kalt wird und wir in seine kleine Einliegerwohnung gehen, die für die kommenden Monate unser Zuhause sein wird. Und dort packt er mich aus. Schicht für Schicht, um mich dann ausgiebig zu lieben.

Epilog

Wieder geht ein Jahr zu Ende. Dieses Jahr verbringe ich Silvester mit meinem Freund. Ganz alleine. Dinner for two.

Wir sitzen inmitten der Baustelle, zwei klapprige Stühle sind unsere Sitzgelegenheit, ein Tapeziertisch unsere Tafel. Vor uns stehen eine Flasche Champagner und zwei Gläser, daneben gibt es geräucherten Lachs, Baguette, Butter und ein paar einsame Oliven im Glas. Über *Spotify* hören wir alte Lovesongs von Tina Turner und Sinead O`Connor, während wir Blei über dem Feuer erhitzen, um es gleich darauf in kaltes Wasser zu werfen, das in einer Schüssel neben uns steht.

„Bleigießen hat was“, sage ich zu Lennart.

„Warum ist es eigentlich so beliebt? Wir haben das früher immer gemacht.“

„Es ist ein Blick in die Zukunft“, erkläre ich ihm.

„Ich will ja nicht nur wissen, *dass* es weitergeht, sondern auch *wie*.“

„Na das werden wir doch gleich sehen, Mr. Ungeduldig“, lache ich.

„Ich glaube, es kann losgehen!“

„Sieht gut aus. Bist du bereit? Bei drei!“

„Okay, eins ... zwei ... drei!“

Gleichzeitig kippen wir unser Blei in die Schüssel, wo es zu Boden sinkt und in einer Form zusammenklumpt. Gespannt springen wir auf und sehen in die Schüssel. Lennart holt die beiden Bleifiguren heraus und legt sie sich auf die Handfläche.

„Ähm. Ja. Das hast du geplant“, sage ich.

Er lacht kehlig und wirft den Kopf in den Nacken.

„Ja. Von langer Hand.“

„Das ist ja verrückt!“, rufe ich und nehme einen großen Schluck aus meinem Champagnerglas.

„Sieht so aus, als stünde eine Hochzeit ins Haus!“

Lennart nimmt die beiden ringförmigen Kreise von der Handfläche und legt sie vor mir auf den Tapeziertisch.

„Du machst mir jetzt aber keinen Antrag, oder?“

„Schatz, das Thema hatten wir doch schon. Du musst keine Angst haben, dass ich dich mit meinem Tempo überfahre. Ehrlich, wir machen das in deinem ...“

Sein Mund bleibt offen stehen, da ich etwas aus der Gesäßtasche meiner Jeans genommen habe, während er geredet hat.

„Ja?“, sage ich mit unschuldigem Augenaufschlag. „Sprich weiter ...“

„Summer!“, ruft er mit zitternder Stimme.

Ich baue mich vor ihm auf, sehe ihm tief in die Augen und nehme seine Hand in meine.

„Lennart, ich liebe dich, will mit dir alt werden, in dein Haus einziehen, Kinder bekommen – aber nicht so bald – und ... Willst du mich heiraten?“

Er nimmt mich hoch, wirbelt mich im Raum herum, so dass ich Angst bekomme, dass wir unsere Festtafel umstoßen, und jauchzt vor Freude.

„Ja, oh my god. Ja! Ja, ich will!“, ruft er lachend.

„Gut, kannst du mich dann runterlassen, damit ich dir meinen, äh, deinen Ring anstecken kann?“

Meine Finger zittern, als ich ihm den Ring über den Finger streife. Aber ich bin total baff, als er eine halbe Minute später beinahe das gleiche Modell aus seiner Hosentasche zieht.

„Du Witzbold!“, rufe ich lachend und küsse ihn stürmisch.

„Willst du mich heiraten?“, fragt er schelmisch grinsend.

„Ich dachte, du willst mir alle Zeit der Welt lassen“, necke ich ihn.

„Und ich finde, du hattest seit Weihnachten verdammt viel Zeit ...“

„Stimmt.“

Wir verschränken unsere Hände ineinander und sehen uns tief in die Augen.

„Und jetzt?“, frage ich.

Mir wird ganz anders, als mir klar wird, was als Nächstes kommen könnte ...

„Jetzt werde ich das erste Mal meine Verlobte lieben.“

Er zieht mich an sich heran und küsst mich heiß und fordernd, bis ich kaum noch Luft bekomme vor Lust und Glück.

ENDE

Über die Autorin

Wenn ich nicht schreibe, was ziemlich häufig der Fall ist, verbringe ich die Zeit mit meinen beiden Kleinsten, meinem Mann und dem Rest unserer internationalen Patchwork Familie. Manchmal wundere ich mich selbst, dass ich trotz meines Alltags überhaupt etwas zu Papier bringe. Und dann sind die Kinder im Kindergarten, der Hund schläft müde auf seinem Kissen und ich sitze wieder am PC und vergesse die Welt um mich herum. Endlich hacke ich wieder auf die Tastatur ein und schreibe, bis ich Krämpfe in den Händen bekomme. Dann weiß ich wieder wieso, denn das Schreiben ist für mich die schönste Zeit des Tages.

Ich bin Jahrgang 1979 und lebe seit vielen Jahren in der Lüneburger Heide, komme ursprünglich aber aus Süddeutschland.

Hoffentlich kann ich euch mit meinen Büchern ein paar schöne und unterhaltsame Stunden bescheren – denn das ist es was ich möchte. Für Fragen oder Anregungen freue ich mich über eure Kontaktaufnahme mit mir.

Bis bald
Karin Lindberg

karinlindbergschreibt@gmail.com

Alle Infos zu meinen Veröffentlichungen gibt es unter www.karinlindberg.info

Danksagung

Liebe Leserin!
Lieber Leser!

Zu allererst möchte ich mich bei allen Leserinnen und Lesern bedanken. Ihr seid großartig, ohne euch wären meine Bücher in dieser Form gar nicht da.

Liebe Katerine, die Zusammenarbeit mit Dir war mir mal wieder ein Vergnügen.

Ein großer Dank gilt meiner Familie. Wenn ich im Jahr 2016 eines gelernt habe, dann, dass man alles schafft, wenn man sich aufeinander verlassen kann. Ich bin überglücklich, dass es euch gibt.

Ein ganz liebes Dankeschön richte ich auch an das Bookrix Team, vor allem an Lisa. Danke, dass ich Dich zu jeder Tages- und Nachtzeit mit meinen oft auch ausgefallenen Wünschen behelligen darf!

Vielen Dank Sandra, Deine Hinweise im Korrektorat sind immer wieder sehr hilfreich!

Der größte Dank gilt meinem Mann. Danke, dass Du bei mir bist. Danke, dass Du gekämpft hast. Zusammen meistern wir alle Hürden. Egal, was es ist.

Karin Lindberg

Vorschau

Ein Vorurteil kommt selten allein

Über das Buch:
Er ist Erotikautor und ein echter Bad Boy. Sie liebt die Poesie der deutschen Sprache.

Beim ersten Zusammenstoß auf dem Parkplatz stellt Lilli fest: Dieser sexy Kerl ist ein Idiot! Als sie ihm unverhofft wiederbegegnet, fliegen jedoch statt heftiger Worte die Funken. Was gegensätzlich aussieht, erweist sich als gar nicht so unterschiedlich. Alles wäre ganz einfach, wenn es da nicht seine verhängnisvolle Lüge gäbe, die fast zerstört, was beide verbindet.

Gibt Lilli der Liebe trotzdem eine Chance, oder wird sie selbst zu einer tragischen Heldin wie in den Büchern, die sie so heiß und innig liebt?

Der Erscheinungstermin ist für Anfang 2017 geplant

Ein Spin-off der Shanghai Love Affairs, kann aber ohne Vorkenntnisse der anderen Romane gelesen werden.

Leseprobe zu „Ein Vorurteil kommt selten allein“:

Prolog

Warum funktionierte das mit dem Wunsch ans Universum eigentlich nie, wenn man einen Parkplatz suchte. Lilli verdrehte die Augen und setzte zur dritten Runde an, doch noch eine der heißbegehrten Parklücken Lüneburgs zu ergattern. Vielleicht machte sie bei ihren *Bestellungen* ja grundsätzlich was falsch – ganz sicher sogar, denn der Traummann war auch noch nicht an sie ausgeliefert worden. Dabei klang es so einfach im Buch „The Secret“, … Wunsch absenden und das Universum kümmert sich darum. Nun ja …

„Yes!“, rief sie erleichtert aus, als sie endlich eine Lücke gefunden hatte, und steuerte sie geradewegs an.

Den Blinker hatte sie bereits gesetzt, als ein schwarzer Sportwagen wenige Meter vor ihr einen U-Turn machte und direkt auf *ihrem* Parkplatz zum Stehen kam.

„Das kann ja wohl nicht wahr sein!“, schimpfte sie lautstark, hielt Caros Wagen an und stieg aus.

Sie stapfte zum anderen Auto und klopfte unsanft an die Scheibe des Lückendiebes, um ihrem Unmut Luft zu machen. Es kam nicht oft vor, dass sie sich den Wagen ihrer Freundin Caro auslieh, aber ihre Katze Sarotti mit dem Fahrrad zum Tierarzt zu fahren, war keine Option gewesen. Und in genau fünf Minuten waren sie dran, es wurde also Zeit, dass sie endlich fündig wurde. Ihr Verständnis für die Aktion des Sportwagenfahrers hielt sich schon allein deshalb sehr in Grenzen.

Das leicht getönte Glas wurde heruntergelassen und Lilli starrte in ein Paar intensiv leuchtende Augen, die verständnislos zurückstierten Das Eisblau war außergewöhnlich und durchdringend.

„Was ist?“, fragte der Besitzer der Husky-Augen knapp.

Sein Gesichtsausdruck war dabei bestenfalls gelangweilt. Lillis Wut wuchs durch sein Desinteresse ins Unermessliche.

„Das ist doch wohl die Höhe! Das war *meine* Parklücke, ich hatte den Blinker schon gesetzt. Fahr deine Schüssel hier sofort weg!“, wetterte sie.

Lilli hatte die Arme in die Hüften gestemmt und sich breitbeinig vor dem zugegebenermaßen gutaussehenden Typen aufgebaut, der nach wie vor bei laufendem Motor in seinem Auto saß und mit keiner Wimper zuckte. *Ohne mit der Wimper zu zucken,* war die Untertreibung des Jahres. Anstelle einer angemessen zerknirschten Reaktion musterte der Kerl sie von oben bis unten … und machte keine Anstalten, seinen Fauxpas einzugestehen. Lillis Gesicht brannte – nicht nur, weil sie wütend und ihr Blutdruck weit über hundertachtzig war. Der Kerl ließ sie in keinster Weise kalt.

So eine Unverschämtheit!, erinnerte sie sich selbst noch einmal an sein Fehlverhalten.

„Du warst eben nicht schnell genug und das ist keine *Schüssel*, das ist ein Bugatti Grand Sport Vitesse“, hörte sie den sexy Arsch auch noch sagen.

Das war der Tropfen, der das Fass zum Überlaufen brachte.

Lilli stieß zischend die Luft aus, machte energisch mit der Hand eine Geste vor der Stirn, um anzudeuten, dass er bekloppt sei, und fuhr ihn heftig an: „Das Ding ist doch sicher in fünf Sekunden auf hundert. Dann zeig mal, was du kannst, und fahr deine Penisverlängerung hier weg. Pronto!“

Er sah sie kurz an und verblüffte sie mit einer unerwarteten Reaktion: Er lachte auf. Das entfachte ihre Wut aufs Neue. Dieser Blödmann hatte allen Ernstes die Kaltschnäuzigkeit, sie noch zu verhöhnen, dabei hatte sie *ihn* provozieren wollen! Normalerweise funktionierte das immer. Bis jetzt jedenfalls.

„Schätzchen, mein Baby hier“, er klopfte mit der Hand aufs Lederlenkrad, „ist in 2,6 Sekunden auf hundert. Schön, dich kennengelernt zu haben, bla, bla, jetzt habe ich leider keine Zeit mehr für eine Fortsetzung unserer netten Bekanntschaft. Ich bin auf dem Weg zu einem wichtigen Termin."

Bevor Lilli antworten konnte, fuhr er die Scheibe wieder nach oben und stellte den Motor ab. Ihre Kinnlade klappte nach unten und sie schnappte nach Luft.

„Das glaub' ich jetzt nicht!"

Lillis Fingernägel gruben sich in ihre Handflächen. Sie war so wütend, dass sie das Blut in ihren Ohren rauschen hörte. Gleichzeitig verspürte das dringende Bedürfnis, laut loszuheulen, aber hinter Caros Wagen hatte sich mittlerweile eine kleine Schlange aus anderen Fahrzeugen gebildet, die nun auch noch anfingen zu hupen. Sie schüttelte den Kopf und wägte eilig ab. Die Wahrscheinlichkeit, dass dieser Schwachmat seine Karre wegfuhr, ging gegen null. Sie konnte ihn ja schlecht dazu zwingen. Außerdem war Gewalt auch keine Lösung, wobei der Gedanke, ihren Frust an dem Idioten auszulassen, äußerst verlockend war. Um das Hupkonzert zu beenden, räumte sie schließlich zähneknirschend das Feld.

Ihre Wut hielt jedoch an und wurde nicht gerade geringer, als sie wegen des Arschlochs weitere zehn Minuten nach einem Plätzchen für Caros Flitzer suchen musste. *Dass die gutaussehenden Männer immer Wichser sein müssen*, dachte sie, als sie die Schlüssel endlich abzog und sich mit ihrer Katze in der Transportbox auf den Weg zum Tierarzt machte.

Normalerweise war er nicht der unhöfliche Typ, der es nötig hatte, sich vorzudrängeln, rechtfertigte Ansgar sein Verhalten vor sich selbst, als er nach dem Notartermin zu seinem Wagen zurückschlenderte. Aber in diesem speziellen Fall war er spät dran gewesen und die Testamentseröffnung hatte er schon aus Respekt vor seinem kürzlich verstorbenen Großvater nicht verpassen wollen. Unter anderen Umständen hätte er sich für sein Verhalten entschuldigt oder sich erklärt, aber die Frau mit den wehenden Haaren und den blitzenden Augen war vor ihm gestanden wie eine Walküre. Eine hübsche Walküre. Ihm hatte es schlicht die Sprache verschlagen – was nicht oft vorkam, eigentlich nie. Zudem war er es nicht mehr wirklich gewohnt, beschimpft zu werden, seit er so erfolgreich war. Wahrscheinlich hatte sie ihn nicht mal erkannt. Sicher sogar. Rückblickend amüsierte ihn ihr wütendes Verhalten sicher ein bisschen. Es war ein erfrischender Zusammenstoß im Einerlei der Huldigungen, die man ihm sonst entgegenbrachte.

Er hatte allerdings keinen blassen Schimmer, warum er auf ihren verständlichen Ärger reagiert hatte wie ein arroganter Schnösel. Zu seiner Verteidigung sagte er sich, dass sie ihn absichtlich provozieren wollte. Und auf eine perverse Art hatte es ihm Spaß gemacht, sie daraufhin noch wütender zu machen. Egal, er würde sie wahrscheinlich sowieso nie wiedersehen und falls doch, würde er eine Entschuldigung nachholen. Jetzt ging es erst mal nach Berlin zurück, sein Kurztrip nach Lüneburg war mit Verlesung des Testaments beendet. Er öffnete die Wagentür und stieg ein.

Das Testament hatte ihn überrascht – er konnte immer noch nicht glauben, dass ihm sein Großvater die Villa hinterlassen hatte. Seine Schwestern hatten beide ein hübsches Sümmchen erhalten und seine Eltern nur den Pflichtteil. Der Alte war also bis in den Tod nachtragend gewesen. Ansgar musste lächeln, das war sein Opa, wie er leibte und lebte. Wenn jemand, in diesem Fall seine Tochter, nicht nach seiner Pfeife tanzte, hatte er die Konsequenzen zu tragen, über Jahrzehnte hinaus. Seine Mutter war achtzehn, als sie mit einem jungen, mittellosen Studenten über Nacht abgehauen war, was ihr Vater ihr niemals verziehen hatte. Er selbst redete mit seinen Eltern auch nur noch das Nötigste, aber das hatte andere Gründe. Sie waren nie mit seinen beruflichen Entscheidungen konform gegangen, und schließlich war es Ansgar zu dumm geworden und er hatte die sozialen Kontakte radikal heruntergefahren.

Seine Gedanken wanderten zu der knapp gehaltenen Begegnung mit seinen Eltern und Geschwistern, als er den Wagen startete und ausparkte. Die Beerdigung am Tag zuvor war ein trauriges Ereignis gewesen, das die Familie nach Ewigkeiten wieder einmal in Lüneburg zusammengebracht hatte. Sonst wohnten alle verstreut über ganz Deutschland, nur er und seine Eltern waren in Berlin geblieben, wo er aufgewachsen war. Seine Schwestern lebten mit ihren Familien in einem kleinen Dorf an der Nordsee und in München. Sie hatten nicht so viel Kontakt jenseits der üblichen Telefonate zum Geburtstag und den normalen Familienfeiern wie Taufe, Hochzeiten oder auch mal an Weihnachten. Sie mochten sich durchaus, daran lag es nicht. Aber im Alltag blieb nicht viel Zeit, quer durch die Republik zu reisen oder um Familientreffen zu organisieren; und wegen des ohnehin schlechten Verhältnisses zu seinen Eltern riss Ansgar sich auch kein Bein aus, um bei jedem Wiegenfest dabei zu sein. Nur seinen Großvater hatte er in den vergangenen Jahren, wenn irgend möglich, zum Geburtstag besucht.

Das brachte ihn zu seinem Erbe. Was sollte er mit der Jugendstilvilla in der verschlafenen Lüneburger Heide anfangen? Er hatte noch keine Idee, aber auch keine Zeit, sich mit dem Zustand des Hauses näher zu befassen, da unaufschiebbare Termine ihn nach Berlin zurückriefen. Ansgar rechnete damit, dass das Haus seiner Großeltern schlecht instandgehalten war. Bald würde er sich alles genauer ansehen und dann entscheiden, ob er die Immobilie verkaufen oder behalten wollte. Mit diesem Entschluss bog er auf die Autobahn ein und ließ Lüneburg Vollgas gebend hinter sich.

Ende der Vorschau. Dieser Titel wird Anfang 2017 erhältlich sein.